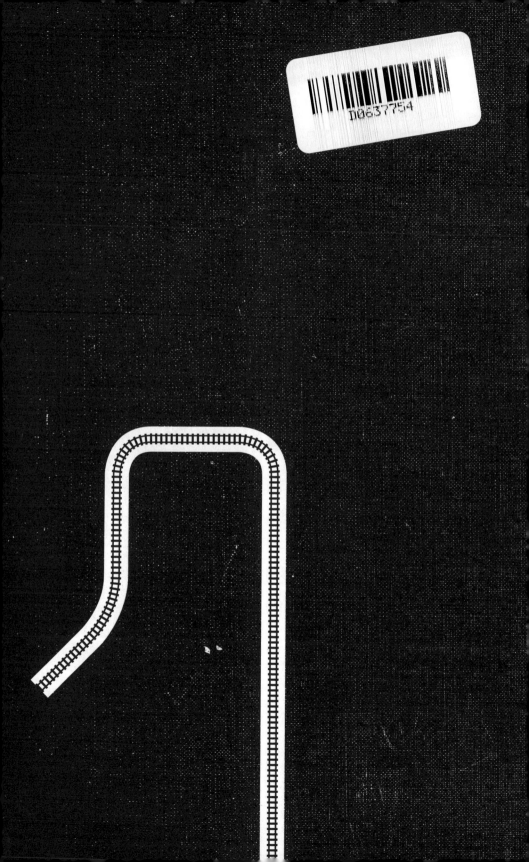

COLSON WHITEHEAD

The

UNDERGROUND RAILROAD

OS CAMINHOS PARA A LIBERDADE

Tradução
Caroline Chang

Harper
Collins

RIO DE JANEIRO, 2017

Título original: *The Underground Railroad*
Copyright © Colson Whitehead, 2017
Copyright da tradução © Casa dos Livros, 2017

Rua da Quitanda, 86, sala 218, Centro - 20091-005
Rio de Janeiro – RJ – Brasil
Tel.: (21) 3175-1030

CIP-Brasil. Catalogação-na-fonte
Sindicato Nacional dos Editores de Livros, RJ.

W585u
Whitehead, Colson
Underground Railroad : os caminhos para a liberdade / Colson Whitehead ; tradução Caroline Chang. -- 1. ed. -- Rio de Janeiro : HarperCollins, 2017.
il.

Tradução de: Underground railroad
ISBN: 9788595080294

1. Ficção americana. I. Chang, Caroline. II. Título.
17-40765   CDD: 813
                                                     CDU: 821.111(73)-3
30/03/2017 31/03/2017

Para Julie

The

UNDERGROUND

RAILROAD

OS CAMINHOS
PARA A LIBERDADE

AJARRY

Na primeira vez que Caesar sondou Cora sobre fugir para o Norte, ela disse não.

Era a avó dela falando. A avó de Cora nunca tinha visto o mar antes daquela tarde de sol forte no porto de Ouidah, e o brilho da água ofuscou seus olhos depois do tempo passado no calabouço do forte. Era no calabouço que eles ficavam guardados até a chegada dos navios. Sequestradores daomeanos haviam raptado os homens primeiro, então voltaram para a aldeia dela na lua seguinte atrás das mulheres e das crianças, fazendo-as caminhar acorrentadas em pares até o mar. Quando olhou pelo vão escuro da porta, Ajarry pensou que reencontraria seu pai, lá embaixo, na escuridão. Os sobreviventes do seu vilarejo lhe disseram que, quando seu pai não conseguiu mais acompanhar o ritmo da longa caminhada, os traficantes de escravos racharam sua cabeça e largaram o corpo pelo caminho. A mãe de Ajarry morrera anos antes.

A avó de Cora foi vendida algumas vezes na peregrinação até o forte, passada de um traficante a outro em troca de conchas de cauri e contas de vidro. Era difícil dizer quanto pagaram por ela em Ouidah, já que fizera parte de uma venda em atacado, 88 almas por sessenta engradados de rum e pólvora, preço alcançado depois da barganha costumeira no inglês da costa. Homens vigorosos e mulheres grávidas valiam mais do que os jovens, tornando difícil um cálculo individual.

O *Nanny* partira de Liverpool e já tinha feito duas paradas ao longo da Costa do Ouro. O capitão preferira diversificar as aquisições, em vez de se ver com uma carga de cultura e temperamento semelhantes. Quem poderia imaginar que tipo de motim seus cativos seriam capazes de armar se partilhassem a mesma língua? Aquele era o último porto em que a embarcação atracaria antes de cruzar o Atlântico. Dois marinheiros louros cantarolavam ao levarem Ajarry para o navio, remando. Pele branca como osso.

O ar nocivo dos porões, a tristeza do confinamento e os gritos daqueles que estavam acorrentados a ela se orquestravam para levar Ajarry à loucura. Por causa de sua tenra idade, seus capturadores não a subjugaram com seus impulsos imediatamente, mas por fim alguns dos sujeitos mais experientes a arrastaram dos porões seis semanas depois do início da viagem. Ela tentou se matar duas vezes no trajeto até a América, uma delas recusando-se a comer e outra, por afogamento. Os marinheiros a impediram em ambas as ocasiões, versados nos truques e nas inclinações dos escravos. Ajarry nem sequer chegou à amurada quando tentou pular na água. Sua postura afetada e seu aspecto lastimável, semelhantes aos de milhares de escravos antes dela, traíram suas intenções. Acorrentada da cabeça aos pés, numa tristeza sem fim.

Embora tivessem tentado ficar juntos no leilão em Ouidah, o restante de sua família foi comprado por comerciantes portugueses da fragata *Vivilia*, que quatro meses depois foi avistada à deriva a cerca de quinze quilômetros da costa das Bermudas. A praga dizimara todos a bordo. Autoridades incendiaram o navio e o observaram crepitar e afundar. A avó de Cora nada soube do destino da embarcação. Pelo resto da vida imaginou seus primos trabalhando para senhores gentis e generosos lá no Norte, ocupados com ofícios mais leves do que o seu, tecendo ou fiando, nada relacionado aos campos. Nas histórias de Ajarry, de alguma maneira Isay, Siddo e os demais haviam comprado a liberdade e viviam como homens e mulheres livres na cidade da Pensilvânia, um lugar sobre o qual certa vez ouvira dois homens brancos falando. Essas fantasias confortavam Ajarry quando seu fardo era tal que ameaçava despedaçá-la.

A vez seguinte em que a avó de Cora foi vendida aconteceu depois de um mês no lazareto em Sullivan's Island, após os médicos garantirem que ela e o resto da carga do *Nanny* estavam livres de qualquer doença. Mais um dia atribulado no mercado. Um grande leilão sempre atraía uma multidão variada. Comerciantes e alcoviteiros do norte e do sul da costa se encontravam em Charleston, examinando os olhos, as juntas e as colunas das mercadorias, atentos a sinais de doenças venéreas e outras enfermidades. O público mastigava ostras frescas e milho quente enquanto os leiloeiros gritavam a plenos pulmões. Os escravos ficavam nus numa plataforma. Houve uma disputa de lances por um grupo de vigorosos homens axânti, aqueles africanos de conhecida habilidade e musculatura, e o supervisor de uma mina de calcário comprou um punhado de moleques negros numa barganha impressionante. A avó de Cora viu entre os espectadores um menininho comendo um apinhado de farelos de açúcar e se perguntou o que era aquilo que ele enfiava na boca.

Logo antes do pôr do sol, um administrador a comprou por 226 dólares. Ela teria conseguido um preço melhor, não fosse a abundância de oferta de mulheres jovens naquela temporada. O traje do homem era feito do tecido mais branco que ela já vira. Anéis incrustados de pedras coloridas brilhavam em seus dedos. Quando ele beliscou seus seios para testar seu viço, ela sentiu o metal frio na pele. Ajarry foi marcada, não pela primeira nem pela última vez, e agrilhoada às demais aquisições do dia. A fileira de escravos acorrentados começou sua longa caminhada rumo ao Sul naquela noite, cambaleando atrás do cabriolé do comprador. A essa altura o *Nanny* estava retornando para Liverpool, cheio de açúcar e tabaco. Embaixo do deque ouviam-se menos gritos.

Seria de se imaginar que a avó de Cora fosse amaldiçoada, de tantas vezes que foi vendida e trocada e revendida nos anos seguintes. Os donos de Ajarry faliam com uma frequência surpreendente. Seu primeiro senhor foi enganado por um homem que lhe vendeu uma máquina que prometia limpar o algodão duas vezes mais rápido do que um descaroçador. Os diagramas eram convincentes, mas no final das contas Ajarry se tornou mais um bem liquidado por ordem do magistrado. Ela foi comprada por 218 dólares numa transação às pressas, a queda no preço ocasionada pela situação do mercado local. Outro dono faleceu de hidropisia, quando então a viúva realizou a venda das posses para financiar seu retorno à Europa, sua terra natal, onde era limpo. Ajarry passou três meses como propriedade de um galês que por fim a perdeu, além de outros três escravos e dois porcos, numa partida de uíste. E assim por diante.

Seu preço flutuava. Quando se é vendido tantas vezes, é uma forma de o mundo lhe ensinar a ter atenção. Ela aprendeu a se adaptar rapidamente às novas fazendas, distinguindo os pretos matadores daqueles meramente cruéis, os indolentes dos trabalhadores, os informantes dos que sabiam guardar segredo. Senhores e senhoras de escravos com diferentes graus de maldade, possuidores de ambições e possibilidades incompatíveis. Às vezes os fazendeiros queriam apenas conseguir um sustento humilde, mas havia também homens e mulheres que queriam ser donos do mundo, como se fosse uma questão de mais ou menos acres. Duzentos e quarenta e oito, duzentos e sessenta, duzentos e setenta dólares. Aonde quer que Ajarry fosse, eram sempre açúcar e anileiras, exceto por um intervalo de uma semana dobrando folhas de tabaco antes de ser vendida novamente. O comerciante visitou a fazenda de tabaco procurando escravos em idade fértil, de preferência dóceis e com todos os dentes. Ela já era mulher. E lá se foi.

Ela sabia que os cientistas dos brancos investigavam as coisas para entender como funcionavam. O movimento das estrelas pelo céu noturno, a cooperação dos humores no sangue, a temperatura necessária para uma boa colheita de algodão. Ajarry fez ciência com seu corpo negro e acumulou observações. Cada coisa tinha um valor, e, à medida que o valor mudava, tudo o mais mudava também. Uma cabaça quebrada valia menos do que uma que ainda pudesse armazenar água, um anzol que segurava o bagre era mais valorizado do um que deixasse escapar a isca. Na América, o estranho era que as pessoas eram coisas. Melhor evitar o prejuízo de um velho que não vai sobreviver a uma viagem para atravessar o oceano. Um macho jovem de uma cepa tribal forte deixava os clientes em polvorosa. Uma jovem escrava parideira era como cunhar moedas, dinheiro que gerava dinheiro. Se você era uma coisa — uma carroça, um cavalo ou um escravo —, seu valor determinava suas possibilidades. Ela se esforçava para se manter em seu lugar.

Finalmente, a Geórgia. Um administrador da fazenda Randall a comprou por 292 dólares, apesar do recente vazio em seus olhos, que a faziam parecer aparvalhada. Ela nunca teve um momento sequer de descanso nas terras Randall, até o final da vida. Aquela ilha no meio do nada era sua casa.

A avó de Cora teve três maridos. Ela tinha predileção por ombros largos e mãos grandes, assim como o Velho Randall, embora o senhor e sua escrava tivessem em mente serviços diferentes. As duas fazendas eram bem abastecidas, noventa cabeças de pretos na metade norte e 85 cabeças na metade sul. Ajarry geralmente podia escolher. Quando não podia, paciência.

Seu primeiro marido desenvolveu uma forte queda por uísque de milho e começou a usar as grandes mãos para apunhalar. Ajarry não ficou triste de vê-lo desaparecer na estrada quando o marido foi vendido para uma propriedade canavieira na Flórida. Em seguida, ela se juntou com um dos adoráveis rapazes da metade sul da fazenda. Antes de morrer de cólera, ele gostava de compartilhar histórias da Bíblia, já que seu antigo senhor era de mente mais liberal no que dizia respeito a escravos e religião. Ela gostava das histórias e das parábolas, e achava que os homens brancos tinham razão: aquele papo de salvação podia enfiar minhoca na cabeça de um africano. Pobres filhos de Cam. O último marido de Ajarry teve os ouvidos perfurados por roubar mel. As feridas supuraram e ele agonizou até a morte.

Ajarry teve cinco filhos desses homens, todos paridos no mesmo local do assoalho da cabana, para onde ela apontava quando eles faziam besteira. Foi dali que você veio e é ali que vou colocá-lo se não me ouvir. Faça-os serem obedientes e talvez eles obedeçam a todos os futuros senhores e consigam sobreviver. Dois morreram tristemente de febre. Um menino cortou o pé ao brincar com um arado enferrujado, o que envenenou seu sangue. O caçula nunca acordou depois que um capataz o golpeou na cabeça com uma tora de madeira. Um depois do outro. Pelo menos nunca foram vendidos, uma mulher mais velha contou a Ajarry. O que era verdade — naquela época, Randall raramente vendia os pequenos. Você sabia onde e como seus filhos iam morrer. O único filho que viveu além dos dez anos foi a mãe de Cora, Mabel.

Ajarry morreu no meio dos algodoeiros, as bolas se agitando ao seu redor como a espuma das ondas no oceano impiedoso. A última da sua aldeia, desfalecendo na lavoura por causa de um caroço no cérebro, sangue escorrendo do nariz e espuma branca cobrindo os lábios. Claro que não poderia ter acontecido em outro lugar. A liberdade era algo reservado aos outros, aos cidadãos da fervilhante cidade da

Pensilvânia, mil quilômetros ao norte. Desde a noite de sua captura, ela fora avaliada e reavaliada, cada dia acordando no prato de uma nova balança. Saiba o seu valor e saiba o seu lugar na ordem das coisas. Escapar da servidão da fazenda era escapar dos princípios fundamentais de sua existência: impossível.

Era sua avó falando, naquele domingo à noite quando Caesar contou a Cora sobre a ferrovia subterrânea, e ela disse não.

Três semanas depois, ela disse sim.

Dessa vez, era sua mãe falando.

GEÓRGIA

RECOMPENSA
30 DÓLARES

Fugiu do subscrevente, morando em Salisbury, no 5º dia do mês corrente, uma menina negra chamada LIZZIE. Supõe-se que a referida garota esteja nos arredores da fazenda da sra. Steel. Darei a recompensa acima no ato do recebimento da garota, ou por informação sobre seu paradeiro em qualquer prisão neste estado. Todos estão devidamente advertidos contra abrigar a referida garota, sob pena de punição nos termos da lei.

W. M. DIXON
18 de julho de 1820

O aniversário de Jockey só acontecia uma ou duas vezes por ano. Eles tentavam fazer uma celebração decente. Era sempre domingo, dia em que trabalhavam só meio período. Às três horas os capatazes avisavam sobre o fim do expediente, e a parte norte da fazenda se apressava para preparar tudo, correndo de tarefa em tarefa. Consertos, tirar o musgo, arrumar a goteira no telhado. A festividade tinha prioridade, a menos que você tivesse um passe para ir à cidade vender artefatos ou tivesse conseguido algum trabalho externo de apenas um dia. Mesmo se você estivesse inclinado a deixar para lá qualquer ganho extra — e ninguém tinha essa intenção —, era impossível haver um escravo tão imprudente a ponto de dizer a um homem branco que não podia trabalhar porque era aniversário de outro escravo. Todo mundo sabia que negros não comemoravam aniversários.

No canto do seu lote de terra, Cora se sentou em seu bloco de bordo e limpou a terra das unhas. Quando podia, ela contribuía com nabos ou verduras para as festas de aniversário, mas nada estava previsto para aquele dia. Alguém gritou lá da viela, provavelmente um dos novos rapazes, ainda não completamente subjugado por Connelly, e os gritos se avolumaram em uma discussão. As vozes mais irritadiças do que furiosas, mas altas. Se o pessoal já estava tão exaltado, seria um aniversário memorável.

"Se você pudesse escolher seu aniversário, como seria?", perguntou Lovey.

Cora não conseguia ver o rosto de Lovey por causa do sol atrás dela, mas podia adivinhar a expressão da amiga. Lovey não era complicada, e haveria uma celebração e tanto aquela noite. Lovey adorava essas raras escapulidas, fosse o aniversário de Jockey, o Natal ou uma das noites da época de colheita em que todos que tivessem duas mãos ficavam acordados, colhendo, e os Randall faziam os capatazes distribuírem uísque de milho para mantê-los alegres. Era trabalho, mas a lua aliviava o fardo. A garota era a primeira a dizer ao violinista para tocar e a primeira a dançar. Tentava puxar Cora para a dança, ignorando seus protestos. Elas iriam rodopiar em círculos, de braços dados, com Lovey capturando o olhar de um rapaz por um segundo a cada volta e Cora a seguindo. Mas Cora nunca se juntou a ela, desvencilhava o braço. Apenas olhava.

"Já falei quando foi que eu nasci", disse Cora.

Ela nascera no inverno. Sua mãe, Mabel, reclamara bastante do parto difícil, a geada rara naquela manhã, o vento zumbindo por entre as ripas das paredes da cabana. Sua mãe sangrara por dias e Connelly não se deu o trabalho de chamar o médico até que ela parecesse uma morta-viva. Às vezes a mente de Cora lhe pregava truques e ela convertia a história em uma de suas lembranças, inserindo o rosto de fantasmas, todos escravos mortos, que a contemplavam com amor e indulgência. Até mesmo pessoas que ela odiava, as que a haviam chutado ou roubado sua comida quando sua mãe se fora.

"Se você pudesse escolher", dizia Lovey.

"Não posso", respondeu Cora. "É decidido por você."

"Melhor você melhorar esse humor", disse Lovey, e deu no pé.

Cora alisava com força as batatas das pernas, grata pelo descanso. Com ou sem festa, era ali que ela terminava todo domingo assim que o meio período de trabalho acabava: empoleirada em seu banquinho, procurando coisas para arrumar. Via essa situação como se fosse dona de si mesma por algumas horas toda semana, livre para arrancar ervas daninhas, tirar lagartas, desbastar azedinhas e encarar qualquer um que tentasse se aventurar no seu território. Cuidar do próprio canteiro era uma manutenção obrigatória, mas também um lembrete de que não havia esquecido sua resolução desde o dia da machadinha.

A terra a seus pés tinha uma história, a história mais antiga que Cora conhecia. Quando Ajarry começou a plantar ali, logo depois de sua longa caminhada até a fazenda, aquele lote de terra era um amontoado de sujeira e arbustos atrás de sua cabana, no final das senzalas enfileiradas. Mais adiante ficavam os campos e, mais além, o pântano. Então certa noite Randall teve um sonho com um mar branco que se estendia até onde a vista alcançava e mudou sua lavoura de fiéis anileiras para algodão egípcio. Ele fez novos contatos em Nova Orleans, e apertou a mão de especuladores apoiados pelo Banco da Inglaterra. O dinheiro começou a entrar como nunca. A Europa estava faminta por algodão e precisava ser alimentada, fardo por fardo. Um dia os homens passaram pelas árvores e, à noite, quando voltaram dos campos, se puseram a rachar toras para a nova fileira de cabanas.

Olhando para elas agora, enquanto as pessoas entravam e saíam correndo, se aprontando, era difícil para Cora imaginar um período em que as catorze cabanas não houvessem estado ali. Apesar do desgaste, das reclamações a cada passo, as cabanas tinham a inegável vantagem da presença das colinas a oeste e do riacho que dividia a propriedade. As cabanas irradiavam permanência e, por sua vez, instigavam sentimentos atemporais naqueles que viviam e morriam nelas: inveja e despeito. Se tivessem deixado mais espaço entre as velhas e as novas cabanas, muita tristeza teria sido evitada ao longo dos anos.

Os homens brancos brigavam diante de juízes reclamando este ou aquele pedaço de terra a centenas de quilômetros dali que haviam sido talhadas em um mapa. Escravos lutavam com igual fervor pelos minúsculos quinhões a seus pés. A área entre as cabanas era um lugarzinho onde amarrar uma cabra, construir um galinheiro, e também cultivar alimentos para encher a barriga que não fossem a papa servida pela cozinha todas as manhãs — se você chegasse lá a tempo. Quando Randall, e mais tarde seus filhos, resolvia vender você, o contrato nem chegava a secar e alguém já passava a mão no seu pedaço de terra. Ver você lá, na calma da noite, sorrindo ou cantarolando, podia dar ao vizinho a ideia de forçá-lo a abrir mão do que fosse seu usando métodos de intimidação, provocações diversas. Quem ouviria o seu apelo? Não havia juízes ali.

"Mas minha mãe não deixaria eles tocarem no campo dela", Mabel dizia à filha. Campo era modo de dizer, já que o lote de Ajarry mal chegava a três metros quadrados. "Dizia que ia enfiar um martelo na cabeça deles se olhassem para o campo."

A imagem da avó golpeando outro escravo não condizia com as lembranças que Cora tinha dela, mas assim que começou a cuidar daquele lote de terra, ela entendeu a verdade contida nessa descrição. Ajarry vigiava cada pequena e próspera transformação do seu jardim. Os Randall haviam comprado a área de Spencer ao norte, quando a família decidiu tentar a sorte no oeste. Compraram a próxima fazenda ao sul e mudaram o cultivo de arroz para algodão, acrescentando mais duas cabanas em cada fileira, mas o pequeno lote de Ajarry continuou no meio de tudo, irremovível, como um tronco de árvore cortado que se enraizara muito fundo. Depois da morte de Ajarry, Mabel passou a cuidar dos inhames, do quiabo e do que mais lhe desse na telha. A confusão começou quando Cora assumiu aquele pedaço de terra.

Quando Mabel sumiu, Cora se tornou uma pária. Onze, dez anos de idade, por aí — não havia ninguém que pudesse dizer com certeza. No trauma de Cora, o mundo esmoreceu em impressões cinzentas. A primeira cor a voltar foi o marrom-avermelhado fervilhante da terra no lote da família. Isso a fez acordar outra vez para as pessoas e as coisas, e ela decidiu se aferrar ao seu canto, embora fosse jovem e pequena e não tivesse mais ninguém que cuidasse dela. Mabel era quieta e teimosa demais para ser popular, mas as pessoas haviam respeitado Ajarry. A sombra dela havia lhe protegido. A maioria dos escravos originais da fazenda Randall estava a sete palmos abaixo da terra ou havia sido vendida, o que era outra maneira de desaparecer. Sobrara alguém que fosse leal à sua avó? Cora repassou toda a aldeia. Nem uma vivalma. Estavam todos mortos.

Ela lutou por aquela terra. Havia os pestinhas, os que eram jovens demais para o trabalho de verdade. Cora afugentava essas crianças que pisoteavam seus brotos e gritava com elas por cavarem seus enxertos de inhame, e usava o mesmo tom de voz das festas de Jockey para convencê-los a apostar corrida ou a fazer outras brincadeiras. Ela os tratava de um modo afável.

Mas ambiciosos acorreram pelos flancos. Ava. A mãe de Cora e Ava cresceram na fazenda na mesma época. Eram tratadas com a mesma hospitalidade por Randall, as chacotas tão rotineiras e familiares que eram como uma espécie de condição climática, e algumas delas tão imaginativas em sua monstruosidade que a mente se recusava a aceitá-las. Às vezes uma experiência dessas unia duas pessoas; assim como frequentemente a vergonha da própria impotência transformava todas as testemunhas em inimigos. Ava e Mabel não se davam bem.

Ava era rija e forte, com mãos tão rápidas como uma cobra boca de algodão. Rapidez era algo valorizado para a colheita e para estapear seus pequenos no rosto por preguiça e outros pecados. Ela cuidava mais de suas galinhas do que dos filhos, e cobiçava o lote de terra de Cora para poder aumentar o galinheiro.

"É um desperdício", dizia Ava, com um estalido de reprovação. "Tudo isso só para ela."

Ava e Cora dormiam lado a lado todas as noites no sótão, e, embora se amontoassem com mais oito pessoas, Cora conseguia sentir cada frustração de Ava pela madeira. A respiração da mulher era úmida de raiva, azeda. Ela fazia questão de esbarrar em Cora sempre que se levantava para urinar.

"Você está no Hob agora", Moses disse a Cora uma tarde quando ela chegou depois de ajudar a amarrar os fardos.

Moses fizera uma combinação com Ava, usando algum tipo de moeda de troca. Desde que Connelly promovera o escravo a capataz, e então a um dos seus homens de confiança, Moses se estabelecera como negociante das intrigas ocorridas nas cabanas. A ordem nas fileiras, tal como existia, precisava ser preservada, e havia certas coisas que um homem branco não podia fazer. Moses aceitou a incumbência com entusiasmo. Cora achava que ele tinha uma expressão malvada, como um nó surgindo num tronco de árvore atarracado e úmido. Ela não ficou surpresa quando o caráter dele se revelou — caso se esperasse tempo o bastante, era o que sempre acontecia. Como a alvorada. Cora se esgueirou para a cabana Hob, para onde os infelizes eram banidos. Não havia a quem recorrer, não havia leis a não ser aquelas que eram reescritas todos os dias. Alguém já levara as coisas dela para lá.

Ninguém se lembrava do desventurado que emprestara seu nome àquela cabana: Robert.* Ele vivera tempo suficiente para incorporar qualidades antes de ser destruído por elas. Direto para a Hob aqueles que haviam sido aleijados por punições do feitor, direto para a Hob

---

* Hob: o nome da cabana é também uma corruptela para "Robert".

aqueles que haviam ficado abatidos, de maneiras visíveis e invisíveis, pelo trabalho pesado, direto para a Hob aqueles que haviam perdido a razão. Direto para a Hob os marginalizados.

Os homens debilitados, os meio-homens incapacitados, moraram na Hob primeiro. Então as mulheres se instalaram lá. Homens brancos e morenos haviam usado os corpos dessas mulheres de forma violenta, seus bebês saíam mirrados e murchos, espancamentos haviam afugentado a razão de suas mentes, e na escuridão elas repetiam os nomes de seus filhos mortos: Eve, Elizabeth, N'thaniel, Tom. Cora deitou no chão do cômodo principal enrodilhando o corpo, com medo demais para dormir lá com elas, aquelas criaturas abjetas. Amaldiçoava a si mesma por seu capricho, ao mesmo tempo que era indefesa diante dele. Ela observou as formas escuras. A lareira, as vigas que sustentavam o sótão, as ferramentas que pendiam de pregos nas paredes. Era a primeira vez que ela passava a noite fora da cabana em que nascera. Tão perto e tão longe.

Era apenas uma questão de tempo até Ava pôr em ação o próximo passo de seu plano. E havia o Velho Abraham com quem brigar. O Velho Abraham não tinha nada de velho, mas se comportara como um velho misantropo desde que aprendera a se sentar. Não tinha ambições, mas por princípios queria se ver livre daquele jardim. Por que todo mundo, inclusive ele, deveria respeitar o que aquela garota reivindicava, só porque a avó dela havia trabalhado na terra? O Velho Abraham não era dado a tradições. Fora vendido vezes demais para que significassem alguma coisa. Em inúmeras ocasiões, ao desempenhar uma ou outra tarefa, Cora o entreouvira mexendo os pauzinhos para que redistribuísse sua pequena área. "Tudo isso para ela." Todos os três metros quadrados.

Então chegou Blake. Naquele verão, o jovem Terrance Randall assumiu algumas responsabilidades para se preparar para o dia em que ele e o irmão assumiriam a fazenda. Ele comprou um punhado de pretos das Carolinas do Norte e do Sul. Seis deles, fantis e mandingos, se o negociante fora honesto, seus corpos e temperamentos aprimorados por natureza para o trabalho pesado. Blake, Pot, Edward e o resto formavam uma tribo nas terras Randall e não deixavam de tomar para si o que não lhes pertencia. Terrance Randall fez todos saberem que eles eram seus novos favoritos, e Connelly se certificou de que todo mundo lembrasse. Você aprendia a sair do caminho quando os homens estavam num certo estado de espírito, ou num sábado à noite, depois de acabarem com a cidra.

Blake era um armário, um homem com o tamanho de dois que rapidamente comprovou a perspicácia de Terrance Randall para investimentos. Que preço não conseguiriam pelo filho de um garanhão daqueles. Blake com frequência lutava contra qualquer companheiro ou passante num grande espetáculo, levantando poeira, inevitavelmente sagrando-se vencedor. Sua voz ecoava pelas fileiras enquanto ele trabalhava, e até mesmo aqueles que o desprezavam não podiam evitar se juntar à cantoria. O homem tinha uma personalidade deplorável, mas os sons que saíam de seu corpo faziam o trabalho voar.

Depois de algumas semanas farejando e sondando a metade norte, Blake decidiu que o lote de terra de Cora seria um bom lugar para amarrar seu cachorro. Sol, brisa, proximidade. Blake atraíra o vira-lata para perto dele durante uma ida à cidade. O cachorro ficou ali, dando voltas em torno do defumadouro enquanto Blake trabalhava, e latia a cada ruído da noite atarefada da Geórgia. Blake entendia um pouco de carpintaria — não era, como na maioria das vezes, uma mentira colocada pelo negociante para aumentar seu preço. Ele construiu uma pequena casa para seu vira-lata e cavou elogios. As palavras afetuosas eram genuínas, pois a casa do cachorro era um belo trabalho, de boa proporção, com ângulos retos. Havia uma porta com uma dobradiça e recortes no formato de meia-lua na parede traseira.

"Não é uma bela mansão?", perguntou Blake ao Velho Abraham.

Desde sua chegada, Blake aprendera a valorizar a candura às vezes corajosa do homem.

"Trabalho danado de bom. Aquilo ali é uma cama?"

Blake costurara uma fronha e usara musgo como enchimento. Ele decidira que a pequena área do lado de fora da sua cabana era o lugar mais apropriado para a moradia de seu cachorro. Cora havia sido invisível para ele, mas agora Blake procurava os olhos dela quando a jovem estava por perto, para avisá-la de que não era mais invisível.

Ela tentou cobrar algumas dívidas que tinham com sua mãe, pelo menos as de que ela tinha conhecimento. Enxotaram-na. Até mesmo Beau, a costureira de quem Mabel cuidara até que se recuperasse após ser acometida pela febre. Mabel dera à menina sua própria comida racionada do jantar e levara aos lábios dela colheradas de caldo de legumes e raízes, até que Beau voltasse a abrir os olhos. Beau disse que havia pagado a dívida e mais um pouco e mandou Cora voltar para a Hob. Cora lembrou que Mabel arranjara um álibi para Calvin quando algumas ferramentas de plantio desapareceram. Connelly, que tinha destreza com a chibata, teria arrancado carne das costas de Calvin se ela não tivesse inventado uma defesa. Teria feito o mesmo a Mabel se tivesse descoberto que ela estava mentindo. Depois do jantar, Cora se aproximou pé ante pé de Calvin: preciso de ajuda. Ele a mandou embora com um gesto. Mabel dissera que nunca descobriu para quê ele usara as ferramentas.

Um bom tempo depois de Blake ter deixado claras suas intenções, Cora acordou certa manhã para a violação. Ela deixou a Hob para verificar seu jardim. Era um amanhecer frio. Nuvens brancas de umidade pairavam sobre o chão. Então ela viu — os restos do que teriam sido seus primeiros repolhos. Amontoadas junto aos degraus da cabana de Blake, as videiras encaracoladas já ressequidas. O chão fora revirado e batido para abrigar a contento a casa do vira-lata, que se erguia bem no meio do lote de terra como uma enorme mansão no coração de uma fazenda.

O cachorro colocou a cabeça para fora da porta como se soubesse que aquela era a terra dela e quisesse deixar clara sua indiferença.

Blake saiu da cabana pisando firme e cruzou os braços. Cuspiu.

Na visão periférica de Cora, as pessoas se mexiam: sombras de fofocas e reprimendas. Observando-a. Sua mãe se fora. Ela havia sido levada para a casa desprezível e ninguém viera em seu socorro.

Agora aquele homem, que tinha três vezes o seu tamanho, um bru-tamontes, havia tomado seu terreno.

Cora estivera remoendo estratégias. Anos mais tarde ela poderia ter recorrido às mulheres da Hob, ou a Lovey, mas tratava-se de outra época. Sua avó havia advertido que quebraria a cabeça de qualquer um que mexesse com a sua terra. Aquilo parecia exagero para Cora. Como que enfeitiçada, ela voltou caminhando até a Hob e tirou uma machadinha da parede, a machadinha para a qual olhava quando não conseguia dormir, deixada para trás por um dos ex-residentes que tivera outro péssimo final, doença do pulmão, rasgado por um chicote ou soltando as tripas pelo chão.

Agora a notícia já havia se espalhado, e espectadores aguardavam do lado de fora das cabanas, as cabeças inclinadas de curiosidade. Cora passou por eles marchando, arqueada como se protegesse o corpo de um vendaval. Ninguém se moveu para detê-la, de tão estranha que era aquela visão. Seu primeiro golpe derrubou o telhado da casa do cachorro e arrancou um ganido do cão, que acabara de ter parte do rabo amputada. Ele se arrastou até um esconderijo sob a cabana de seu dono. O segundo golpe feriu gravemente o lado esquerdo da casinha e o último deu fim a seu pesar.

Ela ficou ali em pé, ofegante. As mãos na machadinha. A ferramenta tremia no ar, num cabo de guerra com um fantasma, mas a garota não fraquejou.

Blake cerrou as mãos e pisou firme na direção de Cora. Seus companheiros o seguiram, cada vez mais tensos. Então ele parou. O que aconteceu entre aquelas figuras naquele momento — o jovem homem parrudo e a menina magrela num vestido branco — se tornou uma questão de perspectiva. Para aqueles que observavam junto à primeira fileira de cabanas, o rosto de Blake ficou distorcido de surpresa e preocupação, como o de um homem que tropeça num vespeiro. Aqueles que estavam próximos à nova cabana viram os olhos de Cora se moverem como se ela medisse mentalmente toda uma tropa, e não apenas um homem. Mas ela estava preparada para enfrentar um exército. Independentemente da perspectiva, o que importava era a mensagem transmitida pela postura e expressão de um e a que era interpretada pelo outro: pode até ser que você leve a melhor sobre mim, mas cobrarei meu preço.

Eles ficaram assim por alguns momentos até que Alice soou a campainha para o café da manhã. Ninguém iria abrir mão da papa. Quando chegaram dos campos, Cora limpou a bagunça que havia sido feita do seu pequeno terreno. Fez rolar o bloco de bordo, uma sobra rejeitada do projeto de construção de alguém, e ele se tornou o seu poleiro sempre que ela tinha um momento livre.

Se antes das manobras de Ava o lugar de Cora não parecia ser na Hob, agora era. Sua ocupante mais infame, e a que ficou lá por mais tempo. O trabalho acabava por debilitar os aleijados — sempre —, e aqueles em estado de perturbação mental eram vendidos a um preço baixo ou cortavam a própria garganta com uma faca. As vagas não duravam muito tempo. Cora ficou. A Hob era sua casa.

Ela usou a casa do cachorro como lenha. Isso manteve Cora e o restante da Hob aquecidos por uma noite, mas a lenda referente a ela marcou-a pelo resto dos seus dias na fazenda Randall. Blake e seus amigos começaram a espalhar histórias. Blake contava que tinha acordado de uma soneca atrás dos estábulos e visto Cora em pé diante dele segurando uma machadinha, chorando. Ele era um mímico de mão cheia, e seus gestos tornavam a história convincente. Assim que os peitos de Cora começaram a surgir, Edward, o pior de todos do bando de Blake, passou a se gabar de como Cora mexia em seu vestido enquanto fazia insinuações lascivas para ele e tinha ameaçado lhe tirar o escalpo quando ele a rejeitou. Mulheres jovens sussurravam que a viam sair furtivamente das cabanas na lua cheia, em direção à floresta, onde fornicava com burros e cabras. Aqueles que achavam essa última história pouco crível ainda assim reconheciam a utilidade de manter a garota estranha fora do círculo da respeitabilidade.

Não muito depois de saberem que Cora havia florescido como mulher, Edward, Pot e dois outros da metade sul a arrastaram para trás do defumadouro. Se alguém ouviu ou viu, não interveio. As mulheres da Hob a costuraram. Blake já se fora a essa altura. Talvez, se tivesse olhado para o rosto dela naquele dia, ele teria desaconselhado a vingança a seus companheiros: vai ter um preço. Mas ele já não estava por lá. Fugira três anos depois que Cora destruiu a casa do cachorro, escondendo-se no pântano por semanas. Foi o latido do vira-lata que entregou sua localização para os homens que faziam a ronda. Cora teria dito que era bem feito para ele, se a punição que Blake sofreu não a fizesse se arrepiar só de imaginá-la.

Eles já haviam arrastado a grande mesa da cozinha e a tomado com comida para a festa de Jockey. Numa das pontas um caçador tirava a pele de seus guaxinins, e na outra Florence limpava uma pilha de batatas-doces. O fogo sob o grande caldeirão crepitava e sibilava. A sopa se misturava na panela preta, pedaços de repolho correndo em volta da cabeça de porco que emergia e voltava a afundar, o olho vagueando na espuma cinzenta. O pequeno Chester correu e tentou se apoderar de um punhado de feijão, mas Alice o afugentou com um golpe da sua concha.

"Nada hoje, Cora?", perguntou Alice.

"É cedo demais", respondeu Cora.

Alice encenou uma breve decepção e voltou à comida.

Isso é mentira, pensou Cora, e fez uma anotação mental. Era como se o seu jardim estivesse se recusando. No último aniversário de Jockey ela havia doado dois repolhos, que foram recebidos com alegria. Cora cometera o erro de se virar enquanto deixava a cozinha e flagrou Alice jogando os repolhos no balde de lavagem. Ela cambaleou até a luz do sol. Será que a mulher achava que a comida dela estava estragada? Fora assim que Alice se livrara de tudo com que Cora havia contribuído nesses últimos cinco anos? Assim que tratara cada nabo e molho de azedinhas? Isso havia começado com Cora, com Mabel ou com sua avó? Não fazia sentido confrontar a mulher. Alice fora a querida de Randall, e agora era a de James Randall, que ficara alto de tanto comer suas tortas de carne, frutas secas e especiarias. Havia uma hierarquia do sofrimento, sofrimento dentro de outros sofrimentos, e era preciso entender a lógica disso.

Os irmãos Randall. Desde menino, James podia ser acalmado com um quitute da cozinha de Alice, a fruta-do-conde que resolvia na hora um chilique ou um ataque de pirraça. Seu irmão mais novo, Terrance, era diferente. A cozinheira ainda sentia formigar no ponto da orelha onde o senhor Terrance expressou seu descontentamento por causa de um de seus caldos. Ele tinha dez anos na época. Os sinais estavam lá desde que ele aprendera a andar, e Terrance passou a demonstrar os aspectos mais desagradáveis de sua personalidade ao chegar à idade adulta e assumir suas responsabilidades como homem. James tinha a disposição de um molusco, se escondendo em seus próprios desejos particulares, mas Terrance infligia cada capricho, fugaz ou profundo, em todos que estavam em seu poder. Como era seu direito.

Em volta de Cora, panelas tiniam e crianças se agitavam diante das delícias que ainda estavam por vir. Da metade sul: nada. Os irmãos Randall haviam jogado uma moeda anos atrás para determinar a intendência de cada metade da fazenda e, ao fazê-lo, tornaram aquele dia possível. Festas como aquela não aconteciam nos domínios de Terrance, pois o filho mais novo era pouco generoso em relação à diversão dos escravos. Os filhos Randall administravam suas heranças de acordo com o próprio temperamento. James se contentava em ter garantida uma boa colheita, o lento e inevitável acúmulo de bens. Terra e pretos para cuidar dela eram uma caução melhor do que qualquer banco poderia oferecer. Terrance era mais ativo, sempre bolando planos para aumentar os carregamentos que eram mandados a Nova Orleans. Ele extraía cada dólar possível. Quando o sangue dos pretos era dinheiro, o homem de negócios experiente sabia perfurar a veia.

O menino Chester e seus amigos agarraram Cora, causando-lhe surpresa. Mas eram apenas crianças. Hora das corridas. Cora sempre organizava as crianças na linha de partida, ajeitando seus pés, acalmando os irrequietos e promovendo alguns para a corrida de crianças maiores, se necessário. Naquele ano ela fez Chester pular um nível. Ele era sozinho como ela, os pais tinham sido vendidos antes que ele aprendesse a andar. Cora cuidava dele. Cabelo curtinho arrepiado e olhos avermelhados. Ele havia dado um estirão nos últimos seis meses, com os remos disparando algum gatilho em seu pequeno corpo. Connelly dissera que ele tinha a estrutura corporal de um colhedor de primeira, um raro elogio de sua parte.

"Corra rápido", disse Cora.

Ele cruzou os braços e empertigou a cabeça: não precisa me dizer nada. Chester era quase um homem, apesar de não saber disso. Ele não correria no ano seguinte, percebeu Cora, e ficaria à toa nas laterais, fazendo brincadeiras com os amigos, inventando alguma travessura.

Os jovens e os velhos escravos se juntaram nas laterais da pista de corrida dos cavalos. Mulheres que haviam perdido os filhos se aproximaram aos poucos, para se mortificar com devaneios e conjecturas. Grandes grupos de homens trocavam canecos com cidra e sentiam suas humilhações se dissolverem. As mulheres da Hob raramente participavam da festa, mas Nag se movia apressadamente, do seu jeito solícito, reunindo pequeninos distraídos.

Lovey ficou na linha de chegada, como juíza. Todos, menos as crianças, sabiam que ela sempre proclamava vencedores os seus preferidos, quando podia se safar de reprimendas. Jockey também presidia a chegada, na sua frágil cadeira de braços feita de madeira de bordo, a que ele usava para observar as estrelas na maior parte das noites. Nos seus aniversários ele a arrastava para cima e para baixo pela viela, para prestar a devida atenção às diversões organizadas em sua homenagem. Os corredores iam até Jockey depois de terminar a corrida, e ele deixava cair um pedaço de bolo de gengibre em suas mãos, independentemente da classificação que tivessem conseguido.

Chester arfava, as mãos nos joelhos. Tinha perdido velocidade no final.

"Quase deu", disse Cora.

O menino disse "quase" e foi atrás do seu pedaço de bolo de gengibre.

Cora deu um tapinha amigável no braço do velho depois da última corrida. Nunca era possível saber o quanto ele vira com aqueles seus olhos opacos. "Que idade você tem, Jockey?"

"Ah, deixa eu ver." E caiu no sono.

Ela estava certa de que ele afirmara 101 anos na última festa. Só tinha metade disso, o que significava que era o escravo mais velho que qualquer pessoa nas duas fazendas Randall jamais conhecera. Uma vez que você ficasse tão velho, dava na mesma ter 98 ou 108 anos. Nada mais restava ao mundo para lhe mostrar, a não ser a última encarnação da crueldade.

Dezesseis ou dezessete. Era a idade que Cora imaginava ter. Um ano desde que Connelly lhe mandara arranjar um marido. Dois anos desde que Pot e seus amigos a haviam deflorado. Eles não repetiram a violação, e nenhum homem decente lhe deu qualquer atenção depois daquele dia, por causa da cabana que ela chamava de lar e das histórias de sua loucura. Seis anos desde que sua mãe morrera.

Jockey tinha um ótimo jeito de planejar aniversários, pensou Cora. Jockey acordava um domingo de surpresa para anunciar sua celebração e não se falava mais nisso. Às vezes era no meio das chuvas de primavera; outras vezes, depois da colheita. Ele pulou alguns anos, ou esqueceu ou decidiu isso em função de alguma dificuldade pela qual a fazenda estivesse passando. Ninguém prestava atenção a seus caprichos. Já bastava que ele fosse o mais velho homem de cor que as pessoas já tinham conhecido, que tivesse sobrevivido a cada pequeno ou grande tormento que os homens brancos planejaram e implementaram. Seus olhos eram enevoados, sua perna, manca, sua mão, danificada, permanentemente recurvada como se agarrasse uma pá, mas ele estava vivo.

Os homens brancos o deixavam em paz agora. O Velho Randall não dizia nada sobre as festas de aniversário, e nem mesmo James comentou algo ao assumir o comando das terras. Connelly, o feitor, sumia todos os domingos, quando requisitava uma garota escrava qualquer que ele tivesse transformado em sua mulher naquele mês. Os homens brancos ficavam em silêncio. Como se tivessem desistido ou decidido que um pouco de liberdade era a pior punição de todas, apresentando a recompensa da verdadeira liberdade como um alívio doloroso.

Algum dia Jockey haveria de escolher o dia certo do seu nascimento, se vivesse tempo o bastante. Se isso era verdade, então, se Cora escolhesse um dia para o seu aniversário de tempo em tempos, ela poderia acertar a data também. Na verdade, hoje mesmo poderia ser seu aniversário. O que você ganhava com isso, em saber o dia no qual nasceu para o mundo do homem branco? Não parecia algo digno de ser recordado, e sim algo para esquecer.

"Cora."

A maioria da metade norte havia se mudado para a cozinha para se alimentar, mas Caesar fazia tudo lentamente. Lá estava ele. Ela nunca tivera a oportunidade de falar com o homem desde que ele chegara à fazenda. Os novos escravos eram rapidamente advertidos contra as mulheres da Hob. Isso poupava tempo.

"Posso falar com você?", perguntou ele.

James Randall havia comprado Caesar e mais três outros escravos de um representante comercial depois das mortes por febre um ano e meio atrás. Duas mulheres para trabalhar na lavanderia, e Caesar e Prince para se juntarem aos grupos da lavoura. Ela o vira cortando e desbastando blocos de pinheiro com suas facas curvas de entalhar. Ele não se misturava com os elementos mais problemáticos da fazenda, e ela sabia que ele às vezes se deitava com Frances, uma das criadas da casa. Será que ainda se deitavam? Lovey saberia. Ela era só uma garota, mas Lovey acompanhava os arranjos entre homens e mulheres, as combinações iminentes.

Cora se sentiu respeitável. "Como posso ajudar você, Caesar?"

Ele não se deu o trabalho de verificar se havia alguém por perto ouvindo. Sabia que não tinha ninguém, porque assim planejara. "Vou voltar para o Norte", disse ele. "Em breve. Fugindo. Quero que você venha."

Cora tentou imaginar quem poderia ter armado essa peça com ele. "Você vai pro Norte e eu vou comer", respondeu ela.

Caesar segurou o seu braço, de um jeito gentil e determinado. Seu corpo era esguio e forte, como o de qualquer trabalhador do campo da sua idade, mas ele carregava sua força com graça. O rosto era arredondado, com um nariz de botão achatado — ela tinha uma vaga lembrança de covinhas quando ele ria. Por que ela guardara isso na cabeça?

"Não quero que você me dedure", disse ele. "Preciso confiar em você. Mas vou embora logo, e quero você comigo. Para me dar sorte."

Então ela entendeu. Não era uma peça que estavam pregando nela. Era uma peça que ele estava pregando em si mesmo. O rapaz era simplório. O cheiro da carne de guaxinim a trouxe de volta à celebração, e ela puxou o braço para se soltar. "Não estou tentando que o Connelly me mate, nem os patrulheiros, nem cobras."

Cora ainda estreitava os olhos diante da imbecilidade dele enquanto tomava sua primeira tigela de sopa. O homem branco tentando matar você lentamente todos os dias, e às vezes tentando matar você rapidamente. Por que facilitar as coisas para ele? Esse era o tipo de trabalho que dava muito bem para recusar.

Ela encontrou Lovey, mas não lhe perguntou o que as meninas fofocavam sobre Caesar e Frances. Se ele estava falando sério sobre o seu plano, Frances logo seria viúva.

Aquilo era o máximo que qualquer homem jovem falara com ela desde que se mudara para a Hob.

Eles acenderam as tochas para as lutas. Alguém havia desencavado um tanto de uísque de milho e cidra, e as garrafas circularam devidamente, alimentando o entusiasmo dos espectadores. A essa altura, os maridos que moravam em outras fazendas haviam chegado para as visitas de domingo à noite. Caminhando quilômetros, o tempo suficiente para fantasiar. Algumas mulheres eram mais felizes com a expectativa de relações conjugais do que outras.

Lovey deu uma risadinha.

"Eu bem que lutaria com ele", disse ela, indicando Major com um aceno de cabeça.

Major ergueu o olhar como se a tivesse ouvido. Ele estava se transformando num belo macho. Dava duro e raramente forçava os capatazes a levantar a chibata. Era respeitoso com Lovey por causa de sua idade, e não seria nenhuma surpresa se Connelly algum dia arranjasse o casal. O jovem e seu oponente se reviravam na grama. Descontem um no outro se vocês não podem descontar naqueles que merecem. As crianças pequenas espiavam por entre as crianças mais velhas, fazendo apostas que não tinham como pagar. Elas arrancavam ervas daninhas e realizavam pequenas tarefas, mas um dia o trabalho na lavoura as deixaria tão grandes quanto os homens que estavam se agarrando e imobilizando um ao outro na grama. Pega ele, pega esse moleque, mostra para ele.

Quando a música começou e a dança teve início, eles se deram conta da extensão de sua gratidão por Jockey. Mais uma vez ele escolhera o dia certo para um aniversário. Ele sentira no ar uma tensão partilhada, uma apreensão comunal por trás dos fatos rotineiros de servidão. E que ganhara corpo. As últimas horas haviam dissipado uma boa parte daquele sentimento ruim. Eles conseguiriam enfrentar o trabalho pesado da manhã seguinte e das outras manhãs e dos longos dias com seus ânimos reabastecidos, ainda que pobremente, por uma bela noite da qual se lembrar e uma próxima festa de aniversário pela qual ansiar; traçavam eles mesmos um círculo que separava o ânimo interno da degradação exterior.

Noble apanhou um tamborim e batucou. Ele era um colhedor rápido na lavoura e um alegre incentivador fora dos campos, e trouxera ambos os talentos naquela noite. Bata palmas, dobre os cotovelos, balance os quadris. Há instrumentos e músicos, mas às vezes um violino ou um tambor fazem aqueles que os tocam de instrumentos, e todos são escravizados pela música. Foi assim quando George e Wesley pegavam o violino e o banjo em dias de farra. Jockey estava sentado em sua cadeira de madeira de bordo, batendo os pés descalços no chão. Os escravos se moviam adiante e dançavam.

Cora não se mexia. Ela estava a par de como às vezes, quando a música a embalava, você podia de repente se ver ao lado de um homem, sem saber o que ele poderia fazer. Todos os corpos em movimento, dando liberdade. Puxar você, pegar suas mãos, mesmo que o fizessem com boa intenção. Certa vez, no aniversário de Jockey, Wesley tocou uma música que ele conhecia de seus dias no Norte, um som novo que nenhum deles ouvira antes. Cora ousara se juntar às pessoas que dançavam e fechar os olhos, girando, e quando os abriu, então Edward estava ali, com seus olhos ardentes. Mesmo com Edward e Pot mortos — Edward enforcado depois de enganar a balança enchendo seu saco com pedras e Pot estirado no chão depois de uma mordida de rato que o deixou preto e roxo —, ela fugia à ideia de relaxar e se liberar. George serrava seu violino, as notas voando pela noite como fagulhas sopradas de uma fogueira. Ninguém se aproximava para puxá-la para a alegre loucura.

* * *

A música parou. A roda se abriu. Às vezes um escravo se perde num breve redemoinho de libertação. No movimento de um suave devaneio entre os sulcos da lavoura ou desenredando os mistérios de um sonho ocorrido de manhãzinha. No meio de uma música numa noite cálida de domingo. E então vinha, sempre: o grito do feitor, o chamado para trabalhar, a sombra do senhor, o lembrete de que ela é um ser humano apenas por um minúsculo momento numa eternidade de servidão.

Os irmãos Randall haviam surgido da casa-grande e estavam entre eles.

Os escravos abriram caminho, calculando mentalmente que distância representava uma proporção adequada de medo e respeito. Godfrey, o criado doméstico de James, segurava uma lamparina. Segundo o Velho Abraham, James puxara à mãe, forte como um barril e igualmente firme na postura, e Terrance puxara ao pai, alto e com feições de coruja, sempre prestes a saltar sobre uma presa. Além da terra, eles herdaram o alfaiate do pai, que chegava uma vez por mês em seu débil coche com amostras de linha e algodão. Os irmãos se vestiam do mesmo jeito quando eram crianças e continuaram assim na idade adulta. As calças e camisas brancas eram o mais limpas que as mãos das moças da lavanderia conseguiam deixá-las, e o brilho alaranjado fazia os homens parecerem fantasmas surgidos no escuro.

"Senhor James", disse Jockey. Sua mão boa agarrou o braço da cadeira como que para se levantar, mas ele não se mexeu. "Senhor Terrance."

"Não deixem que os atrapalhemos", disse Terrance. "Meu irmão e eu estávamos falando de negócios e ouvimos a música. Eu disse a ele: 'Uau, essa é a algazarra mais terrível que já ouvi.'"

Os Randall estavam bebendo vinho em copos feitos de garrafas cortadas e pareciam ter esvaziado várias delas. Cora procurou o rosto de Caesar na multidão. Não o encontrou. Ele não estivera presente da última vez que os irmãos apareceram juntos na metade norte.

Era importante lembrar-se das diferentes lições daquele tipo de ocasião. Algo sempre acontecia quando os Randall se aventuravam nas senzalas. Cedo ou tarde. Algo novo que não era possível prever até que já estivesse em cima de você.

James deixava as operações diárias para seu homem de confiança, Connelly, e raramente aparecia. Ele poderia mostrar a propriedade para algum visitante, um vizinho ilustre ou um agricultor curioso de outra parte, mas era raro. James raramente se dirigia a seus escravos, que haviam sido ensinados pelo açoite a continuar o trabalho e ignorar sua presença. Quando aparecia na fazenda do irmão, Terrance normalmente elogiava cada escravo e tomava notas sobre quais homens eram os mais hábeis e quais mulheres mais atraentes. Satisfeito de admirar lascivamente as mulheres do irmão, ele açoitava com gosto as mulheres da sua própria metade da fazenda. "Gosto de ver se as minhas ameixas estão boas", dizia Terrance perambulando pelas fileiras de cabanas para atender a seus caprichos. Ele violava os elos de afeto, às vezes visitando escravos na noite do casamento para mostrar ao marido o jeito certo de desempenhar suas funções conjugais. Ele experimentava suas ameixas, esfolava-lhes a pele, deixava sua marca.

Era de conhecimento geral que James tinha outro posicionamento. Diferentemente do pai e do irmão, James não usava sua propriedade para se divertir. Ocasionalmente ele mandava virem mulheres do condado para jantar, e Alice invariavelmente fazia o jantar mais suntuoso e apetitoso de que era capaz. A sra. Randall morrera muitos anos antes, e Alice achava que uma mulher seria uma presença civilizadora na fazenda. Várias vezes James recebeu aquelas criaturas pálidas, seus coches brancos atravessando as trilhas lamacentas que levavam à casa-grande. As moças da cozinha riam e especulavam. E então uma nova mulher surgia.

Caso se desse ouvidos ao que Prideful, seu criado pessoal, contava, James guardava suas energias eróticas para quartos especializados de um estabelecimento de Nova Orleans. A cafetina era liberal e moderna, conhecedora das trajetórias do desejo humano. Era difícil de acreditar nas histórias de Prideful, apesar da garantia de que recebia as informações do pessoal do estabelecimento, de quem acabara se tornando íntimo ao longo dos anos. Que tipo de homem branco se submeteria, voluntariamente, ao chicote?

Terrance riscou o chão com a bengala. Fora a bengala de seu pai, encimada por uma cabeça de lobo de prata. Muitos se lembravam da força do objeto na própria pele.

"Lembro de James me contar sobre um preto que ele tinha aqui", disse Terrance, "que era capaz de recitar a Declaração da Independência. Não consigo acreditar. Pensei que talvez hoje ele pudesse me mostrar, já que todos estão animados, a julgar pelo barulho".

"Vamos resolver isso", disse James. "Onde está aquele rapaz? Michael?"

Ninguém disse nada. Godfrey movimentou a lamparina ao redor em um gesto patético. Moses era o infeliz capataz que estava mais próximo dos irmãos Randall. Ele pigarreou. "Michael morreu, senhor James."

Moses mandou uma das crianças chamar Connelly, mesmo se significasse interromper o concubinato de domingo à noite do feitor. A expressão no rosto de James deu a Moses a ordem de começar a explicar.

Michael, o escravo em questão, de fato tinha a habilidade de recitar longas passagens. De acordo com Connelly, que ouvira a história do comerciante de escravos, o antigo senhor de Michael era fascinado pelas habilidades dos papagaios da América do Sul e chegou à conclusão de que, se um pássaro podia recitar limeriques, um escravo também poderia ser ensinado a decorar trechos. Uma mera olhada no tamanho do crânio deixava claro que um preto tinha o cérebro maior que o de um pássaro.

Michael era filho do cocheiro do senhor. Tinha uma peculiar esperteza animal, do tipo que se vê em porcos, às vezes. O senhor e seu improvável pupilo começaram com rimas simples e passagens curtas de poetas britânicos. Iam devagar nas palavras que o negro não entendia e, se a verdade fosse dita, o senhor as entendia apenas pela metade, já que seu tutor fora um patife escorraçado de todo cargo decente que já tivera e que decidira fazer de seu derradeiro posto a base para sua vingança secreta. Eles faziam milagres, o fazendeiro de tabaco e o filho do cocheiro. A Declaração da Independência era a obra de arte deles. "Uma história de repetidas injúrias e difamações."

A habilidade de Michael nunca foi mais do que um truque para ser exibido, deleitando os visitantes antes que a discussão se voltasse, como sempre acontecia, às reduzidas faculdades dos negros. Seu proprietário perdeu o interesse e vendeu o garoto para o Sul. Quando Michael chegou à fazenda Randall, um tanto de tortura e punições haviam perturbado o seu juízo. Era um trabalhador medíocre. Reclamava de barulhos e feitiços negros que anuviavam sua memória. Exasperado, a força do espancamento de Connelly acabou com o pouco de cérebro que restava ao jovem. Era um flagelo ao qual Michael não pretendia sobreviver, e ele atingiu seu objetivo.

"Eu devia ter sido avisado", disse James, claramente contrariado.

A recitação de Michael fora uma diversão e tanto nas duas vezes em que ele chamara o preto para exibir a visitantes.

Terrance gostava de provocar o irmão.

"James", disse ele, "você precisa ter um controle melhor da sua propriedade".

"Não se meta."

"Eu sabia que você deixava seus escravos fazerem festa, mas não tinha ideia de que eles eram tão extravagantes. Está tentando fazer com que eu pareça mau?"

"Não faça de conta de que se importa com o que um preto pensa de você, Terrance."

O copo de James estava vazio. Ele se virou para ir embora.

"Mais uma música, James. Gostei delas."

George e Wesley estavam desamparados. Noble e seu tamborim não estavam à vista. James apertou os lábios, transformando-o em uma linha. Ele gesticulou e seus homens começaram a tocar.

Terrance bateu a bengala no chão. Seu rosto se tornou sombrio à medida que observava a multidão.

"Não vão dançar? Eu insisto. Você e você."

Eles não esperaram pelo sinal de seu senhor. Os escravos da metade norte meio que se juntaram na viela, hesitantes, tentando retomar o antigo ritmo e fazer uma apresentação. A maldosa Ava não havia perdido sua capacidade de dissimulação desde os tempos em que perturbava Cora — ela se agitava e marcava o ritmo com o pé como se fosse o auge das celebrações natalinas. Fazer uma apresentação para o senhor era uma habilidade conhecida, as sutilezas e vantagens do disfarce, e eles acabavam afugentando o medo à medida que se sentiam mais confortáveis com a performance. Ah, como pulavam e gritavam, berravam e vibravam! Certamente aquela era a música mais viva que já tinham ouvido, os músicos eram os mais completos que a raça negra tinha a oferecer. Cora se arrastou para dentro da roda, conferindo a reação dos irmãos Randall a cada volta, como todo mundo. Jockey batia as mãos no colo para marcar o ritmo. Cora encontrou o rosto de Caesar. Ele estava na sombra, na cozinha, o rosto inexpressivo. Então ele se retirou.

"Você!"

Era Terrance. Ele ergueu a mão diante de si como se estivesse coberta por uma eterna mancha que apenas ele podia enxergar. Então Cora viu — uma única gota de vinho manchando o punho de sua linda camisa branca. Chester havia esbarrado nele.

Chester esboçou um sorrisinho e se inclinou até o chão diante do homem branco.

"Desculpe, senhor! Desculpe, senhor!"

A bengala desceu com força sobre seus ombros e a cabeça, uma vez e mais outra. O rapaz gritava e se encolhia no chão de terra à medida que os golpes continuavam. O braço de Terrance se erguia e descia. James parecia cansado.

Uma gota. Uma sensação tomou conta de Cora. Ela não era tomada por essa sensação havia anos, desde que descera a machadinha sobre a casinha de cachorro de Blake e lançara lascas pelos ares. Ela vira homens pendurados em árvores, deixados ao relento para urubus e corvos. Mulheres escarnadas até os ossos pela chibata. Corpos vivos e mortos sendo queimados em piras. Pés cortados para evitar fuga e mãos decepadas para cessar o roubo. Ela vira meninos e meninas mais novos apanharem sem ter feito nada. Naquela noite a sensação começou novamente no seu coração. Tomou conta dela e, antes que sua parte escrava se equiparasse à parte humana, ela estava curvada sobre o corpo do garoto como um escudo. Ela segurou a bengala na mão como um homem num pântano lidando com uma cobra, e viu o ornamento na ponta. O lobo de prata arreganhava seus dentes de prata. Então a bengala foi tirada de sua mão. Desceu sobre sua cabeça. Voltou a descer com força e dessa vez os dentes de prata atingiram seus olhos e seu sangue se espalhou pelo chão.

Aquele ano, as mulheres da Hob eram sete. Mary era a mais velha. Ela estava lá porque era vítima de ataques. A boca espumando como um cachorro raivoso, se contorcendo no chão com olhos descontrolados. Ela havia brigado, durante muitos anos, com outra trabalhadora da lavoura chamada Bertha, que finalmente acabou por amaldiçoá-la. O Velho Abraham reclamava que o padecimento de Mary existia desde criança, mas ninguém dava ouvidos a ele. Aqueles ataques não eram nada perto dos que ela sofrera quando jovem. Ela acordava deles machucada, confusa e apática, o que levava a punições por trabalho perdido, e as recuperações das punições levavam a mais trabalho perdido. Quando o mau humor do capataz cismava com você, qualquer pessoa podia ser levada junto. Mary levou suas coisas para a Hob para evitar o escárnio de seus colegas de cabana. Arrastou os pés por todo o trajeto, como se na esperança do protesto de alguém.

Mary trabalhava no armazém de leite com Margaret e Rida. Antes de serem compradas por James Randall, aquelas duas haviam sofrido tanto que não eram capazes de se entrelaçar ao tecido da fazenda. Margaret fazia uns barulhos horríveis com a garganta em momentos inoportunos, sons guturais, os lamentos mais miseráveis e os xingamentos mais vulgares. Quando o senhor inspecionava os escravos, ela mantinha a boca tapada com a mão, para não chamar atenção para seu tormento. Rida era avessa à higiene e nenhum argumento ou persuasão era capaz de convencê-la. Ela fedia muito.

Lucy e Titania nunca abriam a boca, a primeira porque preferia assim e a segunda porque sua língua havia sido cortada por um proprietário anterior. Trabalhavam na cozinha sob o comando de Alice, que preferia assistentes que não tivessem a inclinação de tagarelar o dia inteiro, para poder ouvir melhor a própria voz.

Outras duas mulheres tiraram a própria vida naquela primavera, mais do que o normal, mas nada digno de nota. Ninguém com um nome que seria lembrado quando chegasse o inverno, tão tênue era sua marca. Sobravam então Nag e Cora. Elas cuidavam de todas as fases do algodão.

Ao final do dia de trabalho, Cora cambaleou, e Nag se apressou a ajudá-la. Ela conduziu Cora de volta à Hob. O capataz lançou um olhar para o avanço lento das duas, mas nada disse. A loucura evidente de Cora a livrara da costumeira repreensão. Passaram por Caesar, que se demorava junto a um dos barracões de trabalho com uma dupla de escravos jovens, entalhando um pedaço de madeira com sua faca. Cora desviou o olhar e tratou de lhe mostrar uma expressão séria, como sempre fazia desde que recebera aquela proposta.

Haviam se passado duas semanas desde o aniversário de Jockey, e Cora ainda estava se recuperando. Os golpes em seu rosto tinham deixado um dos olhos fechado de tão inchado e causaram um ferimento muito sério em sua têmpora. O inchaço desaparecera, mas no ponto onde o lobo de prata beijara sua pele agora havia uma feia cicatriz na forma de um X. Sangrara durante dias. Aquele era o seu quinhão pela noite da festa. Muito pior fora o açoite que Connelly lhe deu na manhã seguinte, sob os galhos impiedosos do tronco das chibatadas.

Connelly fora um dos primeiros contratados pelo Velho Randall. Na sua gestão, James mantivera o homem no cargo. Quando Cora era jovem, o cabelo do feitor era de um ruivo forte que se encaracolava sob o chapéu de palha como as penas das asas de um cardeal. Naquele tempo, ele fazia a ronda com um guarda-chuva preto, mas acabou se rendendo, e agora suas blusas brancas contrastavam fortemente com a pele bronzeada. Seu cabelo embranquecera e a barriga pendia por cima do cinto, mas, a não ser por isso, ele era o mesmo homem que açoitara sua avó e sua mãe, atazanando a aldeia com seu andar coxo que a fazia se lembrar de um touro velho. Não havia nada o que o apressasse, se assim ele decidisse. A única vez que demonstrava velocidade era quando apanhava sua chibata. Então mostrava a energia e a algazarra de uma criança se divertindo com um novo passatempo.

O feitor não ficara satisfeito com o que acontecera durante a visita surpresa dos irmãos Randall. Primero, Connelly fora interrompido enquanto desfrutava de Gloria, sua mulher do momento. Ele açoitou o mensageiro e se levantou da cama. Em segundo lugar, havia o problema de Michael. Connelly não havia informado James sobre a perda de Michael, pois seu patrão nunca dava bola para as rotineiras variações de escravos, mas a curiosidade de Terrance fizera disso um problema.

Havia ainda o problema da falta de jeito de Chester e do ato incompreensível de Cora. Connelly deixou-os em carne viva no amanhecer seguinte. Ele começou com Chester, para seguir a ordem na qual as transgressões haviam ocorrido, e depois mandou que as costas ensanguentadas dele fossem esfregadas com água e pimenta. Era a primeira sova de verdade de Chester, e a primeira de Cora em seis meses. De acordo com os escravos da casa, o senhor James ficara mais chateado pelo irmão ter tocado sua propriedade, sobretudo diante de tantas testemunhas, do que com Chester e Cora. Tal era o peso da ira de um dos irmãos em relação à propriedade do outro. Chester nunca mais falou com Cora.

Nag ajudara Cora a subir os degraus da Hob. Cora caiu assim que entraram na cabana e estavam fora da visão do restante da senzala.

"Deixe eu pegar alguma comida para você", disse Nag.

Como Cora, Nag havia sido mandada para a Hob por questões políticas. Durante anos ela fora a preferida de Connelly, passando a maior parte das noites na cama dele. Nag era altiva para uma moça negra mesmo antes de o feitor lhe conceder seus minguados favores, tinha os olhos cinza-claros e quadris perturbadores. Ela se tornara insuportável. Envaidecendo-se, tripudiando sobre os maus-tratos dos quais só ela era poupada. Sua mãe havia se relacionado frequentemente com homens brancos e ensinara a Nag práticas libidinosas. Ela se submetia obedientemente à tarefa até mesmo quando ele negociava seus rebentos. As metades norte e sul da grande fazenda Randall trocavam escravos o tempo todo, descarregando pretos espancados, trabalhadores preguiçosos e malandros uma para a outra num jogo sem nexo. Os filhos de Nag eram lembretes. Connelly não conseguia olhar para seus bastardos mulatos quando seus cachos brilhavam um intenso vermelho contra a luz do sol.

Certa manhã, Connelly deixou claro que não desejava mais Nag em sua cama. Foi o dia pelo qual os inimigos dela haviam esperado. Nag voltou dos campos para descobrir que suas coisas tinham sido levadas para a Hob, o que anunciava para toda a senzala sua queda de status. A vergonha dela os alimentou como nenhuma comida seria capaz. A Hob a endureceu, como de costume. A cabana fixava a personalidade das pessoas.

Nag nunca fora próxima da mãe de Cora, mas isso não a impediu de ficar amiga da moça quando esta se tornou uma pária. Depois da noite da festa e nos dias sanguinolentos que se seguiram, ela e Mary cuidaram de Cora, aplicando salmoura e cataplasma à sua pele destruída e se certificando de que ela comesse. Elas aninharam sua cabeça e, ao cuidarem de Cora, cantaram canções de ninar para seus filhos perdidos. Lovey também visitava a amiga, mas a menina não era imune à reputação da Hob e ficava inquieta na presença de Nag, Mary e as outras. Ela permaneceu até quando seu nervosismo permitiu.

Cora estava deitada no chão e gemia. Duas semanas depois do espancamento, ela sofria de tonturas e a cabeça latejava. Na maior parte do tempo ela conseguia disfarçar e trabalhar na lavoura, mas às vezes só o que conseguia fazer era manter-se de pé até que o sol desaparecesse. A cada hora, quando a menina da água trazia a concha, ela sorvia todo o líquido e sentia o metal nos dentes. Agora ela não tinha mais nada.

Mary surgiu.

"Doente de novo", disse ela.

A amiga tinha um pano e o colocou sobre a testa de Cora. Mary ainda mantinha um reservatório de sentimento maternal depois da perda de seus cinco filhos — três mortos antes de aprenderem a andar e os outros vendidos tão logo se mostraram capazes de carregar água e arrancar erva daninha em torno da casa-grande. Mary era descendente de cepa puramente axânti, assim como seus dois maridos. Para rebentos assim, não era necessário muita persuasão da parte do vendedor. Cora moveu os lábios num agradecimento silencioso. As paredes da cabana a oprimiam. Lá em cima, no sótão, uma das outras mulheres — Rida, a julgar pelo fedor — se remexia e fazia barulho. Nag esfregou os nós das mãos de Cora.

"Não sei o que é pior", disse ela. "Você doente e fora da vista ou de pé lá fora quando o senhor Terrance chegar amanhã."

A simples ideia da visita dele deixou Cora exaurida. James Randall estava de cama. Caíra doente depois de uma viagem a Nova Orleans para negociar com uma delegação de mercadores de Liverpool e para visitar seu vergonhoso refúgio. Ele desmaiara em seu cabriolé na volta e desde então não fora visto. Agora chegavam sussurros do pessoal da casa de que Terrance iria assumir toda a fazenda enquanto o irmão convalescia. Durante a manhã ele podia inspecionar a metade norte, a fim de deixar a operação no mesmo patamar de como as coisas eram feitas na metade sul.

Ninguém duvidava de que seria uma equiparação sangrenta.

As mãos de suas amigas se afastaram, as paredes cessaram de pressionar e ela perdeu a consciência. Cora acordou na calada da noite, a cabeça descansando sobre um cobertor rústico enrolado. No andar de cima, todas dormiam. Ela passou a mão na cicatriz em sua têmpora. Parecia sangrar. Cora sabia por que correra para proteger Chester, mas se frustrava quando tentava recordar a urgência daquele momento, o grão de sentimento que se apoderara dela. Aquele sentimento se retirara para o canto escuro de onde viera e não podia ser persuadido. Para aliviar sua inquietação, ela saiu sorrateiramente para seu lote de terra, se sentou no seu bordo, aspirou o ar e ouviu. Coisas no pântano assoviavam e chapinhavam, caçando na escuridão viva. Caminhar ali à noite, rumando ao norte, para os estados livres. Era preciso perder a razão para fazer isso.

Mas sua mãe o fizera.

Como se para espelhar o comportamento de Ajarry, que não pisara nem uma só vez fora da fazenda Randall desde que chegara, Mabel nunca deixou a fazenda até o dia de sua fuga. Ela não deu nenhum indicativo de suas intenções, pelo menos não para alguém que admitisse isso nos interrogatórios que se seguiram. Não era pouca coisa em uma senzala de naturezas traiçoeiras e de informantes que venderiam seu ente mais querido para fugir do açoite da chibata.

Cora pegara no sono aninhada no colo de sua mãe e nunca mais a vira. O Velho Randall soou o alarme e chamou os patrulheiros. Dentro de uma hora o grupo de busca chegou ao pântano, atrás dos cachorros de Nate Ketchum. O último de uma longa linhagem de especialistas, Ketchum tinha talento de perseguidor de escravos em suas veias. Os cães haviam sido criados por gerações para detectar o cheiro de negros cruzando condados inteiros, mastigando e dilacerando muitos escravos desobedientes. Quando os animais tensionavam as coleiras de couro e agitavam as patas dianteiras no ar, seu latido fazia toda e qualquer alma nas redondezas querer correr para sua cabana. Mas antes de qualquer coisa, a colheita do dia aguardava os escravos e eles voltaram a seus afazeres, suportando o barulho terrível dos cachorros e a visão do sangue que estava por vir.

Cartazes e folhetos circulavam por centenas de quilômetros. Negros libertos que complementavam seus ganhos apanhando fugitivos passavam o pente-fino nas florestas e arrancavam informações de possíveis cúmplices. Patrulheiros e grupos de busca de brancos vulgares assustavam e perturbavam. As senzalas de todas as fazendas das redondezas eram minuciosamente reviradas, e de saída um bom número de escravos era espancado. Mas os cães voltaram de garras vazias, assim como seus senhores.

Randall contratava os serviços de uma bruxa para ludibriar sua propriedade com a ideia de que nenhum sangue africano poderia fugir sem ser atingido por uma terrível paralisia. A bruxa enterrava feitiços em lugares secretos, pegava seu dinheiro e partia na sua carroça puxada por uma mula. Havia um debate incendiado na aldeia quanto ao espírito da maldição. Será que a maldição se aplicava apenas àqueles que tinham intenção de fugir ou a todas as pessoas de cor que passassem dos limites da fazenda? Uma semana se passou até que os escravos voltassem a caçar e a revirar o pântano novamente. Era lá que a comida estava.

De Mabel não havia sinal. Ninguém nunca fugira da fazenda Randall. Os fugitivos eram sempre trazidos de volta à força, traídos por amigos, liam as estrelas de um jeito errado e se perdiam ainda mais no labirinto da servidão. Ao voltarem eram maltratados sem piedade antes de serem autorizados a morrer, e aqueles deixados para trás eram forçados a assistir ao espetáculo macabro da sua morte.

Ridgeway, o infame perseguidor de escravos, fizera uma visita à fazenda uma semana depois. Ele cavalgava com seus sócios, cinco homens de semblante desonesto, conduzidos por um temível índio que usava um colar feito de orelhas atrofiadas. Ridgeway tinha quase dois metros de altura, com um rosto quadrado e o pescoço como um martelo. Mantinha uma atitude serena o tempo todo, mas alimentava um clima ameaçador, como um cúmulo-nimbo que parece muito longe, mas então é ouvido com uma violência indizível.

A visita de Ridgeway durou meia hora. Ele tomou notas em uma pequena caderneta, e, a julgar pelo o que a casa falava, era um homem de intensa concentração e jeito de falar cheio de floreios. Demorou dois anos para ele voltar, pouco antes da morte do Velho Randall, para pedir desculpas pessoalmente por seu fracasso. O índio já se fora, mas havia um jovem cavaleiro de cabelo preto e longo que usava um colar similar de troféus sobre seu colete de pele. Ridgeway estava nas redondezas para visitar um fazendeiro vizinho, oferecendo como prova de captura as cabeças de dois fujões num saco de couro. Cruzar os limites da propriedade era uma ofensa capital na Geórgia; às vezes um senhor de escravos preferia um exemplo a exibir do que o retorno de sua propriedade.

O perseguidor de escravos partilhou rumores sobre uma nova parte da ferrovia subterrânea que diziam que operava na parte sul do estado, por mais impossível que parecesse. O Velho Randall zombou da informação. Os simpatizantes seriam extirpados, cobertos de piche e emplumados, assegurou Ridgeway ao anfitrião. Ou fosse lá o que satisfizesse o costume local. Ridgeway pediu desculpas mais uma vez e se despediu. Logo seu bando chegou à estrada do condado rumo à nova missão. Seu trabalho, o rio de escravos que precisavam ser carregados de seus esconderijos e trazidos à contabilidade do homem branco, não tinha fim.

Mabel se preparara para sua aventura. Um facão. Sílex e material inflamável. Ela roubou os sapatos de uma companheira de cabana, que estavam em melhores condições. Por semanas, seu jardim vazio foi testemunha do seu milagre. Antes de fugir ela colhera todo e qualquer inhame de sua terra, uma carga pesada e pouco prudente para uma jornada que exigia passo ligeiro. Os torrões e os buracos no chão eram um lembrete para todos que passavam por lá. Então, certa manhã, eles foram aplainados. Cora se pôs de joelhos e plantou tudo de novo. Aquela era a sua herança.

Agora, à fraca luz do luar, com sua cabeça latejando, Cora fitou o minúsculo jardim. Ervas daninhas, gorgulhos, pegadas irregulares de bichos. Ela negligenciara sua terra desde a festa. Hora de voltar a ela.

A visita de Terrance no dia seguinte foi tranquila, a não ser por um momento perturbador. Connelly mostrou a ele as operações do irmão, já que fazia alguns anos que Terrance não fazia uma visita adequada. Seu jeito foi inesperadamente civilizado, sob todos os aspectos; as observações sardônicas de costume estavam ausentes. Discutiram os números referentes ao transporte do ano anterior e examinaram os livros que continham as pesagens do último mês de setembro. Terrance demonstrou desagrado pela caligrafia lamentável do feitor, mas, a não ser por isso, os homens se entenderam de forma amigável. Não inspecionaram os escravos ou a aldeia.

Montados em cavalos, eles circum-navegaram os campos, comparando os processos de colheita das duas metades. Nos pontos em que Terrance e Connelly cruzavam o algodoal, os escravos próximos redobravam esforços furiosamente. Os trabalhadores tinham cortado erva por semanas, cravando as enxadas nos sulcos. As hastes estavam da altura dos ombros de Cora, vergando e balançando, fazendo brotar folhas e botões que ficavam maiores a cada manhã. Nos meses seguintes botões explodiriam em brancura. Ela rezava, pedindo que as plantas estivessem altas o bastante para escondê-la quando os homens brancos passassem. Ela os via de costas quando eles passavam por ela e prosseguiam. Então Terrance se virou. Ele fez um meneio afirmativo, apontou a bengala na direção dela e continuou.

James morreu dois dias depois. Dos rins, informou o doutor.

Por muito tempo os moradores da fazenda Randall não puderam deixar de comparar os funerais do pai e do filho. O Randall mais velho havia sido um membro reverenciado da sociedade agrícola. Os forasteiros vindos do Oeste tomavam para si toda a atenção agora, mas Randall e seus companheiros foram os verdadeiros pioneiros, conquistando o sustento naquele inferno úmido da Geórgia tantos anos atrás. Seus companheiros o cultuavam como um visionário por ter sido o primeiro na região a mudar para o algodão, tomando a frente dos bons negócios. Não foram poucos os jovens fazendeiros afundados em dívidas que recorreram a Randall atrás de aconselhamento — dado gratuita e generosamente —, e na sua época ele chegou a ser senhor de uma vasta produção.

Os escravos tiveram folga para ir ao funeral do Velho Randall. Ficaram em pé, num grupo amontoado, enquanto todos os distintos homens e mulheres brancos homenageavam o amado pai. Os escravos da casa carregaram o caixão, o que todos acharam escandaloso de início, mas, pensando bem, era um indício de afeição genuína, uma afeição que eles experimentavam com seus próprios escravos, com as senhoras em cujas tetas mamaram em tempos inocentes e com a serviçal que deslizava uma mão sob a água cheia de espuma na hora do banho. Ao final da cerimônia, começou a chover. Aquilo pôs fim à homenagem, mas todos ficaram aliviados porque a estiagem já durava muito. O algodão estava sedento.

Quando James morreu, os filhos Randall já haviam cortado relações com os pares e protegidos do pai. James tivera muitos parceiros de negócios no papel, alguns dos quais conhecera pessoalmente, mas tinha poucos amigos. Na verdade, o irmão de Terrance nunca recebera seu quinhão humano de sentimentalidade. Seu velório foi pouco concorrido. Os escravos estavam trabalhando na lavoura — com a aproximação da colheita, não havia outro jeito. Tudo estava prescrito no seu testamento, disse Terrance. James foi enterrado próximo dos pais em um canto tranquilo de sua enorme propriedade, ao lado de Platão e Demóstenes, os mastins do pai, que haviam sido amados por todos, tanto homens quanto negros, embora não conseguissem deixar as galinhas em paz.

Terrance viajou para Nova Orleans a fim de resolver os negócios do irmão com o mercado de algodão. Embora nunca houvesse um momento bom para a jornada, Terrance assumir ambas as metades era a justificativa adequada. A metade norte sempre gozara de clima mais ameno. James era tão cruel e brutal como qualquer homem branco, mas, comparado ao irmão caçula, era o retrato da moderação. As histórias sobre a metade sul eram terríveis — em magnitude, quando não em detalhes.

Grande Anthony aproveitou a oportunidade. Grande Anthony não era o macho mais esperto da aldeia, mas ninguém podia dizer que lhe faltava senso de ocasião. Era a primeira tentativa de fuga desde Mabel. Ele enfrentou a maldição da bruxa sem incidentes e percorreu mais de quarenta quilômetros até ser descoberto, cochilando, em um celeiro. Os policiais o devolveram em uma gaiola de ferro feita por um de seus primos. "Se alçar voo como passarinho, merece uma gaiola." A parte da frente da gaiola tinha um lugar para pôr o nome do morador, mas ninguém se deu o trabalho de usá-lo. Levaram a gaiola junto quando foram embora.

Na véspera da punição de Grande Anthony — sempre que os homens brancos postergavam uma punição, algum espetáculo era esperado —, Caesar visitou a Hob. Mary o deixou entrar. Estava confusa. Pouquíssimos visitantes apareciam ali, e homens, apenas quando era um capataz trazendo más notícias. Cora não falara a ninguém sobre a proposta do jovem.

O sótão estava cheio de mulheres, dormindo ou prestando atenção. Cora depositou sua costura no chão e o levou para fora.

O Velho Randall construíra a escola para seus filhos e para os netos que esperava ter algum dia. A solitária construção dificilmente cumpriria sua função tão cedo. Desde que os filhos de Randall haviam terminado os estudos, era usada para fechar negócios e para outro tipo de lição. Lovey viu quando Caesar e Cora entraram ali, e Cora deu de ombros para a surpresa da amiga.

A escola, cujas madeiras estavam apodrecendo, fedia. Pequenos animais fizeram dela sua morada. As cadeiras e mesas haviam sido removidas há muito, abrindo espaço para folhas mortas e teias de aranha. Ela se perguntou se ele levava Frances até ali quando ficavam juntos, e o que faziam. Caesar vira Cora nua quando arrancaram suas roupas para o açoite, o sangue brotando de sua pele.

O homem verificou a janela e disse:

"Sinto muito pelo o que aconteceu a você."

"É o que eles fazem", respondeu Cora.

Duas semanas antes ela o tomara por tolo. Naquela noite ele se comportava como alguém maduro para sua idade, como um daqueles escravos antigos e sábios que contam uma história cuja verdadeira mensagem você só entende dias ou semanas depois, quando não se pode mais evitar os fatos.

"Agora você vem comigo?", perguntou Caesar. "Andei pensando que já está mais do que na hora de partir."

Ela não conseguia entendê-lo. Na manhã dos seus três açoitamentos, Caesar estivera à frente da plateia. Era costume que os escravos testemunhassem os maus-tratos de seus companheiros como uma instrução edificante. Em algum momento durante o espetáculo todos precisavam virar de costas, nem que só por um instante, enquanto pensavam na dor do escravo e no dia, mais cedo ou mais tarde, em que seria a vez deles na ponta maculada da chibata. Era você que estava lá, mesmo quando não era. Mas Caesar não piscou. Ele não procurou os olhos de Cora, olhava para algo além dela, algo grandioso e difícil de discernir.

Ela disse:

"Você acha que eu sou um amuleto porque Mabel escapou. Mas não sou. Você viu. Você viu o que acontece quando a gente tem ideias."

Caesar não se intimidou.

"A situação vai ficar muito ruim quando ele voltar."

"É ruim agora", respondeu Cora. "Sempre foi."

E o deixou ali.

Os novos pelourinhos encomendados por Terrance explicaram o adiamento da punição de Grande Anthony. Os carpinteiros trabalharam a noite toda para terminar as amarras, decorando-as com gravuras ambiciosas, ainda que rudimentares. Minotauros, sereias de seios fartos e outras criaturas fantásticas divertiam-se na madeira. Os pelourinhos foram instalados no gramado da frente, sobre a grama exuberante. Dois capatazes seguravam Grande Anthony, e ali ele ficou pendurado todo o primeiro dia.

No segundo dia, um grupo de visitantes chegou em um coche, almas augustas de Atlanta e Savannah. Senhoras e senhores distintos que Terrance conhecera em suas andanças, assim como um jornalista de Londres que viajara para retratar a vida nos Estados Unidos. Eles comeram a uma mesa montada no gramado, saboreando a sopa de tartaruga e o cordeiro de Alice e lançando elogios à cozinheira, que nunca os receberia. Grande Anthony foi açoitado durante toda a refeição, e eles comeram devagar. O jornalista fazia algumas anotações entre uma garfada e outra. A sobremesa chegou e os convidados entraram para se verem livres dos mosquitos enquanto a punição de Grande Anthony prosseguia.

No terceiro dia, logo após o almoço, os escravos foram recolhidos dos campos, as lavadeiras, as cozinheiras e os trabalhadores do estábulo interromperam suas tarefas, o pessoal da casa se desviou de suas obrigações. Juntaram-se no gramado da frente. Os visitantes da fazenda Randall bebericavam rum com especiarias enquanto Grande Anthony era regado com óleo e assado. As testemunhas foram poupadas de seus gritos, já que sua masculinidade havia sido cortada fora no primeiro dia, enfiada em sua boca e costurada. Os pelourinhos fumegavam, carbonizavam-se e ardiam, as figuras da madeira retorcendo-se nas chamas como se vivas.

Terrance se dirigiu aos escravos das metades norte e sul. Agora há só uma fazenda, unida em propósito e método, disse ele. O senhor expressou seu luto pela morte do irmão e seu consolo em saber que James estava no céu, reunido com a mãe e o pai deles. Ele caminhava entre os escravos enquanto falava, cutucando-os com a bengala, passando a mão na cabeça das crianças e dando tapinhas amigáveis em alguns dos mais velhos e valorosos escravos da metade sul. Verificou os dentes de um rapaz que ele nunca vira, escancarando a mandíbula do menino para olhar bem, e acenou em aprovação. A fim de suprir a insaciável demanda mundial por produtos de algodão, disse ele, a cota diária de cada colhedor será aumentada em uma percentagem determinada por seus números na colheita anterior. Os campos serão reorganizados para acomodar um número mais produtivo de sulcos. Ele continuou caminhando. Estapeou um homem no rosto por chorar à visão de seu amigo sendo castigado junto ao pelourinho.

Quando chegou junto de Cora, Terrance enfiou a mão em seu decote e tomou seu seio na mão. Apertou. Ela não se moveu. Ninguém se movera desde o início de sua fala, nem mesmo a fim de tampar o nariz para afastar o cheiro da carne carbonizada de Grande Anthony. Não haverá mais festas além de Natal e Páscoa, informou ele. Ele vai determinar e aprovar todos os casamentos pessoalmente, para assegurar a adequação do casal e a promessa de uma boa cria. Haverá uma nova taxação sobre trabalhos dominicais realizados fora da fazenda. Ele acenou afirmativamente para Cora e continuou seu passeio entre seus africanos enquanto compartilhava as melhorias por vir.

Terrance concluiu sua fala. Era de compreensão geral que os escravos deveriam ficar ali até que Connelly os dispensasse. As senhoras de Savannah reabasteceram seus copos com as jarras. O jornalista abriu uma caderneta nova em folha e recomeçou suas anotações. Senhor Terrance juntou-se a seus convivas, e partiram todos para um passeio no algodoal.

Ela não havia sido dele e agora era. Ou então sempre fora dele e só agora percebia. A atenção de Cora vagou sozinha. Flutuava em algum lugar além do escravo em chamas, da casa-grande e das linhas que delimitavam a propriedade Randall. Ela tentava adicionar os detalhes a partir de histórias, percorrendo mentalmente os relatos de escravos que as haviam presenciado. A cada vez que ela percebia algo — construções de pedra branca polida, um oceano tão vasto que não havia uma árvore à vista, a ferraria de um homem de cor que não servia a nenhum senhor além de si próprio —, esse algo serpenteava livre como um peixe e fugia. Ela teria que ver por si mesma se conseguiria mantê-lo.

A quem poderia contar? Lovey e Nag guardariam sua confidência, mas ela temia a vingança de Terrance. Melhor que o desconhecimento delas fosse sincero. Não, a única pessoa com a qual podia conversar sobre o plano era o próprio arquiteto.

Ela o abordou na noite da fala de Terrance, e ele agiu como se ela já tivesse concordado há muito tempo. Caesar era diferente de qualquer homem de cor que ela já conhecera. Ele nascera em uma pequena fazenda da Virgínia, de propriedade de uma pequena e velha viúva. A sra. Garner gostava de assar quitutes e cuidar das complicações diárias de seu canteiro de flores; pouco se preocupava com qualquer outra coisa. Caesar e seu pai cuidavam da plantação e dos estábulos, sua mãe, das tarefas domésticas. Eles cultivavam uma pequena horta para vender na cidade. Sua família vivia no seu próprio chalé de dois cômodos nos fundos da propriedade. Eles a haviam pintado de branco com detalhes em azul-claro, exatamente como a casa de uma pessoa branca que sua mãe vira certa vez.

A sra. Garner não tinha outro desejo senão passar seus últimos anos com conforto. Ela não concordava com os argumentos populares pró-escravatura, mas a via como um mal necessário dadas as óbvias deficiências intelectuais da tribo africana. Libertar todos da servidão de uma vez seria desastroso — como cuidariam de seus problemas sem um olho atento e paciente a guiá-los? A sra. Garner ajudava à sua maneira, ensinando o alfabeto a seus escravos para que pudessem receber a palavra de Deus com os próprios olhos. Era liberal com as folgas, permitindo que Caesar e sua família perambulassem pelo condado à vontade. Isso irritava seus vizinhos. À sua maneira, ela os preparava para a libertação que os aguardava, pois prometera que seriam livres após sua morte.

Quando a sra. Garner faleceu, Caesar e sua família vivenciaram o luto e cuidaram da fazenda, esperando um comunicado oficial sobre sua alforria. Ela não deixou testamento. Seu único parente era uma sobrinha em Boston, que cuidou para que um advogado local liquidasse a propriedade da sra. Garner. Foi um dia terrível quando o homem chegou com policiais e informou a Caesar e seus pais que seriam vendidos. Pior — vendidos para o Sul, com suas temíveis lendas de crueldade e abominação. Caesar e sua família juntaram-se à fileira de acorrentados, seu pai indo para um lado, sua mãe, para o outro, e Caesar para seu próprio destino. A despedida foi patética, abreviada pelo açoite do negociante de escravos. Estava tão entediado com a demonstração de afeto, que já testemunhara incontáveis vezes antes, que o negociante apenas surrou a família desconsolada de modo automático. Caesar, por sua vez, tomou o açoite fraco como sinal de que conseguiria lidar com as chibatadas que estavam por vir. Um leilão em Savannah o conduziu à fazenda Randall e a seu terrível despertar.

"Sabe ler?", perguntou Cora.

"Sim."

Uma demonstração era impossível, é claro, mas se conseguissem sair da fazenda, dependeriam desse raro dom.

Eles se encontravam sempre que possível. Primeiro na antiga escola, depois no local onde o leite era produzido quando o trabalho de lá terminava. Agora que apostara suas fichas nele e no seu plano, ela borbulhava de ideias. Cora sugeriu que aguardassem a lua cheia. Caesar contou que depois da fuga de Grande Anthony, os feitores e capatazes haviam elevado o nível de atenção e estariam especialmente vigilantes na lua cheia, o farol branco que tão frequentemente deixava o escravo agitado, pensando em fugir. Não, disse ele. Queria partir o quanto antes. Na noite seguinte. A lua crescente teria que bastar. Agentes da ferrovia subterrânea estariam esperando.

A ferrovia subterrânea — Caesar estivera muito ocupado. Será que de fato eles operavam tão no interior da Geórgia? A ideia da fuga tomou conta de Cora. Além de seus próprios preparativos, como eles alertariam a ferrovia a tempo? Caesar não tinha qualquer pretexto para sair da fazenda antes de domingo. Ele lhe disse que a fuga deles causaria um alvoroço tão grande que não haveria necessidade de alertar os agentes.

A sra. Garner havia costurado as sementes da fuga de Caesar de várias maneiras, mas uma instrução em especial chamou a atenção dele para a ferrovia subterrânea. Era uma tarde de sábado, e eles estavam sentados na varanda da frente da casa. Na estrada principal, o espetáculo do final de semana corria diante deles. Comerciantes com suas carroças, famílias caminhando até o mercado. Escravos infelizes acorrentados uns aos outros pelo pescoço, cambaleando. Enquanto Caesar massageava os pés dela, a viúva o incentivava a cultivar uma habilidade que lhe seria muito proveitosa enquanto homem liberto. Ele se tornou carpinteiro, primeiro como aprendiz em um estabelecimento próximo pertencente a um unitarista de mente aberta. Ele acabou por vender suas tigelas lindamente manufaturadas na praça. Como a sra. Garner percebera, ele trabalhava bem com as mãos.

Na fazenda Randall ele continuou sua empreitada, juntando-se à caravana de domingo na direção da cidade com os vendedores de musgo, costureiras de pequenos remendos e trabalhadores de um dia. Ele vendia pouco, mas a jornada semanal era um pequeno, ainda que amargo, lembrete de sua vida no Norte. Ele se torturava, ao pôr do sol, por ter que se separar da multidão à sua frente, a dança fascinante entre comércio e desejo.

Certo domingo, um homem branco curvado, de cabelos grisalhos, o abordou e o convidou para ir ao seu estabelecimento. Talvez pudesse vender os artefatos de Caesar durante a semana, ofereceu, e ambos lucrariam com isso. Caesar já reparara no homem antes, caminhando devagar entre vendedores de cor e parando junto a suas mercadorias com uma expressão curiosa. Ele não lhe dera qualquer atenção, mas agora aquele convite o deixara com suspeitas. A experiência de ser vendido para o Sul mudara drasticamente sua atitude quanto aos brancos. Ele tomava cuidado.

O homem vendia provisões, produtos secos e ferramentas agrícolas. A loja estava vazia. Ele baixou a voz e perguntou:

"Você sabe ler, não é?"

"Senhor?", disse, como os rapazes da Geórgia diriam.

"Vi você na praça, lendo placas. Um jornal. Você precisa tomar cuidado. Eu não sou o único que pode perceber isso."

Sr. Fletcher era da Pensilvânia. Ele se mudara para a Geórgia porque, descobrira tardiamente, sua mulher se recusava a viver em qualquer outro lugar. Ela tinha ideias sobre o ar dali e seus efeitos benéficos na circulação sanguínea. Sua mulher tinha razão quanto ao ar, ele concordava, mas sob qualquer outro aspecto aquele lugar era deplorável. Sr. Fletcher tinha ojeriza à escravidão, a tinha como uma afronta perante Deus. Nunca fora ativo em círculos abolicionistas lá no Norte, mas observar de primeira mão o monstruoso sistema lhe trouxe pensamentos que ele próprio não reconhecia. Pensamentos que poderiam fazer com que fosse expulso da cidade, ou até pior.

Ele confidenciou a Caesar, correndo o risco de que o escravo o delatasse por causa de uma recompensa. Caesar, por sua vez, confiou nele. Já conhecera esse tipo de homem branco antes, franco e que acreditava nas palavras que saíam da própria boca. A veracidade de suas palavras era outra questão, mas pelo menos eles acreditavam nelas. O homem sulista fora cuspido das entranhas do demônio e não havia como prever sua próxima maldade.

Ao final daquele primeiro encontro, Fletcher ficou com as três tigelas de Caesar e disse-lhe para voltar na semana seguinte. As tigelas não haviam sido vendidas, mas a verdadeira empreitada daquela dupla progredia à medida que suas conversas lhe davam forma. A ideia era como uma tora de madeira, pensou Caesar, necessitando de habilidade e da ingenuidade humana para revelar a nova forma que lá se escondia.

Domingos eram os melhores dias. Aos domingos sua mulher visitava as primas. Fletcher nunca se dera muito bem com aquele lado da família, e vice-versa, devido ao seu temperamento peculiar. Todos acreditavam que a ferrovia subterrânea não operava tão ao sul, Fletcher lhe disse. Caesar já sabia disso. Na Virgínia, você podia ir escondido até Delaware ou Chesapeake em uma barcaça, fugindo de patrulhas e caçadores de recompensa graças a suas próprias habilidades e à mão invisível da Providência. Ou a ferrovia subterrânea poderia ajudá-lo, com suas linhas principais e rotas misteriosas.

A literatura antiescravagista era ilegal naquela parte da nação. Abolicionistas e simpatizantes que desciam até a Geórgia e a Flórida eram escorraçados, espancados e maltratados pelas multidões, cobertos de piche e penas. Metodistas e suas bobagens não tinham lugar no seio do Rei Algodão. Os fazendeiros não toleravam o contágio.

Ainda assim, uma estação fora aberta. Fletcher prometeu levá-lo até a ferrovia subterrânea se Caesar conseguisse percorrer os 48 quilômetros até sua casa.

"Quantos escravos ele ajudou?", perguntou Cora.

"Nenhum", respondeu Caesar.

Sua voz não titubeou, para tranquilizar tanto Cora quanto a si mesmo. Ele disse que Fletcher havia feito contato anterior com um escravo, mas o homem não fora ao encontro marcado. Na semana seguinte, o jornal relatou a captura do homem e descreveu a natureza de sua punição.

"Como sabemos que ele não está nos enganando?"

"Não está."

Caesar já havia refletido bastante sobre isso. Apenas a conversa com Fletcher em sua loja já fornecia motivos suficientes para isso. Não era necessário qualquer plano elaborado. Caesar e Cora ouviam os insetos enquanto a enormidade do seu plano flutuava sobre eles.

"Ele vai nos ajudar", disse Cora. "Ele tem que nos ajudar."

Caesar segurou as mãos dela junto às suas e então o gesto o constrangeu. Ele retirou a mão.

"Amanhã à noite", disse.

A noite derradeira de Cora na senzala foi passada em claro, embora ela precisasse de toda sua força. As outras mulheres da Hob dormitavam ao seu lado no sótão. Ela as escutava respirar: essa é a Nag; essa é a Rida, roncando de tempos em tempos. Àquela hora, no dia seguinte, ela estaria livre na noite. Fora isso o que sua mãe sentiu ao se decidir? A imagem que Cora tinha dela era bastante remota. Do que ela mais se lembrava era a sua tristeza. Sua mãe era uma mulher da Hob antes mesmo de haver uma Hob. Com a mesma relutância em se misturar, o fardo que a vergava o tempo todo e a mantinha à margem. Cora não conseguia entendê-la. Quem era ela? Onde estava agora? Por que a deixara? Sem nem mesmo um beijo especial para dizer: quando se lembrar desse momento mais tarde, você vai entender que eu estava me despedindo, mesmo sem você saber.

O último dia de Cora no campo passou com ela capinando furiosamente, como se cavasse um túnel. Por ele e além dele está sua salvação.

Ela disse adeus sem dizer. No dia anterior ela sentou com Lovey depois do jantar e conversaram como não faziam desde o aniversário de Jockey. Cora tentou colocar aqui e ali palavras bondosas para a amiga, um presente ao qual ela poderia se agarrar mais tarde. *Claro que você fez isso por ela, você é uma boa pessoa. Claro que o Major gosta de você, ele vê o que eu vejo em você.*

Cora guardou sua última refeição para as mulheres da Hob. Era raro elas passarem suas horas livres juntas, mas ela deu um jeito de reuni-las e tirá-las de suas obrigações. O que aconteceria com elas? Eram párias, mas a Hob fornecia um tipo de proteção uma vez que a pessoa se acostumava. Manipulando sua estranheza, o jeito como um escravo sorria e agia de modo infantil para escapar de ser espancado, elas evitavam as confusões do alojamento. Algumas noites as paredes da Hob compunham uma fortaleza, abrigando-as das brigas e conspirações. Os homens brancos acabam com você, mas às vezes a gente de cor também.

Ela deixou sua pilha de coisas junto à porta: um pente, um quadrado de prata polido que Ajarry surrupiara anos atrás, um montinho de pedras azuis que Nag chamava de suas "pedras índias". Seu adeus.

Ela pegou a machadinha. Pegou sílex e tudo que fosse inflamável. E, como sua mãe, tratou de colher seus inhames. Amanhã à noite alguém terá reivindicado esse pequeno lote, pensou ela, revirando a terra. Colocar uma cerca ao redor para as galinhas. Uma casa de cachorro. Ou talvez a pessoa faça um jardim. Uma âncora nas águas selvagens da fazenda, para impedir que ela fosse levada pela maré. Até que escolhesse ser levada.

Eles se encontraram junto ao algodoal depois que a aldeia se aquietou. Caesar fez uma expressão interrogativa diante de seu grande saco de inhames, mas não disse nada. Eles passaram por entre plantas altas, o corpo tão tenso que só depois da primeira metade do caminho se lembraram de correr. A velocidade os deixava tontos. A impossibilidade de tudo aquilo. O medo os chamava, mesmo que ninguém mais o fizesse. Tinham seis horas até que dessem por sua falta e mais uma ou duas até que os grupos de busca chegassem onde estavam agora. Mas o medo já estava em seu encalço, como estivera todos os dias na fazenda, e acompanhava seu passo.

Cruzaram a campina cujo solo era fino demais para cultivo e adentraram o pântano. Fazia anos desde a última vez em que Cora brincara na água escura com as outras crianças, assustando umas às outras com histórias de ursos e jacarés escondidos e cobras boca de algodão que nadavam agilmente. Homens caçavam lontras e castores no pântano, e os vendedores de musgo limpavam as árvores, indo longe, mas não demais, puxados de volta à fazenda por correias invisíveis. Fazia meses que Caesar acompanhava alguns homens em suas expedições de pesca e caça, aprendendo como pisar na turfa e no lodo, onde ficar próximo dos caniços e como encontrar as ilhas de terra firme. Ele examinou a escuridão diante de si com seu cajado. O plano era seguir em disparada para o oeste até que chegassem a uma série de ilhotas que um caçador lhe mostrara, e então dobrar para noroeste até que o pântano secasse. O precioso solo firme fazia dessa a rota mais rápida para o norte, apesar do trajeto maior.

Tinham avançado pouco quando ouviram a voz e pararam. Cora olhou para Caesar, para saber o que fazer. Ele ergueu as mãos e escutou com atenção. Não era uma voz brava. Nem mesmo a voz de um homem.

Caesar balançou a cabeça quando se deu conta da identidade do suspeito.

"Lovey, shhh!"

Lovey foi esperta o bastante para ficar quieta quando conseguiu distinguir o rastro deles.

"Eu sabia que vocês estavam armando alguma coisa", sussurrou ela quando os alcançou. "Conversando pelos cantos com ele sem me contar nada. E você colheu até os inhames que não estavam maduros!"

Ela havia amarrado um pedaço de tecido velho para fazer uma bolsa, e a jogou por cima do ombro.

"Volte logo, antes que estrague tudo", disse Caesar.

"Eu vou para onde vocês forem", respondeu Lovey.

Cora franziu a testa. Se mandassem Lovey de volta, a garota poderia ser pega voltando para a sua cabana. Lovey não era capaz de segurar a língua. Perderiam a vantagem. Ela não queria ser responsável pela menina, mas não sabia o que fazer.

"Ele não vai aceitar três pessoas", disse Caesar.

"Ele sabe que eu também vou?", perguntou Cora.

Ele negou com a cabeça.

"Então, tanto faz duas surpresas ou uma", disse Cora. Ela levantou seu saco. "Temos comida suficiente, de todo jeito."

Ele teve a noite inteira para se acostumar à ideia. Demoraria muito tempo até dormirem. Lovey acabou por parar de chorar a cada barulhinho das criaturas da noite, ou quando pisava muito fundo e a água ia até sua cintura. Cora conhecia bem essa característica manhosa de Lovey, mas não reconhecia o outro lado da amiga, fosse lá o que havia tomado conta dela e a feito fugir. Mas todo escravo pensa nisso. De manhã e de tarde e de noite. Sonha com isso. Todo sonho é um sonho de fuga, mesmo se não parece. Mesmo quando era um sonho de sapatos novos. A oportunidade se mostrou e Lovey a agarrou, sem dar atenção à chibata.

Os três rumaram para o oeste, patinhando pela água escura. Cora não conseguiria guiá-los. Ela não sabia como Caesar conseguiam mas ele sempre a surpreendia. Claro que ele tinha um mapa na cabeça e sabia ler as estrelas, além das letras.

Os suspiros e as reclamações de Lovey quando ela precisava descansar poupavam Cora de pedir por uma parada. Quando eles pediram para olhar na sacola que ela trazia a reboque, não continha nada de prático, apenas lembranças bizarras que ela guardara, como um pequeno pato de madeira e uma garrafa de vidro azul. Quanto a seu próprio pragmatismo, Caesar era um navegador competente quando se tratava de encontrar ilhotas. Se ele estava se mantendo ou não na rota certa, Cora não sabia. Passaram a trilhar na direção noroeste, e quando a luz começou a surgir, eles já tinham saído do pântano.

"Eles já sabem", disse Lovey quando o sol alaranjado rompeu no oeste.

O trio fez mais uma pausa e cortou um inhame em pedaços. Os mosquitos e os borrachudos os perseguiam. À luz do dia eles eram como farrapos, salpicados de lama até o pescoço, cobertos de cascas e gavinhas. Cora não se incomodava. Aquilo era o mais longe que já chegara de casa. Mesmo se fosse arrastada de volta naquele momento e acorrentada, ainda teria aqueles quilômetros todos.

Caesar enfiou seu cajado no chão e partiram novamente. Na vez seguinte em que pararam, ele lhes disse que precisava procurar a estrada do condado. Ele prometeu voltar logo, mas precisava medir o quanto tinham progredido. Lovey teve presença de espírito de não perguntar o que aconteceria se ele não voltasse. Para tranquilizá-las, ele deixou sua sacola e seu odre junto de um cipreste. Ou para ajudá-las, caso não voltasse.

"Eu sabia", disse Lovey ainda querendo reclamar apesar da exaustão.

As moças sentaram-se contra as árvores, sentindo gratidão pelo chão sólido e seco.

Cora lhe contou o que ainda havia para contar, voltando até o aniversário de Jockey.

"Eu sabia", repetiu Lovey.

"Ele acha que eu trago boa sorte, porque a minha mãe foi a única que conseguiu."

"Se você quer sorte, corte um pé de coelho", disse Lovey.

"O que a sua mãe vai fazer?", perguntou Cora.

Lovey e a mãe haviam chegado à fazenda Randall quando ela tinha

cinco anos. Seu proprietário anterior não acreditava em vestir criancinhas, então foi a primeira vez que ela se cobriu com uma roupa. Sua
mãe, Jeer, nascera na África e adorava contar à filha e aos amigos histórias de sua infância em uma pequena aldeia junto a um rio e sobre os
animais que viviam lá perto. A colheita debilitou seu corpo. Suas juntas
estavam inchadas e rígidas, fazendo com que ficasse corcunda, e caminhar era penoso. Quando não pôde mais trabalhar, Jeer passou a cuidar
de bebês durante o tempo em que suas mães estavam no campo. Apesar
de seus tormentos, ela sempre foi carinhosa com sua menina, mesmo se
seu enorme sorriso desdentado parecesse um machado no momento
em que Lovey lhe deu as costas.

"Fique orgulhosa de mim", respondeu Lovey.

Ela se deitou e lhe deu as costas.

Caesar ressurgiu mais rápido do que elas esperavam. Estavam
perto demais da estrada, disse ele, mas tinham conseguido um bom
tempo. Agora o grupo tinha que avançar, chegar o mais longe possível
antes que os patrulheiros saíssem em seu encalço. Os homens a cavalo
rastreariam suas pegadas logo, logo.

"Quando vamos dormir?", perguntou Cora.

"Vamos nos afastar da estrada e aí vemos", respondeu Caesar.

A julgar por seu comportamento, ele também estava exaurido.

Não demorou muito para que depusessem suas sacolas. Quando Caesar acordou Cora, o sol estava se pondo. Ela não se mexera
nem uma vez sequer durante o sono, mesmo com o corpo enrolado
canhestramente sobre as raízes de um velho carvalho. Lovey já estava acordada. Eles chegaram a uma clareira quando já estava quase
escuro, um milharal atrás de uma fazenda particular. Os proprietários estavam em casa, ocupados em suas tarefas, entrando e saindo
do pequeno chalé. Os fugitivos se retiraram e esperaram até a família apagar todas as lamparinas. Dali até o sítio de Fletcher a rota mais
direta era cortando o terreno de outras pessoas, mas era perigoso
demais. Eles continuaram na floresta, dando voltas.

Os porcos acabaram por denunciá-los. Eles estavam seguindo a trilha
de um alfeire de porcos quando os homens brancos surgiram de dentre as

árvores. Havia quatro deles. Com a isca lançada na trilha, os caçadores de porcos esperavam sua presa, que adquiria hábitos noturnos no clima quente. Os fugitivos eram um tipo diferente de presa, mas mais rentáveis.

Não havia como confundir a identidade do trio, dada a especificidade dos boletins. Dois dos caçadores de porcos pularam sobre a menor do grupo, imobilizando-a no chão. Depois de ficarem quietos por tanto tempo — os escravos a fim de escapar da percepção dos caçadores, e os caçadores para escapar de serem percebidos por sua presa —, todos gritaram e guincharam ao fazer esforço. Caesar se engalfinhou com um homem parrudo com uma longa barba escura. O fugitivo era mais jovem e mais forte, mas o homem se manteve firme e agarrou Caesar pela cintura. Caesar lutou como se já tivesse enfrentado muitos homens brancos, algo impossível, senão já estaria no túmulo há muito tempo. Era contra o túmulo que os fugitivos lutavam, contra o que era o seu destino certo se aqueles homens prevalecessem e os devolvessem ao seu dono.

Lovey urrava enquanto os dois homens a arrastavam para a escuridão. O agressor de Cora era jovenzinho e delgado, talvez o filho de um dos outros caçadores. Ela foi pega de surpresa, mas no momento em que ele pôs as mãos nela, seu sangue se agitou. Ela foi levada de volta para a noite atrás do defumadouro quando Edward e Pot e os demais a violentaram. Ela lutou com afinco. Uma força surgiu em seus membros, ela mordeu e estapeou e bateu, lutando agora como não fora capaz de lutar naquele momento. Percebeu que havia deixado cair seu machado. Queria a ferramenta. Edward já estava sob a terra e aquele menino também ia se juntar a ele, antes que ela fosse aprisionada.

O rapaz puxou Cora para o chão. Ela rolou e bateu a cabeça em uma pedra. Ele subiu em cima dela, fincando-a no chão. O sangue de Cora estava quente — ela esticou a mão, que voltou com uma pedra com a qual ela golpeou a cabeça do rapaz. Ele cambaleou e ela repetiu o ataque. Seus grunhidos cessaram.

O tempo não existia. Caesar chamou seu nome, puxando-a para levantá-la. O homem barbado havia fugido, tanto quanto a escuridão permitia que ela visse.

"Por aqui!"

Cora gritou pela amiga.

Não havia sinal dela, nenhum jeito de saber para que lado tinham ido. Cora hesitou, e ele tratou de puxá-la com determinação para seguir adiante. Ela obedeceu às instruções.

Eles pararam de correr quando se deram conta de que não faziam ideia de para onde estavam indo. Cora não via nada, devido à escuridão e às lágrimas. Caesar havia recuperado seu odre, mas tinham perdido o restante das provisões. Tinham perdido Lovey. Ele se orientou pelas constelações, e os fugitivos seguiram aos tropeços, impelidos noite adentro. Não falaram durante horas. Do tronco do plano original, escolhas e decisões brotavam como galhos e folhas novas. Se tivessem mandado a garota embora lá no pântano. Se tivessem feito uma volta maior na fazenda. Se Cora tivesse ido por último e ela que tivesse sido agarrada pelos dois homens. Se nunca tivessem partido, em primeiro lugar.

Caesar escolheu um local promissor, e eles subiram em árvores, dormindo como guaxinins.

Quando ela se mexeu, o sol já havia saído, e Caesar caminhava entre dois pinheiros, falando sozinho. Ela desceu do seu poleiro, com braços e pernas dormentes de se segurar aos galhos rígidos. O rosto de Caesar estava sério. A essa altura a notícia da altercação da noite passada já se espalhara. Os patrulheiros sabiam em que direção eles viajavam.

"Você falou a ela sobre a ferrovia?"

"Acho que não."

"Acho que eu não falei. Fomos tolos de não pensar nisso."

O riacho pelo qual passaram ao meio-dia foi um marco. Eles estavam perto, disse Caesar. Depois de um quilômetro e meio, ele a deixou para reconhecer o terreno. Ao voltar, adotaram uma trilha mais superficial na floresta que lhes permitia entrever as casas pelos arbustos.

"É aqui", disse Caesar.

Era um chalé arrumadinho de um andar que dava para um pasto. A terra havia sido limpa, mas estava em pousio. O cata-vento vermelho era o sinal para Caesar de que aquela era a casa, as cortinas amarelas fechadas na janela dos fundos, o sinal de que Fletcher estava em casa, mas sua esposa não.

"E se Lovey contar para eles", disse Cora.

Do seu posto avançado eles não avistavam outras casas nem pessoas. Cora e Caesar arrancaram e atravessaram o pasto selvagem, expostos pela primeira vez desde o pântano. Era enervante ficar à vista. Ela sentia como se tivesse sido jogada em uma das frigideiras pretas de Alice, com chamas lambendo na parte de baixo. Eles esperaram junto à porta dos fundos até que Fletcher respondesse à batida. Cora imaginava os grupos de busca reunidos na floresta, avançando num círculo para dar uma olhada no campo. Ou talvez esperassem quietos lá dentro. Se Lovey tivesse dado com a língua nos dentes. Fletcher finalmente os levou até a cozinha.

A cozinha era pequena, mas confortável. Panelas preferidas penduradas em ganchos exibiam seus fundos escuros, e flores alegres e coloridas do campo descansavam em vasos de vidro. Um cachorro velho de olhos vermelhos não saiu do seu lugar, indiferente aos visitantes. Cora e Caesar beberam avidamente do jarro que Fletcher lhes ofereceu. O anfitrião não ficou contente ao ver a passageira extra, mas muitas coisas tinham saído erradas desde o início.

O lojista os atualizou. Primeiro, a mãe de Lovey, Jeer, dera pela falta da filha e saíra da cabana para procurá-la sem fazer alvoroço. Os rapazes gostavam de Lovey, e Lovey gostava dos rapazes. Um dos capatazes parou Jeer e a fez contar toda a história.

Cora e Caesar se entreolharam. A vantagem de seis horas fora apenas uma fantasia. Os patrulheiros estiveram no seu encalço o tempo todo.

No meio da manhã, disse Fletcher, todos os trabalhadores livres do condado e das redondezas foram incluídos na busca. A recompensa de Terrance não tinha precedentes. Cartazes foram colocados em todos os locais públicos. Os piores tipos de patifes se encarregavam das buscas. Bêbados, incorrigíveis, brancos pobres que nem sequer tinham sapatos estavam deliciados com essa oportunidade de flagelar a população de cor. Grupos de patrulha pilhavam as aldeias de escravos e saqueavam as casas de homens libertos, roubando e assaltando.

A Providência sorrira para os fugitivos: os caçadores achavam que estavam escondidos no pântano — com duas jovens fêmeas a reboque, qualquer outra ambição teria sido abreviada. A maioria dos escravos liderava trilhas na água escura, já que não havia homens brancos hábeis tão ao sul, nenhuma ferrovia subterrânea esperando para resgatar um preto extraviado. Esse passo em falso permitiu que o trio conseguisse chegar tão a nordeste.

Até que os caçadores de porcos os encontraram. Lovey estava de volta na fazenda Randall. Grupos de busca já haviam estado duas vezes na casa de Fletcher para espalhar a notícia e dar uma olhada. Mas o pior de tudo era que o mais jovem dos caçadores — um menino de doze anos — não acordara de seus ferimentos. Caesar e Cora eram assassinos aos olhos do condado. Os homens brancos queriam sangue.

Caesar cobriu o rosto, e Fletcher pousou uma mão tranquilizadora em seu ombro. A falta de reação por parte de Cora diante daquela informação saltava à vista. Os homens esperavam. Ela cortou com a mão um pedaço do pão. A mortificação de Caesar teria que bastar pelos dois.

A história da fuga e o relato deles sobre a briga na floresta contribuiu muito para aliviar o desânimo de Fletcher. A presença dos três na cozinha significava que Lovey não sabia da ferrovia, e eles não haviam mencionado o nome do lojista em nenhum momento. Podiam prosseguir.

Enquanto Caesar e Cora devoravam como lobos o resto do *pumpernickel* e fatias de presunto, os homens debatiam as vantagens de se aventurar agora ou depois do cair da noite. Cora achou melhor contribuir com a discussão. Aquela era a sua primeira vez lá fora, no mundo, e havia muitas coisas que ela não sabia. Seu voto foi por sair assim que possível. Todo e qualquer quilômetro entre ela e a fazenda era uma vitória. Ela guardaria na sua coleção.

Os homens decidiram que viajar embaixo dos narizes de todo mundo, com os escravos escondidos sob um pesado cobertor de juta na parte de trás da carroça de Fletcher, era o mais prudente a se fazer.

Isso resolvia a dificuldade de se esconderem no porão, à mercê das idas e vindas da sra. Fletcher.

"Se vocês acham melhor", disse Cora.

O cachorro soltou gases.

Na estrada silenciosa, Caesar e Cora se aninharam nos engrados de Fletcher. A luz do sol brilhava através do cobertor entre sombras de espaçosas árvores enquanto Fletcher conversava com seus cavalos. Cora fechou os olhos, mas uma visão do menino acamado, a cabeça envolta por bandagens e o homem grande com a barba velando por ele, impedia seu descanso. Ele era mais novo do que ela imaginara. Mas não deveria ter colocado as mãos nela. O menino deveria ter escolhido outro passatempo que não caçar porcos à noite. Não se importava se ele se recuperaria, decidiu. Eles seriam mortos, ele acordasse ou não.

O barulho da cidade chamou sua atenção. Ela apenas imaginava como era, as pessoas correndo para seus afazeres, as lojas cheias, as carroças e os coches passando uns pelos outros. As vozes estavam próximas, o burburinho enlouquecido de uma multidão espalhada. Caesar apertou sua mão. A posição deles entre os engradados a impedia de ver o rosto dele, mas ela sabia qual era sua expressão. Então Fletcher parou a carroça. Cora esperou que o cobertor fosse tirado de cima deles no momento seguinte, e imaginou a violência que se seguiria. A furiosa luz do sol. Fletcher açoitado e preso, mais provavelmente linchado por ter abrigado não apenas escravos comuns, mas assassinos. Cora e Caesar espancados pela multidão em preparação à sua devolução a Terrance, e fosse lá o que o dono deles imaginaria para superar os tormentos de Grande Anthony. E o que ele já havia feito com Lovey, se é que não estava esperando reunir os três fugitivos. Ela prendeu a respiração.

Fletcher parara para cumprimentar um amigo. Cora emitiu um ruído quando o homem se apoiou na carroça, balançando-a, mas ele não ouviu. O homem saudou Fletcher e deu ao lojista uma atualização sobre as patrulhas e as buscas — os assassinos haviam sido capturados! Fletcher agradeceu a Deus. Outra voz se juntou para negar aquele rumor. Os escravos ainda estavam à solta, tinham roubado as galinhas de um fazendeiro num assalto matinal, mas os cachorros os estavam farejando. Fletcher expressou novamente sua gratidão para com um Deus que cuidava do homem branco e de seus interesses. Sobre o menino não havia novidade. Que pena, disse o lojista.

Imediatamente a carroça se viu de volta à estrada do condado. Fletcher disse:

"Estão correndo atrás do próprio rabo."

Não ficou claro se falava com os escravos ou com os cavalos. Cora dormitou novamente, com os rigores da fuga ainda cobrando seu quinhão. Dormir evitava que ela pensasse em Lovey. Quando abriu os olhos novamente, estava escuro. Caesar lhe fez um carinho, para tranquilizá-la. Houve um estrondo, um tilintar e o som de um ferrolho. Fletcher retirou o cobertor, e os fugitivos esticaram seus membros doloridos enquanto absorviam a visão do celeiro.

A primeira coisa que Cora viu foram as correntes. Milhares delas pendendo da parede em pregos, em um inventário mórbido de manilhas e grilhões, de algemas para as pernas e pulsos e pescoços em todas as variedades e combinações. Algemas para impedir que uma pessoa fugisse, mexesse as mãos, ou para suspender um corpo no ar, a fim de ser espancado. Uma fileira era dedicada a correntes para crianças e as manilhas e elos que os conectavam. Outra fileira exibia algemas tão finas que apenas a ideia da punição impediria que o prisioneiro as quebrasse. Uma série de focinheiras ornamentadas encabeçava sua própria seção, e havia uma pilha de bolas de ferro e correntes no canto. As bolas estavam arrumadas numa pirâmide, as correntes, jogadas em forma de s. Algumas das manilhas estavam enferrujadas, outras, quebradas, e outras ainda pareciam ter sido forjadas naquela manhã. Cora se aproximou de uma parte da coleção e tocou uma roda de metal com espinhos voltados para seu centro. Concluiu que aquilo era para ser usado em volta do pescoço.

"Uma mostra terrível", disse um homem. "Peguei-os aos poucos, aqui e ali."

Não o tinham ouvido entrar; estivera ali o tempo todo? Ele usava calças cinza e uma camisa de tecido leve que não escondia sua aparência esquelética. Cora vira escravos famintos com mais carne sobre os ossos do que ele.

"Suvenires das minhas viagens", disse o homem branco.

Ele tinha um jeito estranho de falar, uma cadência peculiar que lembrava a Cora o pessoal da fazenda depois que perdiam o juízo.

Fletcher o apresentou como Lumbly. O homem apertou as mãos deles, fracamente.

"Você é o condutor?", perguntou Caesar.

"Não sou bom com isso", disse Lumbly. "Sou mais um agente de estação." Quando não se ocupava com questões da ferrovia, contou ele, levava uma vida pacata no seu sítio. Aquela terra era dele. Cora e Caesar precisavam chegar sob o cobertor ou vendados, explicou. Melhor que ignorassem sua localização. "Eu estava esperando três passageiros hoje", disse ele. "Você vão poder se esticar um pouco."

Antes que pudessem entender suas palavras, Fletcher os informou que era hora de ele voltar para a esposa.

"Minha parte está acabada, meus amigos."

Ele abraçou os fugitivos com um afeto desesperado. Cora não conseguiu deixar de se encolher um pouco. Em dois dias dois homens brancos haviam colocado as mãos nela. Seria aquela uma condição da liberdade?

Caesar silenciosamente observou o lojista e sua carroça irem embora. Fletcher falava com seus cavalos, e então sua voz se perdeu ao longe. A inquietação perturbava os traços do companheiro de Cora. Fletcher havia corrido um risco enorme por eles, até mesmo quando a situação se complicou mais do que ele imaginara. A única moeda que poderia pagar aquela dívida era a sobrevivência deles e ajudar outras pessoas, quando as circunstâncias permitissem. Nas contas de Cora, pelo menos. Caesar devia ao homem muito mais por levá-lo até sua loja tantos meses antes. Foi o que ela viu no rosto do companheiro — não preocupação, mas um sentimento de responsabilidade. Lumbly fechou a porta do celeiro, as correntes tilintaram com o movimento.

Lumbly não era tão sentimental. Ele acendeu uma lamparina e a deu para Caesar enquanto chutava um pouco de feno para o lado e abria um alçapão no chão. Ao ver a hesitação dos dois, ele falou:

"Eu vou primeiro, se quiserem."

A escada era ladeada por pedras, e um cheiro acre subia lá de baixo. Não dava em um porão, mas continuava descendo. Cora apreciou o trabalho que havia sido colocado na construção daquilo. Os degraus eram íngremes, mas as pedras alinhavam-se em superfícies planas e possibilitavam uma descida fácil. Então eles chegaram a um túnel, e apreciação se tornou uma palavra muito fraca para delimitar o que havia diante dela.

As escadas levavam a uma pequena plataforma. As bocas escuras do túnel gigante abriam-se em ambas as pontas. Devia ter uns seis metros de altura, paredes forradas por pedras escuras e claras, num padrão que se alternava. A engenhosidade que possibilitou tal projeto. Cora e Caesar avistaram os trilhos. Dois trilhos de aço percorriam toda extensão visível do túnel, presos ao chão por dormentes de madeira. O aço corria provavelmente para o sul e para o norte, brotando de uma fonte inconcebível e levando para um milagroso ponto final. Alguém fora cuidadoso a ponto de colocar um pequeno banco na plataforma. Cora se sentiu tonta e sentou.

Caesar mal conseguia falar.

"Qual o comprimento deste túnel?"

Lumbly deu de ombros.

"Comprido o bastante para vocês."

"Deve ter levado anos."

"Mais do que você imagina. Resolver o problema de ventilação levou bastante tempo."

"Quem foi que construiu?"

"Quem constrói tudo nesse país?"

Cora percebeu que Lumbly se regozijava diante da surpresa deles. Não era a sua primeira performance.

Caesar perguntou:

"Mas como?"

"Com as mãos, de que outro jeito? Precisamos falar sobre a viagem de vocês." Lumbly puxou um papel amarelo do bolso e olhou.

"Vocês têm duas opções. Temos um trem que parte em uma hora e outro que parte em seis horas. Não é a grade de horário mais conveniente. Seria bom se os nossos passageiros pudessem ser mais pontuais, mas operamos sob restrições."

"O próximo trem", respondeu Cora, pondo-se de pé.

Não havia dúvida.

"O problema é que os trens não vão para o mesmo lugar", disse Lumbly. "Um vai para um lado e o outro..."

"Para onde?", perguntou Cora.

"Para longe daqui, é só o que posso dizer. Você entende as dificuldades de comunicar todas as mudanças nas rotas. Locais, expressas, que estação está fechada, onde estão ampliando a galeria. O problema é que um destino pode ser mais do gosto de vocês do que outro. Estações são descobertas, linhas são descontinuadas. Vocês não vão saber o que os espera lá em cima até que cheguem."

Os fugitivos não entenderam. A julgar pelas palavras do agente da estação, uma rota poderia ser mais direta, mas mais perigosa. Ele estava dizendo que uma das rotas era mais longa? Lumbly se recusava a elaborar melhor as ideias. Ele lhes dissera tudo o que sabia, assegurou de novo. No final, a opção do escravo estava diante deles, como sempre: qualquer lugar, a não ser aquele de onde haviam fugido. Depois de trocar uma ideia com a parceira, Caesar disse:

"Vamos no próximo trem."

"Vocês que sabem", respondeu Lumbly.

Ele se aproximou do banco.

Esperaram. A pedido de Caesar o agente da estação contou como começara a trabalhar para a ferrovia subterrânea. Cora não conseguia prestar atenção. O túnel a desconcertava. Quantas mãos haviam sido necessárias para construir aquele lugar? Ela pensou na colheita do algodão, como percorria os sulcos na colheita, os corpos africanos trabalhando como um só, tão rápidos quanto suas forças permitiam. Os vastos campos explodiam em centenas de milhares de bolas brancas, pendendo como estrelas no céu nas noites mais claras. Quando os escravos terminavam, tinham tirado a cor do campo. Era uma operação magnífica, da semente aos fardos, mas nenhum deles conseguia ter orgulho do seu trabalho. Fora roubado deles. Sangrado deles. O túnel, os trilhos, as almas desesperadas que encontravam salvação coordenando as estações e as grades de horário — aquilo sim era uma maravilha da qual se orgulhar. Ela se perguntou se as pessoas que construíram aquilo tinham sido devidamente recompensadas.

"Cada estado é diferente", dizia Lumbly. "Cada estado é uma possibilidade, com seus próprios costumes e maneira de fazer as coisas. Passando por eles, vocês verão a extensão do país, antes de chegar a seu destino final."

Nisso, o banco estremeceu. Eles ficaram quietos, e o tremor se transformou num som. Lumbly os levou até a beirada da plataforma. A coisa chegava em toda sua pesada estranheza. Caesar vira trens na Virgínia; Cora apenas ouvira falar das máquinas. Não era como ela imaginara. A locomotiva era preta, uma geringonça desajeitada que começava com o focinho triangular do limpa-trilhos, embora houvesse poucos animais no local para onde a máquina se dirigiria. O bulbo da chaminé era o que vinha a seguir, uma haste coberta de fuligem. O corpo principal consistia de uma enorme caixa preta encimada pela cabine do maquinista. Abaixo disso, pistões e cilindros grandes se engajavam numa dança incansável com as dez rodas, dois conjuntos de rodas pequenas na frente e três atrás. A locomotiva puxava um só vagão — um vagão dilapidado, de cujas paredes faltavam várias tábuas.

O maquinista de cor retribuiu o aceno deles da cabine, com um sorriso desdentado.

"Todos a bordo", disse.

Para abreviar as perguntas incômodas de Caesar, Lumbly tratou de abrir a tramela da porta do vagão e a escancarou.

"Vamos prosseguir?"

Cora e Caesar subiram no vagão, e Lumbly fechou a porta abruptamente. Ele espiou por entre as frestas da madeira.

"Se quiserem ver do que é feita essa nação, é o que sempre digo, vocês têm de percorrer os trilhos. Olhem para fora à medida que acelerarem, e vão ver a verdadeira face da América."

Ele deu um tapa na parede do vagão como sinal. O trem se precipitou à frente.

Os fugitivos perderam o equilíbrio e caíram no ninho de fardos de feno que faria as vezes de assento. O vagão rangia e tremia. Não era um modelo novo, e em várias ocasiões durante a viagem Cora temeu que ele estivesse à beira de uma pane geral. O vagão estava vazio, a não ser pelos fardos de feno, ratos mortos e pregos tortos. Ela mais tarde descobriu um local chamuscado onde alguém começara uma fogueira. Caesar estava entorpecido pela série de acontecimentos curiosos e se deitou no chão com o corpo enrodilhado. Seguindo as instruções finais de Lumbly, Cora ficou espiando pelas frestas. Só havia escuridão, quilômetro após quilômetro.

Quando voltaram à luz do sol, estavam na Carolina do Sul. Ela olhou para cima, para o arranha-céu, e se surpreendeu, perguntando-se o quanto havia viajado.

RIDGEWAY

O pai de Arnold Ridgeway era ferreiro. O brilho crepuscular do ferro derretido o enfeitiçava, o jeito como a cor surgia na haste lentamente, e então rápido, tomando conta de tudo como uma emoção, a repentina ductilidade e o contorcer indócil enquanto esperava por um propósito. Sua forja era uma janela que dava para as energias primitivas do mundo.

Ele tinha um sócio que se chamava Tom Bird, um mestiço que ficava sentimental quando regado com uísque. Nas noites em que se sentia apartado do desígnio de sua vida, Tom Bird partilhava histórias do Grande Espírito. O Grande Espírito morava em todas as coisas — na terra, no céu, nos animais e nas florestas —, flutuando e as conectando por meio de um fio divino. Embora o pai de Ridgeway desdenhasse conversas religiosas, o testemunho de Tom Bird sobre o Grande Espírito o fazia lembrar do sentimento que ele tinha pelo ferro. Ele não se curvava a nenhum deus a não ser o ferro incandescente que tratava em sua forja. O homem lera sobre os grandes vulcões, a cidade perdida de Pompeia destruída pelo fogo cuspido pelas profundezas das montanhas. Fogo líquido era o sangue da terra. Era sua missão perturbar, amalgamar e moldar o metal, transformando-o em coisas úteis que faziam a sociedade funcionar: pregos, ferraduras, arados, facas, armas. Correntes. Aquilo era trabalhar o espírito, dizia ele.

Quando lhe era permitido, o jovem Ridgeway ficava no canto enquanto o pai trabalhava o ferro da Pensilvânia. Derretendo, marretando, dançando em volta da bigorna. Com suor pingando do seu rosto, coberto de fuligem dos pés à cabeça, mais preto que qualquer diabo africano.

"Você precisa trabalhar esse espírito, menino."

Um dia ele encontraria o seu espírito, seu pai lhe disse.

Era um incentivo. E Ridgeway o carregava como um fardo solitário. Não havia modelo para o tipo de homem em que queria se transformar. Ele não podia se voltar à bigorna porque não havia maneira de superar o talento do pai. Na cidade ele examinava o rosto dos homens do mesmo jeito que seu pai buscava impurezas no metal. Em toda parte os homens se atarefavam com ocupações frívolas e vãs. O fazendeiro esperava pela chuva como um imbecil, o lojista dispunha fileira após fileira de mercadorias necessárias, mas desinteressantes.

Artífices e artesãos criavam itens que eram rumores quebradiços perto dos fatos férreos de seu pai. Até mesmo os homens mais ricos, que influenciavam ao mesmo tempo o longínquo comércio londrino e o comércio local, não lhe ofereciam qualquer inspiração. Ridgeway reconhecia o lugar deles no sistema, erigindo suas enormes casas sobre uma estrutura de números, mas não os respeitava. Se você não estivesse um pouco sujo no final do dia, você não era lá grande coisa enquanto homem.

A cada manhã, os sons de seu pai martelando metal eram os degraus de um destino que nunca se aproximava.

Ridgeway tinha catorze anos quando pela primeira vez se juntou aos patrulheiros. Ele era um rapaz pesado, com mais de um metro e noventa, corpulento e resoluto. Seu corpo não dava indicação da confusão que se passava lá dentro. Ele surrava seus companheiros quando entrevia alguma fraqueza dentro deles. Ridgeway era jovem para um patrulheiro, mas o negócio estava mudando. O Rei Algodão atulhava o interior de escravos. As revoltas das Índias Ocidentais e incidentes perturbadores mais próximos de casa preocupavam os grandes fazendeiros locais. Que homem branco lúcido não se preocuparia, dono de escravo ou não? As patrulhas aumentavam de tamanho, bem como sua responsabilidade. Um menino poderia encontrar um lugar.

O patrulheiro-chefe do condado era do tipo mais feroz de homem que Ridgeway já vira. Chandler gostava de gritar e intimidar os outros, o terror local que as pessoas decentes cruzavam a rua para evitar mesmo quando a chuva deixava a via como uma sopa de lama. Ele passava mais dias na cadeia do que os fugitivos que capturava, roncando em uma cela ao lado do celerado que ele parara horas antes. Um modelo imperfeito, mas próximo da forma que Ridgeway buscava. Dentro das regras, assegurando-as, mas também fora delas. Ajudou o fato de seu pai odiar Chandler, ainda incomodado com um bate-boca de anos antes. Ridgeway amava o pai, mas a conversa constante do homem sobre espíritos sempre o fazia se lembrar de sua própria falta de propósito.

Ser patrulheiro não era um trabalho difícil. Eles paravam qualquer preto que vissem e exigiam seu passe. Paravam pretos que sabiam serem livres apenas por divertimento e também para lembrar os africanos das forças dispostas contra eles, fossem eles propriedade de um homem branco ou não. Faziam rondas nas aldeias de escravos em busca de qualquer desordem, um sorriso ou um livro. Açoitavam os pretos extraviados antes de trazê-los para a cadeia ou de levá-los diretamente ao dono se lhes desse na telha e não estivesse perto do fim do expediente.

Notícias sobre um escravo fugido os deixavam numa disposição alegre. Eles percorriam as fazendas em busca de sua presa, interrogando uma série de crioulos medrosos. Os homens livres sabiam o que estava por vir, escondiam seus objetos de valor e gemiam quando os homens brancos quebravam seus móveis e vidros. Rezavam para que infligissem danos apenas aos objetos. Havia gratificação envolvida, além do prazer de humilhar um homem diante da família ou de bater num macho petulante que olhasse torto para você. A velha fazenda Mutter tinha as mais graciosas meretrizes de cor — o sr. Mutter tinha bom gosto —, e a excitação da caça deixava um patrulheiro jovem com um humor libidinoso. De acordo com alguns, os rústicos alambiques dos velhos na fazenda Stone produziam o melhor uísque de milho do condado. Uma batida permitia que Chandler reabastecesse seus jarros.

Naquela época, Ridgeway controlava seu apetite, recolhendo-se diante das demonstrações mais ostensivas de seus confederados. Os outros patrulheiros eram rapazes e homens de mau caráter; esse trabalho atraía certo tipo de sujeito. Em outro condado, eles teriam sido considerados criminosos, mas aquela era a América. Ele gostava mais do trabalho noturno, quando ficava de tocaia esperando por um sujeito que se enfiasse na floresta para visitar a mulher em uma fazenda mais acima na estrada, ou por um caçador de esquilos tentando complementar sua ração diária de lavagem. Outros patrulheiros carregavam armas e se precipitavam em abater qualquer malandro tolo o suficiente para fugir, mas Ridgeway imitava Chandler. A natureza o equipara com armas suficientes. Ridgeway corria atrás deles como se fossem coelhos e então seus punhos os liquidavam. Bater neles por estarem fora da fazenda, bater neles por correrem, muito embora a perseguição fosse o único remédio para sua inquietação. Avançando escuridão adentro, com galhos golpeando-lhe o rosto, pedras fazendo-o tropeçar de pernas para o ar até que levantasse novamente. Na perseguição, seu sangue cantava e brilhava.

Quando seu pai terminava o serviço do dia, o fruto do seu trabalho estava à sua frente: um mosquete, um ancinho, um amortecedor para veículos. Ridgeway encarava o homem ou a mulher que houvesse capturado. Um fazia ferramentas, o outro as reencontrava. Seu pai o provocava por causa do espírito. Que tipo de chamado era perseguir pretos tão pouco inteligentes como um cachorro?

Ridgeway tinha dezoito agora, era um homem. "Nós dois estamos trabalhando para o Sr. Eli Whitney",* disse ele. Era verdade; seu pai recém-empregara dois aprendizes e contratava trabalho de ferreiros menores. O descaroçador de algodão significava uma produção maior, assim como ferramentas de ferro para colhê-lo, ferraduras para os cavalos que rebocavam as carroças com aros e outros componentes de ferro e que os transportavam até o mercado. Mais escravos e ferro para prendê-los. A safra fez nascer comunidades, exigindo pregos e braçadeiras para as casas, ferramentas para construi-las, estradas para conectá-las, e mais ferro para manter tudo funcionando. Que se deixasse seu pai manter seu desdém e seu espírito, também. Os dois homens eram parte do mesmo sistema, servindo uma nação que se erguia na direção de seu destino.

Um escravo fugido poderia significar apenas dois dólares se o seu dono fosse sovina ou se o preto estivesse fodido, ou até cem dólares — o dobro disso se capturado fora do estado. Ridgeway se tornou

---

* Eli Whitney (1765-1825): inventor norte-americano que, na década de 1790, criou e registrou o descaroçador de algodão, que foi um marco no cultivo e na produção de algodão no sul do país. (N.T.)

um perseguidor de escravos próspero depois de sua primeira viagem a Nova Jersey, quando foi recuperar a propriedade de um fazendeiro local. Betsy percorrera todo o caminho desde os campos de fumo da Virgínia até Trenton. Ela se escondeu com primos até que um amigo de seu dono a reconheceu no mercado. Seu senhor ofereceu aos rapazes locais vinte dólares na entrega mais despesas razoáveis.

Ele nunca viajara tão longe antes. Quanto mais ao norte chegava, mais vorazes eram suas ideias. Como o país era grande! Cada cidade era mais louca e complicada do que a anterior. O burburinho de Washington o deixou tonto. Ele vomitou ao dobrar uma esquina e avistar o canteiro de construção do Capitólio, colocando tudo para fora em função de uma ostra ruim ou da enormidade da coisa promovendo a rebelião em seu próprio ser. Ele buscava as tavernas mais baratas e revirava em sua mente as histórias dos homens enquanto coçava a cabeça cheia de piolhos. Até mesmo a viagem mais curta de balsa o levava a uma nova ilha-nação, extravagante e imponente.

Na cadeia de Trenton, o xerife o tratou como um homem importante. Aquilo não era chicotear um moleque negro no crepúsculo ou interromper uma festividade de escravos por diversão. Aquilo era trabalho de homem. Em um pequeno bosque fora de Richmond, Betsy fez uma proposta obscena em troca de sua liberdade, levantando o vestido com dedos esguios. Ela tinha os quadris estreitos, uma boca larga e olhos cinzentos. Ele não prometeu nada. Era a primeira vez que se deitava com uma mulher. Ela cuspiu na cara dele quando ele voltou a acorrentá-la, e mais uma vez quando chegaram à mansão do proprietário. O senhor e seus filhos riram enquanto ele limpava o rosto, mas os vinte dólares foram para botas novas e um casaco de brocado que ele vira alguns homens importantes envergarem na capital. Ele usou as botas por muitos anos. Sua barriga passou a pender para fora do casaco muito antes disso.

Nova York foi o começo de um tempo insano. Ridgeway trabalhava com capturas, dirigindo-se ao norte quando a polícia mandava recado dizendo que tinha capturado um fugitivo da Virgínia ou da Carolina do Norte. Nova York se tornou um destino frequente, e depois de explorar novos aspectos de sua personalidade, Ridgeway podia escolher o trabalho. O mercado de fugitivos em sua terra natal era certeiro. Bater nas cabeças. Lá no norte, a metrópole gargantuesca, o movimento pela liberdade, assim como a ingenuidade da comunidade de cor, convergiam para retratar a verdadeira dimensão da caçada.

Ele aprendia rápido. Tratava-se mais de se lembrar do que de aprender. Simpatizantes e capitães mercenários contrabandeavam fugitivos até os portos das cidades. Por sua vez, estivadores e trabalhadores das docas e funcionários burocratas lhe davam informações e ele apanhava os malandros à beira da libertação. Homens livres forneciam informações sobre seus irmãos e suas irmãs da África, comparando a descrição dos fugitivos nos jornais com as criaturas furtivas que se esgueiravam por perto de igrejas de gente de cor, bares e casas de encontro. *Barry é um sujeito parrudo, de forte compleição, quase um metro e setenta, olhos miúdos e embriagados e um olhar sem pudor. Hasty está em estágio avançado de gravidez e acredita-se que tenha sido ajudada por alguém, já que não conseguiria suportar o cansaço da viagem sozinha.* Barry se encolheu num choramingo. Hasty e seu bebê uivaram todo o caminho até Charlotte.

Logo ele era o dono de três belos casacos. Ridgeway se aproximou de um grupo de caçadores de escravos, gorilas vestidos em trajes pretos com ridículos chapéus-coco. Precisou provar que não era um bronco, mas só uma vez. Juntos eles perseguiram fugitivos por longos dias, se escondendo do lado de fora de estabelecimentos até que a oportunidade se apresentasse, invadindo as choupanas de negros à noite para sequestrá-los. Depois de anos longe da fazenda, depois de tomar uma esposa e começar uma família, eles haviam se convencido de que eram livres. Como se os proprietários se esquecessem de suas propriedades. Os delírios os tornavam presas fáceis. Ele repreendia os mercadores de escravos, as gangues do bairro de Five Points que aprisionavam homens livres e os arrastavam até o Sul para serem leiloados. Aquilo era golpe baixo, coisa de patrulheiro. Ele era um perseguidor de escravos agora.

A cidade de Nova York era uma fábrica de sentimento antiescravagista. As cortes de justiça precisavam autorizar antes que Ridgeway pudesse levar suas cargas para o Sul. Advogados abolicionistas erguiam barricadas de documentação, a cada semana um novo estratagema. Nova York era um Estado Livre, argumentavam, e qualquer pessoa de cor se tornava magicamente livre uma vez que cruzava sua fronteira. Exploravam discrepâncias compreensíveis entre os boletins e os indivíduos presentes nos tribunais — havia alguma prova de que aquele Benjamin Jones era o Benjamin Jones em questão? A maioria dos fazendeiros não sabia distinguir um escravo do outro, mesmo depois de levá-los para a cama. Não era de surpreender que perdessem a conta de sua propriedade. Capturar pretos da cadeia antes que os advogados lançassem seu último gambito tornou-se um jogo. Idiotia do mais alto grau *versus* o poder do dinheiro. Por uma pequena gorjeta o tabelião da cidade dava as dicas de fugitivos recém-encarcerados e apressadamente assinava sua soltura. Eles estariam a meio caminho de Nova Jersey quando os abolicionistas saíssem da cama.

Ridgeway passava por cima dos tribunais quando necessário, mas não com muita frequência. Era uma chateação ser parado na estrada de um Estado Livre quando a propriedade extraviada mostrava ter uma língua afiada. Tire-os da lavoura e eles aprendem a ler, era uma doença.

Enquanto Ridgeway esperava nas docas por contrabandistas, os magníficos navios da Europa deitavam âncora e descarregavam seus passageiros. Com tudo o que possuíam em sacos, famélicos. Pretos infelizes, fosse como fosse. Mas eles seriam chamados a seus devidos lugares, como ele fora. Todo o seu mundo, fervilhante no Sul, fora um preparativo para aquela primeira chegada. Aquela inundação branca e suja sem lugar para ir, a não ser para fora. Sul. Oeste. As mesmas leis governavam lixo e pessoas. Os bueiros da cidade transbordavam de refugos e dejetos — mas o caos encontrou seu lugar no tempo.

Ridgeway os observava caminhar hesitantes pela prancha de desembarque, remelentos e estupefatos, dominados pela cidade. As possibilidades se ofereciam àqueles peregrinos como um banquete, e eles tinham estado famintos a vida toda. Nunca haviam visto nada como aquilo, mas deixariam sua marca naquela nova terra, tão certamente quanto aquelas almas famosas em Jamestown, tornando-a deles graças à inexorável lógica racial. Se os pretos tivessem que ser livres, não estariam acorrentados. Se fosse para o vermelho manter sua terra, esta ainda seria dele. Se o homem branco não fosse destinado a dominar aquele novo mundo, ele não seria o seu dono agora.

Ali estava o verdadeiro Grande Espírito, o fio divino que conectava todos os esforços humanos — se conseguir ficar com ele, é seu. Sua propriedade, escravo ou continente. O imperativo americano.

Ridgeway ficou conhecido pelo talento de assegurar que uma propriedade permanecesse uma propriedade. Quando um fugitivo entrava por uma viela, ele sabia para onde o homem ia. A direção e o objetivo. Seu truque: não especule para onde o escravo vai. Concentre-se, em vez disso, na ideia de que ele está fugindo de você. Não de um senhor cruel, ou da grande instituição da servidão, mas de você, especificamente. Funcionava incontáveis vezes, seu próprio fato férreo, em vielas, florestas de pinheiros e pântanos. Ele finalmente deixou seu pai para trás, e o fardo da filosofia daquele homem. Ridgeway não estava trabalhando o espírito. Ele não era o ferreiro, entregando encomendas. Nem o martelo. Nem a bigorna. Ele era o fogo.

Seu pai morreu, e o ferreiro mais próximo assumiu sua função. Era hora de voltar para o Sul — voltar para casa, para a Virgínia e além, para qualquer lugar aonde o trabalho levasse —, e ele chegou com um bando. Fugitivos demais com os quais lidar sozinho. Eli Whitney levara seu pai ao túmulo, o velho tossindo fuligem no leito de morte, e manteve Ridgeway na caçada. As fazendas eram duas vezes maiores, duas vezes mais numerosas, os fugitivos, mais abundantes e ágeis, as recompensas, mais altas. Lá no Sul havia menos interferência daqueles que faziam as leis e dos abolicionistas, os fazendeiros garantiam isso. A ferrovia subterrânea não mantinha linhas, até onde sabiam. O chamariz nas roupas dos negros, os códigos secretos nas contracapas dos jornais. Eles se vangloriavam abertamente de sua subversão, colocando um escravo para correr pela porta de trás assim que os perseguidores de escravos transpunham a porta da frente. Era uma conspiração criminosa dedicada ao roubo de propriedade, e Ridgeway sentia seu descaramento como uma ofensa pessoal.

Um negociante de Delaware o irritou em especial: Augustus Carter. Robusto na tradição anglo-saxã, com olhos azuis frios que fazia os tipos fracos prestarem atenção em seus débeis argumentos. O pior tipo, um abolicionista com uma oficina de impressão. "Uma Missa-Encontro dos Amigos da Liberdade Será Realizada no Miller's Hall às 14h para Testemunhar Contra o Ubíquo Poder Escravagista que Controla a Nação." Todos sabiam que a casa de Carter era uma estação — apenas cem metros a separavam do rio —, mesmo se batidas não resultassem em nada. Fugitivos transformados em ativistas saudavam sua generosidade em seus discursos em Boston. A ala abolicionista dos metodistas distribuía seus panfletos nas manhãs de domingo, e periódicos de Londres publicavam seus argumentos, sem réplica. Uma oficina gráfica e amigos entre os juízes que forçaram Ridgeway a entregar sua carga em nada menos que três ocasiões. Ao passar por Ridgeway do lado de fora da cadeia, ele fizera uma saudação com o chapéu.

O perseguidor de escravos teve pouca opção a não ser visitar o homem depois da meia-noite. Ele refinadamente costurava os capuzes a partir de sacos brancos de farinha, mas mal podia mexer os dedos depois da visita — seus punhos ficaram inchados por dois dias de tanto socar o rosto do homem. Ele permitiu que seus homens desonrassem a esposa dele de jeitos que nunca permitira com uma moça preta. Anos depois, sempre que Ridgeway via uma fogueira, o cheiro o lembrava da fumaça doce da casa de Carter em chamas, e um sorriso imaginário surgia em sua boca. Depois, ouviu falar que o homem se mudara para Worcester e se tornara sapateiro.

As mães escravas diziam: "Comporte-se, senão o senhor Ridgeway vem atrás de você."

Os senhores de escravos diziam: "Chame o Ridgeway."

Quando foi chamado pela primeira vez à fazenda Randall, ele tinha um desafio a cumprir. Escravos o frustravam de tempos em tempos. Ridgeway era extraordinário, não sobrenatural. Ele falhou, e o desaparecimento de Mabel o incomodou por mais tempo do que deveria, zumbindo na fortaleza da sua mente.

Ao retornar, agora encarregado de encontrar a filha daquela mulher, ele entendeu por que a missão anterior o aborrecera tanto. Por mais impossível que parecesse, a ferrovia subterrânea tinha um ponto na Geórgia. Ele o encontraria. E o destruiria.

CAROLINA DO SUL

RECOMPENSA
30 DÓLARES

será dada a qualquer pessoa que me entregar, ou que confinar numa prisão no estado de forma que eu possa recuperá-la, uma cafuza de 18 anos que fugiu há nove meses. Ela é uma moça cheia de artimanhas, que sem dúvida tentará passar por uma pessoa livre; tem uma cicatriz grande no cotovelo, ocasionada por queimadura. Fui informado de que está nas redondezas ou na própria cidade de Edenton.

Benj. P. Wells
Murfreesboro, 5 de janeiro de 1812

Os Anderson moravam em uma adorável casa de madeira na esquina da Washington e da Main Street, a poucas quadras do burburinho das lojas e do comércio, onde a cidade se acalmava em residências particulares para os bem de vida. Além da ampla varanda da frente, onde o sr. e a sra. Anderson gostavam de se sentar à noite, o homem mexendo em sua bolsa de seda contendo tabaco e a mulher estreitando os olhos para conseguir enxergar melhor sua costura, havia a sala de estar, a sala de jantar e a cozinha. Bessie passava a maior parte do tempo nesse primeiro andar, correndo atrás das crianças, preparando refeições e arrumando as coisas. Ao fim da escada, no último andar, ficavam os quartos — Maisie e o pequeno Raymond dividiam um deles — e o segundo banheiro. Raymond costumava tirar uma longa soneca à tarde, e Bessie gostava de se sentar junto à janela enquanto ele começava a sonhar. Ela conseguia ver os dois últimos andares do Griffin Building, com suas cornijas brancas que reluziam à luz do sol.

Naquele dia ela preparou para o almoço de Maisie um pacote contendo pão e geleia, levou o menino para dar uma volta e lustrou a prata e as taças e copos. Depois de Bessie trocar a roupa de cama, ela e Raymond buscaram Maisie na escola e foram ao parque. Um violinista tocava as últimas melodias junto ao chafariz enquanto as crianças e os amigos se divertiam brincando de esconde-esconde e de caça ao anel. Ela teve que afastar Raymond de um menino que ameaçava as outras crianças, tendo o cuidado de não perturbar a mãe do malandro, que ela não conseguiu identificar. Era sexta-feira, o que significava que ela terminaria o dia fazendo compras. De todo jeito, as nuvens haviam surgido. Bessie colocou o rosbife, o leite e o restante dos ingredientes para o jantar na conta da família. Ela assinou com um X.

A sra. Anderson chegava em casa às seis da tarde. O médico da família havia lhe recomendado passar mais tempo fora. O trabalho de angariar fundos para o novo hospital ajudava nesse quesito, além dos almoços com as outras senhoras da vizinhança. Ela estava animada, reunia os filhos para beijá-los e abraçá-los, prometendo uma recompensa para depois do jantar. Maisie deu pulinhos e um gritinho. A sra. Anderson agradeceu a Bessie pela ajuda e lhe deu boa-noite.

A caminhada até o dormitório no outro lado da cidade não era longa. Havia atalhos, mas Bessie gostava de absorver a intensa atividade da Main Street à noite, misturando-se com os moradores da cidade, brancos e de cor. Ela caminhava diante dos estabelecimentos sem jamais deixar de olhar para as grandes vitrines. A costureira com suas criações coloridas e cheias de adornos penduradas em cabides de arame, os empórios com seus grandes estoques e suas maravilhas de produtos, os mercados rivais em ambos os lados da Main Street. Ela brincava de identificar os últimos acréscimos nas vitrines. A abundância ainda a surpreendia. De tudo aquilo, o mais impressionante era o Griffin Building.

Com doze andares, era um dos prédios mais altos do país, certamente ganhando de qualquer estrutura no Sul. O orgulho da cidade. O banco dominava o primeiro andar, com seu teto abobadado e o mármore do Tennessee. Bessie não tinha o que fazer ali, mas conhecia os andares de cima. Na semana anterior levara as crianças para ver o pai no aniversário dele, e pôde ouvir o ressoar de seus próprios passos no belo saguão. O elevador, o único num raio de centenas de quilômetros, os levou até o oitavo andar. Maisie e Raymond não ficaram impressionados com a máquina, uma vez que já haviam feito várias visitas ao local, mas Bessie nunca deixava de ficar encantada e assustada com aquela mágica, segurando-se firme no corrimão de bronze para o caso de ocorrer algum desastre.

Passaram pelos andares das empresas de seguros, dos escritórios do governo e das firmas de exportação. Escritórios vazios eram raros; ter o Griffin Building como endereço era um grande feito para a reputação de um negócio. O andar do sr. Anderson era um labirinto de escritórios de advocacia, com ricos carpetes, paredes de madeira escura e portas decoradas por vidro jateado. O sr. Anderson trabalhava com contratos, principalmente os referentes ao comércio de algodão. Ele ficou bastante surpreso de ver a própria família. Recebeu, com alegria, o pequeno bolo trazido pelas crianças, mas deixou claro que estava ansioso para voltar a seus documentos. Por um momento Bessie se perguntou se estava prestes a levar uma bronca, mas nada aconteceu. A sra. Anderson insistira no passeio. A secretária do sr. Anderson mante-ve a porta aberta, e Bessie tratou de levar logo as crianças para fora, rumo à confeitaria.

Nesse fim de tarde Bessie passou pelas reluzentes portas de bron-ze do banco e seguiu para casa. Todos os dias o incrível edifício servia como um monumento para a profunda mudança em sua vida. Ela ca-minhava pela calçada como uma mulher livre. Ninguém a perseguia nem a agredia. Algumas pessoas do círculo da sra. Anderson, que re-conheciam Bessie como criada da mulher, às vezes até sorriam.

Bessie atravessou a rua para evitar a confusão de bares e sua clientela infame. Ela evitou procurar o rosto de Sam entre os bêbados. Depois da esquina ficavam as casas mais modestas dos habitantes brancos menos prósperos. Ela acelerou o ritmo de seus passos. Havia uma casa cinza na esquina cujos proprietários eram indiferentes às demonstrações ferozes de seu cachorro, e uma fileira de chalés dos quais as esposas olhavam junto à janela com expressões impiedosas. Muitos dos homens brancos daquela parte da cidade trabalhavam como supervisores ou operários em grandes fábricas. No geral não empregavam funcionários de cor, então Bessie tinha pouca informa-ção sobre o dia a dia deles.

E nesse instante ela chegou aos dormitórios. As construções de dois andares feitas de tijolo vermelho haviam sido terminadas um pouco antes da chegada de Bessie. Com o tempo as pequenas árvores e as sebes ao redor forneceriam sombra e caráter; agora, falavam sobre intenções específicas. O tijolo era de uma cor pura, imaculada, sem nem sequer um pingo de lama respingado pela chuva. Nem mesmo uma lagarta deslizando por um vão. Lá dentro, ainda se sentia o cheiro da tinta branca fresca nos espaços comunitários, na sala de jantar e nos com beliches. Bessie não era a única moça que tinha medo de to-car qualquer coisa além das maçanetas. De deixar uma mancha ou um arranhão.

Bessie cumprimentou as demais residentes conforme se cruza-vam na calçada. A maioria estava voltando do trabalho. Outras saíam para cuidar de crianças, de modo que os pais pudessem desfrutar uma noite agradável. Apenas metade dos moradores de cor trabalhava aos sábados, então as noites de sexta-feira eram movimentadas.

Ela chegou ao número 18. Deu oi para as meninas que faziam tranças nos cabelos na sala comunitária e se apressou a subir para se trocar antes do jantar. Quando Bessie havia chegado à cidade, a maior parte das oitenta camas no dormitório estava tomada. Um dia antes e ela poderia estar dormindo em uma cama bem debaixo das janelas. Demoraria algum tempo até alguém se mudar e ela poder pegar uma cama mais bem posicionada. Bessie gostava da brisa proporcionada pelas janelas. Se virasse o corpo para o lado, em algumas noites, era possível ver as estrelas.

Bessie abriu o baú que ficava ao pé de sua cama e pegou o vestido azul que comprara na sua segunda semana na Carolina do Sul. Ela o alisou sobre as pernas. O algodão macio na sua pele ainda lhe dava arrepios. Bessie dobrou suas roupas de trabalho e as colocou no saco sob a cama. Nos últimos tempos, ela lavava roupa nas tardes de sábado, depois da escola. A tarefa era seu jeito de poder dormir até tarde, uma indulgência que ela se permitia nessas manhãs.

O jantar era frango assado com cenoura e batata. Margaret, a cozinheira, morava ali perto, no número 8. Os supervisores achavam prudente que as pessoas que cozinhavam e limpavam os dormitórios vivessem em outros prédios. Era uma pequena ideia, mas valiosa. Margaret tinha mão pesada com o sal, embora a carnes e o frango assado que preparava ficassem sempre extremamente macios. Bessie absorveu a gordura com um pedaço de casca de pão enquanto ouvia a conversa sobre os planos para a noite. A maioria das moças ficava em casa na noite que antecedia a reunião social, mas algumas das mais novas planejavam ir a um bar de gente de cor que abrira havia pouco. Embora não devesse, o bar aceitava títulos de crédito. Mais uma razão para evitar o lugar, pensou Bessie. Ela levou seu prato até a cozinha e voltou para o andar de cima.

"Bessie?"

"Boa noite, srta. Lucy", disse Bessie.

Era raro que a sra. Lucy ficasse acordada até tão tarde numa sexta-feira. A maior parte dos supervisores sumia às seis horas em ponto. A julgar pelo que diziam as moças de outros dormitórios, a diligência da srta. Lucy colocava suas colegas no chinelo. Para saber como agir, Bessie se beneficiara de seus conselhos muitas vezes. Ela admirava o jeito como suas roupas estavam sempre tão bem engomadas e ajustadas. A srta. Lucy usava o cabelo preso num coque, e o metal fino de seus óculos conferia-lhe uma aparência severa, mas seu sorriso fácil contava a história da mulher que existia por trás disso tudo.

"Como vão as coisas?", perguntou a srta. Lucy.

"Acho que vou passar uma noite tranquila no alojamento, srta. Lucy", respondeu Bessie.

"*Dormitório*, Bessie. Não *alojamento*."

"Sim, srta. Lucy."

"*Passarei*, e não *vou passar*."

"Estou me esforçando para aprender."

"E fazendo um progresso esplêndido!" A srta. Lucy deu um tapinha amigável no braço de Bessie. "Quero falar com você na segunda-feira pela manhã, antes de você sair para o trabalho."

"Algum problema, srta. Lucy?"

"De forma alguma, Bessie. Conversamos depois."

Ela fez uma pequena cortesia e se dirigiu ao escritório.

Fez uma cortesia para uma moça de cor.

Bessie Carpenter era o nome que constava dos documentos que Sam lhe entregara na estação. Meses depois, Cora ainda não sabia como havia sobrevivido à viagem desde que partira da Geórgia. A escuridão do túnel rapidamente transformara o vagão numa tumba. A única luz vinha da cabine do maquinista, pelas frestas na frente do instável vagão. A certa altura, o vagão chacoalhava tanto que Cora abraçou Caesar e eles ficaram assim por um bom tempo, apertando um ao outro durante os tremores mais urgentes, os corpos amassando o feno. Era bom abraçá-lo, aguardar a pressão quente de seu peito, subindo e descendo.

Então a locomotiva desacelerou. Caesar se pôs de pé num pulo. Eles mal podiam acreditar, embora a animação dos fugitivos fosse parcimoniosa. A cada vez que terminavam um trecho da viagem, começava um novo e inesperado trajeto. O depósito de correntes, o buraco no chão, aquele vagão decadente — a ferrovia subterrânea avançava na direção do bizarro. Cora contou a Caesar que, quando vira as correntes, temeu que Fletcher tivesse conspirado com Terrance desde o início e que eles tivessem sido levados para uma câmara de horrores. O plano deles, a fuga e a chegada seriam elementos de uma elaborada peça teatral.

A estação era similar àquela da qual haviam partido. Em vez de um banco, havia uma mesa e cadeiras. Duas lamparinas pendiam da parede, e uma pequena cesta ficava perto da escada.

O maquinista soltou-os do vagão de carga. Era um homem alto, com parcos cabelos brancos formando uma ferradura em volta da cabeça e uma corcunda que era resultado de anos de trabalho no campo. Ele limpou suor e a fuligem do rosto e estava prestes a falar quando uma tosse feroz o dominou. Depois alguns goles de seu cantil, o maquinista se recompôs.

Ele interrompeu os agradecimentos.

"Este é o meu trabalho", disse. "Alimentar a fornalha, me certificar de que ela continue funcionando. Levar os passageiros aonde eles têm que ir." O homem voltou à cabine. "Esperem aqui até que venham buscar vocês."

Em poucos instantes o trem desapareceu, deixando como rastro um turbilhão de fumaça e barulho.

A cesta continha provisões: pão, metade de um frango, água e uma garrafa de cerveja. Eles estavam tão famintos que viraram e chacoalharam a cesta para obter as migalhas e dividi-las. Cora até tomou um gole da cerveja. Ao pé da escada, eles se prepararam para o último representante da ferrovia subterrânea.

Sam era um jovem de 25 anos e não tinha nenhum dos excêntricos maneirismos de seus colegas de trabalho. De compleição forte e alegre, usava calças marrom-claras com suspensórios e uma camisa vermelha de tecido grosso que muito sofrera na tábua de bater e lavar roupa. Seu bigode era curvo nas pontas, combinando com seu entusiasmo. O agente da estação apertou as mãos deles e os saudou, incrédulo.

"Vocês conseguiram", disse Sam. "Estão mesmo aqui."

Ele lhes trouxe comida. Eles se sentaram à mesa bamba, e Sam descreveu para eles o mundo acima.

"Vocês estão muito longe da Geórgia", disse. "A Carolina do Sul tem uma atitude muito mais esclarecida sobre o avanço racial do que o resto do Sul. Estarão a salvo aqui até que organizemos o próximo trecho da viagem. Pode levar certo tempo."

"Quanto tempo?", perguntou Caesar.

"Não temos como dizer. São tantas pessoas indo de um lado para o outro, uma estação por vez. É difícil mandar mensagens. A ferrovia é uma obra de Deus, mas enlouquecedora de gerir." Ele os observou enquanto Caesar e Cora devoravam a comida com evidente prazer. "Quem sabe?", disse. "Talvez vocês decidam ficar. Como eu disse, a Carolina do Sul é totalmente diferente de tudo o que vocês viram."

Sam subiu e voltou com roupas e um pequeno barril de água.

"Vocês precisam se lavar", comentou. "Digo isso para o bem de vocês."

Ele se sentou na escada para lhes dar privacidade. Caesar disse a Cora para se lavar primeiro e se juntou a Sam. A nudez dela não era novidade, mas Cora apreciou o gesto. Ela começou pelo rosto. Estava suja, fedia, e, quando torceu o pano, a água que escorreu era escura. As roupas novas não eram como feitas para negros, de tecido rústico, e sim de um algodão tão macio que fez seu corpo parecer limpo, como se ela tivesse de fato se esfregado com sabonete. O vestido era simples, azul-claro com listras, em nada parecido com o que ela já usara. O algodão entrava de um jeito, saía de outro.

Quando Caesar terminou de se lavar, Sam lhes entregou alguns documentos.

"Os nomes estão errados", disse Caesar.

"Vocês são fugitivos", respondeu Sam. "Agora vocês são essas pessoas. Precisam deixar seus nomes e suas histórias para a memória."

Mais do que fugitivos — assassinos, talvez. Cora não pensara no menino desde que pisara no subterrâneo. Os olhos de Caesar se estreitaram como se ele refletisse sobre a mesma coisa. Ela decidiu contar a Sam sobre a luta na floresta.

O agente da estação não fez qualquer julgamento e pareceu genuinamente triste pelo destino de Lovey. Disse a eles que sentia muito pela amiga dos dois.

"Eu não tinha ficado sabendo disso. Notícias desse tipo não se espalham por aqui como em outros lugares. O menino pode ter se recuperado, pelo que sabemos, mas isso não muda a situação de vocês. Melhor ainda que tenham novos nomes."

"Diz aqui que somos propriedade do governo dos Estados Unidos", observou Caesar.

"Só tecnicamente", respondeu Sam.

Famílias brancas faziam as malas e acorriam para a Carolina do Sul atrás de oportunidades, partindo de lugares tão distantes quanto Nova York, de acordo com as gazetas. O mesmo faziam homens e mulheres livres, em uma onda de migração que o país jamais testemunhara. Parte das pessoas de cor era de fugitivos, embora não fosse possível precisar quantas delas, por razões óbvias. A maior parte das pessoas de cor no estado havia sido comprada pelo governo. Salvos do pelourinho em alguns casos ou comprados em leilões judiciais. Agentes observavam os grandes leilões. A maioria era comprada de brancos que haviam deixado as fazendas para trás. A vida do campo não era para eles, mesmo que tivessem sido criados desse modo e esse fosse seu legado familiar. Era uma nova era. O governo oferecia termos muito generosos e incentivos para mudarem para cidades grandes, empréstimos e isenção fiscal.

"E os escravos?", perguntou Cora.

Ela não entendia a conversa sobre dinheiro, mas reconhecia gente sendo vendida como propriedade quando ouvia algo a respeito.

"Recebem comida, emprego e moradia. Vão e vem como quiserem, se casam com quem quiserem, criam filhos que nunca serão levados embora. Trabalho bom, também, não trabalho escravo. Mas vocês vão ver com seus próprios olhos."

Havia um contrato de compra e venda em uma pasta dentro de uma caixa em algum lugar, pelo o que ele entendia, mas era só. Nada que seria usado contra eles. Uma pessoa de confiança no Griffin Building forjara os documentos para eles.

"Estão prontos?", perguntou Sam.

Caesar e Cora se olharam. Então ele estendeu a mão como um cavalheiro.

"Minha senhora?"

Ela não pôde deixar de sorrir, e eles caminharam juntos para a luz do sol.

O governo havia comprado Bessie Carpenter e Christian Markson em um leilão judicial de falência na Carolina do Norte. Sam lhes ajudou a ensaiar enquanto caminhavam na direção da cidade. Ele morava a três quilômetros da estação, em um chalé que seu avô construíra. Seus pais haviam trabalhado na loja de artefatos de cobre na Main Street, mas Sam escolheu um caminho diferente depois que eles morreram. Vendeu o negócio para um dos muitos imigrantes que tinham vindo para a Carolina do Sul em busca de um novo começo, e agora Sam trabalhava em um dos bares, o Drift. O dono era seu amigo, e o ambiente combinava com sua personalidade. Sam gostava de ver bem de perto o espetáculo do animal humano, e também de ter acesso às movimentações da cidade, uma vez que o álcool soltava as línguas. Ele fazia seu próprio horário, o que era uma vantagem para seu outro negócio. A estação ficava debaixo de seu celeiro, como no caso de Lumbly.

Nos arredores da cidade, Sam lhes deu orientações detalhadas sobre como chegar à agência de empregos.

"Se vocês se perderem, simplesmente sigam naquela direção." Sam pontou para a maravilha que arranhava os céus. "E virem à direita quando chegarem à Main Street."

Ele os contataria quando tivesse mais informações.

Caesar e Cora percorreram o caminho pela estrada empoeirada até a cidade, incrédulos. Um coche surgiu em uma curva, e os dois quase mergulharam na floresta. O condutor era um menino de cor que inclinou sua boina em uma saudação garbosa. Desinteressado, como se não fosse nada. Ter uma atitude como essa tão jovem! Quando o garoto desapareceu de vista, eles riram do seu comportamento ridículo. Cora empertigou-se e caminhou de cabeça erguida. Teriam que aprender a caminhar como pessoas livres.

Nos meses seguintes, Cora dominou sua postura. A escrita e a fala precisavam de mais atenção. Depois da conversa com a srta. Lucy, ela tirou sua cartilha do baú. Enquanto as outras moças fofocavam e se desejavam boa-noite umas às outras, Cora praticava a escrita. Da próxima vez que assinasse a conta das compras dos Anderson, escreveria Bessie numa caligrafia cuidadosa. Ela apagou a vela quando começou a sentir câimbras na mão.

Aquela era a cama mais macia em que ela já deitara. Mas, também, era a única cama em que Cora já se deitara.

A srta. Handler deve ter sido criada no seio de santos. Embora o velho Howard fosse incompetente por completo no que dizia respeito aos rudimentos da escrita e da fala, a professora nunca deixou de ser no mínimo educada e paciente. A classe inteira — a escola ficava lotada nas manhãs de sábado — se remexia nas carteiras enquanto ele se atrapalhava e gaguejava com a lição do dia. As duas moças na frente de Cora se entreolharam e riram dos sons canhestros emitidos pelo homem.

Cora se juntou à classe por irritação. Era quase impossível entender a fala de Howard em circunstâncias normais. Ele usava um *pidgin** composto de sua língua africana perdida e das gírias dos escravos. Antigamente, sua mãe lhe dissera, aquele era o dialeto falado nas fazendas. Eles haviam sido roubados de aldeias de toda a África e falavam uma multidão de línguas. As palavras do outro lado do oceano acabavam sendo surradas para fora deles com o tempo. Para simplificar as coisas, para apagar suas identidades, para sufocar rebeliões. Todas as palavras exceto aquelas guardadas pelos escravos que ainda se lembravam de quem haviam sido.

"Guardam-nas como ouro precioso", disse Mabel.

Aqueles não eram tempos como os de sua mãe e de sua avó. As tentativas de Howard com "Eu sou" consumiam um precioso tempo da lição, que já era curta demais depois da semana de trabalho. Ela viera até ali para aprender.

Uma rajada de vento fez as venezianas rangerem nas dobradiças. A srta. Handler pousou o giz que segurava.

"Na Carolina do Norte", disse ela, "o que estamos fazendo é crime. Eu seria multada em cem dólares e vocês receberiam 39 chibatadas. Está previsto na lei. O senhor de vocês provavelmente teria uma punição mais severa".

Os olhos da mulher encontraram os de Cora. A professora era apenas alguns anos mais velha, mas fez Cora se sentir uma neguinha ignorante.

---

* Pidgin é uma língua de contato, criada normalmente de forma espontânea, a partir da mistura de duas ou mais línguas. (N.E.)

"É difícil começar do nada. Há poucas semanas alguns de vocês estavam na situação de Howard. Leva tempo. E paciência."

Ela os liberou. Envergonhada, Cora pegou suas coisas, querendo ser a primeira a sair pela porta. Howard enxugava as lágrimas com a manga.

A escola ficava ao sul do dormitório das mulheres. A construção também era usada para encontros que precisassem de um tom mais formal do que o das salas comunitárias, percebeu Cora, como reuniões sobre higiene e questões femininas. A vista dava para o verde do parque da população de cor. Naquela noite uma banda formada por integrantes do dormitório masculino iria tocar no gazebo na reunião social.

Eles mereciam a bronca da srta. Handler. A Carolina do Sul tinha uma posição diferente a respeito do avanço da gente de cor, como Sam contara a Cora na plataforma. Ela saboreara esse fato de muitas maneiras nos últimos meses, mas a provisão de educação para as pessoas de cor estava entre as coisas mais nutritivas. Connelly certa vez arrancara os olhos de um escravo que havia olhado para palavras. Ele perdera o trabalho de Jacob, apesar de que, se o homem tivesse talento, o feitor o teria submetido a uma punição menos drástica. Em compensação conseguiu o temor eterno de todo escravo que tivesse qualquer desejo de aprender as letras.

Não se precisa de olhos para se debulhar milho, disse Connelly a eles. Ou para se deixar morrer de fome, como Jacob fazia.

Cora deixou a fazenda para trás. Não morava mais lá.

Uma página caiu de sua cartilha e Cora correu atrás dela no gramado. O livro estava se desmanchando, por causa do uso e dos donos anteriores. Cora vira criancinhas, algumas menores que Maisie, usarem a mesma cartilha em suas lições. Exemplares novos com lombadas novas. Os usados pela escola da gente de cor eram gastos, e ela tinha que espremer sua letra entre os garranchos de outras pessoas, mas não havia nenhum açoite atrelado ao ato de apenas olhar para aquilo.

A mãe de Cora teria orgulho dela. Como provavelmente a mãe de Lovey sentira orgulho por ela fugir, durante um dia e meio. Cora colocou a página de volta no livro. Parou de pensar na fazenda outra vez.

Estava ficando boa nisso. Porém, sua mente estava ardilosa, tortuosa. Pensamentos de que ela não gostava se insinuavam pelos lados, por baixo, pelas frestas, de lugares que ela havia afugentado.

Sobre sua mãe, por exemplo. Em sua terceira semana no dormitório, Cora batera na porta do escritório da srta. Lucy. Se o governo mantinha registro da chegada de todas as pessoas de cor, talvez entre os muitos nomes estivesse o de sua mãe. A vida de Mabel depois da fuga era um enigma. Talvez ela fosse uma das pessoas livres que partiram para a Carolina do Sul em busca de oportunidades.

A srta. Lucy trabalhava em uma salinha que ficava mais adiante no corredor da sala comunitária do número 18. Cora não confiava na mulher, mas lá estava ela. A srta. Lucy a recebeu. O escritório era atulhado de arquivos, pelos quais a supervisora precisava se espremer para chegar até sua mesa, mas ela mantinha o espaço agradável, com gravuras nas paredes retratando a vida rural. Não havia espaço para uma segunda cadeira. As visitas ficavam em pé durante a conversa, o que fazia com que as reuniões fossem curtas.

A srta. Lucy olhou para Cora por cima dos óculos.

"Como é o nome dela?"

"Mabel Randall."

"O seu sobrenome é Carpenter", questionou a srta. Lucy.

"É o nome do meu pai. Minha mãe é uma Randall."

"*Ah, é*", disse a srta. Lucy. "*Ela é.*"

Ela se pôs de pé diante de um dos arquivos e correu os dedos pelos papéis rabiscados de azul, lançando um olhar na direção de Cora de tempos em tempos. A srta. Lucy mencionara que vivia com um grupo de supervisoras em uma pensão próxima à praça. Cora tentou imaginar o que a mulher fazia quando não estava dirigindo o dormitório, como passava seus domingos. Será que ela tinha um jovem cavalheiro que a levava para passear? Como uma mulher branca solteira ocupava seu tempo na Carolina do Sul? Cora estava ficando mais corajosa, mas ainda se mantinha perto do dormitório quando não estava trabalhando para os Anderson. Parecia prudente, naqueles primeiros dias fora do túnel.

A srta. Lucy passou para outro arquivo, escancarou uma série de gavetas, mas não encontrou nada.

"Esses registros são só de quem está aqui no nosso dormitório", disse ela. "Mas temos dormitórios no país inteiro."

A supervisora anotou o nome da mãe de Cora e prometeu checar os registros no Griffin Building. Pela segunda vez, ela lembrou a jovem sobre as lições de ler e escrever, que eram opcionais, mas recomendadas, para assegurar seu intuito de cumprir a missão de educar as pessoas de cor, principalmente no caso daquelas que demonstravam aptidão. Então a srta. Lucy voltou ao trabalho.

Fora um capricho. Após a fuga de Mabel, Cora pensara nela o mínimo possível. Depois de desembarcar na Carolina do Sul, ela se deu conta de que banira sua mãe de sua mente não por tristeza, mas por raiva. Ela a odiava. Após experimentar a recompensa da liberdade, era incompreensível para Cora que Mabel a tivesse abandonado naquele inferno. Uma criança. A companhia da menina teria tornado a fuga de Mabel mais difícil, mas Cora não era mais um bebê. Se podia colher algodão, podia muito bem correr. Ela teria morrido naquele lugar depois de indizíveis brutalidades, se Caesar não tivesse aparecido. No trem, no túnel sem fim, ela finalmente perguntara por que Caesar a tinha levado com ele. "Porque eu sabia que você conseguiria", respondeu ele.

Como a odiava. As incontáveis noites que Cora passou naquele sótão miserável, virando de um lado para outro, chutando a mulher ao seu lado, imaginando maneiras de fugir da fazenda. Entrar num carrinho cheio de algodão e pular para fora na estrada para Nova Orleans. Subornar um feitor com seus favores. Pegar seu machado e atravessar correndo o pântano como sua maldita mãe. Todas as noites sem dormir. À luz da manhã ela se convencia de que seu plano fora um sonho. Aqueles pensamentos não eram seus, de forma alguma. Porque andar por aí com isso na cabeça e não fazer nada a respeito equivalia a morrer.

Ela não sabia para onde sua mãe fugira. Mabel não gastara sua liberdade guardando dinheiro para comprar a alforria da filha, isso era certo. Randall não teria permitido isso, mas mesmo assim. A srta.

Lucy jamais encontrou o nome da mãe de Cora em seus arquivos. Se tivesse encontrado, Cora teria ido até sua mãe e a espancado.

"Bessie, está tudo bem com você?"

Era Abigail, do número 6, que às vezes vinha para o jantar. Ela era amigável com as mulheres que trabalhavam na Montgomery Street. Cora ficara em pé no meio do gramado, o olhar perdido. Ela disse para Abigail que estava tudo bem e voltou ao dormitório para fazer suas tarefas. Sim, Cora precisava vigiar melhor seus pensamentos.

Mesmo que a máscara de Cora ocasionalmente saísse do lugar, ela se mostrou capaz de manter o disfarce de Bessie Carpenter, vinda da Carolina do Norte. Ela se preparara para a pergunta da srta. Lucy sobre o sobrenome de sua mãe e para outros rumos que a conversa poderia ter tomado. A entrevista na agência de empregos naquele primeiro dia terminara depois de poucas e breves perguntas. Os recém--chegados tinham a experiência de ter trabalhado em residências ou no campo. As famílias eram orientadas a exercitar a tolerância em relação aos empregados sem experiência.

O exame médico lhe deu um susto, mas não por causa das perguntas. Os instrumentos de aço reluzente na sala de exames pareciam ferramentas que Terrance Randall poderia encomendar ao ferreiro para propósitos sinistros.

O consultório do médico ficava no décimo andar do Griffin Building. Ela sobreviveu ao choque de andar pela primeira vez de elevador e entrou em um longo corredor ladeado por cadeiras, todas ocupadas por homens e mulheres de cor esperando para serem examinados. Depois de uma enfermeira em um uniforme branco impecável verificar e riscar seu nome de uma lista, Cora se juntou ao grupo de mulheres. A conversa nervosa era compreensível; para a maioria, aquela era a primeira visita a um médico. Na fazenda Randall, o médico só era chamado quando os remédios dos escravos — as raízes e unguentos — haviam falhado e um empregado valioso estava próximo da morte. Na maior parte dos casos não havia nada que um médico pudesse fazer a essa altura a não ser reclamar das estradas enlameadas e receber seus honorários.

Chamaram o nome dela. A janela da sala de exames lhe possibilitava uma vista da configuração da cidade e do verdejante campo por quilômetros e mais quilômetros. E pensar que homens haviam construído uma coisa como aquela, um caminho para o céu. Ela poderia ter ficado lá todo o dia todo, olhando a paisagem, mas o exame abreviou seus devaneios. O dr. Campbell era um sujeito eficiente, um cavalheiro corpulento que passava pela sala atarefado, com seu jaleco branco esvoaçando como uma capa. Ele analisou a saúde geral de Cora enquanto a jovem enfermeira registrava tudo em um papel azul. De que tribo seus ancestrais se originavam e o que ela sabia da constituição física deles? Alguma vez ficara doente? Como estava a saúde de seu coração, dos pulmões? Ela se deu conta de que as dores de cabeça de que sofria após os golpes de Terrance haviam desaparecido desde que chegara à Carolina do Sul.

O teste de inteligência foi rápido, consistindo em brincar com peças de madeira e uma série de problemas ilustrados. Ela se despiu para o exame físico. O dr. Campbell olhou as mãos dela. Haviam ficado mais macias, mas ainda eram mãos de uma pessoa que trabalhara no campo. Os dedos dele traçaram as cicatrizes dos açoitamentos. Arriscando um palpite quanto ao número de chibatadas, ele errou por duas. Examinou as partes íntimas de Cora com seus instrumentos. O exame era doloroso e a deixou envergonhada, a atitude fria do médico não diminuindo em nada seu desconforto. Cora respondeu às perguntas sobre a violação. O dr. Campbell se virou para a enfermeira, que anotou as especulações do médico sobre a capacidade de Cora gerar um filho.

Uma coleção de imponentes instrumentos de metal estava disposta em uma bandeja próxima. Ele pegou um dos mais aterrorizantes, uma ponta fina presa a um cilindro de vidro.

"Vamos tirar um pouco de sangue", disse o médico.

"Para quê?"

"O sangue nos revela muitas coisas", respondeu ele. "Sobre doenças. Como elas se espalham. A pesquisa médica utilizando o sangue é um novo campo."

A enfermeira segurou o braço de Cora, e o dr. Campbell fincou a agulha. Isso explicava os uivos que ela ouvira do saguão. Ela fez sua própria contribuição. Então estava terminado. No saguão, restavam apenas os homens. As cadeiras estavam todas ocupadas.

Aquela fora sua última visita ao décimo andar do prédio. Depois que o novo hospital fora inaugurado, a sra. Anderson lhe disse certo dia, os consultórios dos médicos do governo estavam sendo realocados. O andar já estava todo alugado, acrescentou o sr. Anderson. O médico da própria sra. Anderson tinha seu consultório na Main Street, acima do oculista. Parecia um homem muito capaz. Nos meses em que Cora trabalhara para a família, os dias ruins da mãe haviam se reduzido bastante. Os chiliques, as tardes que ela passava trancada no quarto com as cortinas fechadas, seu jeito severo com as crianças se davam com menos frequência. Passar mais tempo fora da casa e os comprimidos haviam feito maravilhas.

Depois de Cora terminar de lavar a roupa, como fazia todo sábado, e jantar, era quase hora da reunião social. Ela colocou seu novo vestido azul. Era o mais bonito no empório para gente de cor. Ela comprava ali o mínimo possível, por causa dos preços altos. Por conta das compras que fazia para a sra. Anderson, ficava horrorizada ao ver que as coisas nos estabelecimentos locais dos negros custavam duas ou três vezes mais do que nas lojas dos brancos. Quanto ao vestido, havia custado uma semana de salário, e ela se viu obrigada a usar títulos de crédito. Em geral, ela sempre fora cuidadosa com seus gastos. Dinheiro era algo novo e imprevisível, que gostava de ir aonde lhe desse na telha. Algumas das moças deviam meses de salário e utilizavam títulos de crédito para qualquer coisa agora. Cora entendia por que — depois que a prefeitura fazia as deduções referentes à comida, à moradia e a miscelâneas como manutenção dos dormitórios e dos livros escolares, sobrava pouco. O melhor era recorrer aos títulos de crédito com parcimônia. O vestido fora uma coisa esporádica, assegurou Cora para si mesma.

As mulheres no dormitório estavam muito animadas com a festa que aconteceria à noite. Cora não era exceção. Ela terminou de se arrumar. Talvez Caesar já estivesse no parque.

Ele esperava em um dos bancos com vista para o gazebo e para os músicos. Sabia que não iria dançar. Do outro lado do gramado, Caesar parecia mais velho do que nos dias da Geórgia. Ela reconheceu suas roupas das pilhas do empório para gente de cor, mas ele as usava com mais confiança do que outros homens de sua idade que provinham de fazendas. O trabalho fabril lhe caía bem. Assim como os outros elementos da melhor situação de vida dos dois, é claro. Na semana que se passara desde que se viram pela última vez, ele cultivara um bigode.

Então ela viu as flores. Elogiou o buquê e lhe agradeceu. Ele elogiou o vestido. Um mês depois de terem emergido do túnel, ele havia tentado beijá-la. Cora fez de conta que nada acontecera, e desde então ele se juntara a ela na encenação. Algum dia conversariam sobre aquilo. Talvez nesse momento ela o beijaria, ainda não sabia.

"Eu conheço eles", disse Caesar. Ele apontou para a banda, que tomava seu lugar. "Acho que podem até ser melhores do que George e Wesley."

À medida que os meses passavam, Caesar e Cora se referiam cada vez mais despreocupadamente à fazenda Randall em público. Muito do que diziam poderia se aplicar a qualquer outro ex-escravo que os ouvisse. Uma fazenda era uma fazenda; uma pessoa poderia julgar suas desventuras como algo diferente, mas o verdadeiro horror residia em sua universalidade. De todo modo, a música logo encobriria a conversa dos dois sobre a ferrovia subterrânea. Cora esperava que os músicos não os considerassem rudes pela indelicadeza. Pouco provável. Tocar como homens livres e não como escravos ainda era provavelmente uma novidade valiosa. Começar a melodia sem o fardo de ter que fornecer um dos únicos confortos para a aldeia de escravos. Praticar sua arte com liberdade e alegria.

Os supervisores organizavam as reuniões sociais a fim de promover relações saudáveis entre homens e mulheres de cor, e para compensar parte do dano infligido à personalidade deles pela escravidão. Pelo raciocínio deles, a música e a dança, a comida e o ponche, tudo sobre o gramado tremeluzente à luz das lamparinas era um tônico para uma alma maltratada. Para Caesar e Cora era uma das poucas oportunidades de se atualizarem um sobre o outro.

Caesar trabalhava na fábrica de motores nos arredores da cidade e seu horário de trabalho, que variava muito, raramente coincidia com o dela. Ele gostava do trabalho. A cada semana a fábrica montava uma máquina diferente, que era determinada pelo volume de pedidos. Os homens se posicionavam diante da esteira e cada um era responsável por colocar seu componente ao objeto que passava pela linha de montagem. No início da esteira não havia nada, uma pilha de componentes expectantes, e, quando o último homem terminava, o resultado se mostrava diante deles, completo. Era gratificante de um modo inesperado, dizia Caesar, testemunhar o produto completo, em contraste com o trabalho amorfo na fazenda Randall.

O trabalho era monótono, mas não pesado; a variação de produtos ajudava a evitar o tédio. As longas pausas para descanso eram bem distribuídas no turno, seguindo um teórico do trabalho que frequentemente era citado pelos chefes e gerentes. Os outros homens eram caras bacanas. Alguns ainda traziam marcas das fazendas em seu comportamento, ansiosos por corrigir qualquer deslize percebido e agindo como se ainda vivessem sob o jugo de recursos escassos; mas esses homens melhoravam a cada semana, fortalecidos pelas possibilidades de suas novas vidas.

Os ex-fugitivos trocavam notícias. Maisie perdera um dente. Naquela semana a fábrica estava manufaturando motores de locomotivas — Caesar se perguntava se algum dia seriam usados pela ferrovia subterrânea. Os preços no empório haviam subido novamente, observou ele. Isso não era novidade para Cora.

"Como está Sam?", perguntou ela.

Era mais fácil para Caesar se encontrar com o agente de estação.

"Do jeito de sempre, alegre sem razão aparente. Um dos broncos da taverna o deixou de olho roxo. Sam está todo orgulhoso. Diz que sempre quis ter um."

"E o outro?"

Ele cruzou as mãos sobre as pernas.

"Vai ter um trem em poucos dias. Se quisermos pegar." Ele pronunciou a última parte como se soubesse a disposição dela.

"Talvez o próximo."

"Sim, talvez o próximo."

Três trens haviam passado por ali desde que os dois chegaram. Na primeira vez eles conversaram por horas sobre se era mais sábio deixar o sul negro imediatamente ou ver o que mais a Carolina do Sul tinha a oferecer. A essa altura já tinham ganhado alguns quilos, salários e começado a esquecer o tormento diário da fazenda. Haviam debatido de verdade, com Cora se agitando a favor do trem e Caesar argumentando a favor do potencial do local. Sam não ajudava em nada — ele gostava muito de sua terra natal e era um defensor da evolução da Carolina do Sul a respeito das questões raciais. O agente não sabia como o experimento acabaria, vinha de uma longa linhagem de agitadores que não confiavam no governo, mas tinha esperanças. Eles ficavam. Talvez no próximo.

O próximo chegou e foi embora com uma discussão ainda mais breve. Cora havia acabado de fazer uma refeição esplêndida no seu dormitório. Caesar tinha comprado uma camisa nova. O pensamento de passar fome novamente durante a fuga não era atraente, tampouco a perspectiva de deixar para trás as coisas compradas com o próprio trabalho. O terceiro trem veio e foi embora, e agora o quarto faria o mesmo.

"Talvez devêssemos ficar de vez", disse Cora.

Caesar estava quieto. Fazia uma noite linda. Tal como ele prometera, os músicos eram muito talentosos e tocaram as canções de *ragtime**
que haviam deixado todo mundo feliz em reuniões sociais anteriores. O violinista vinha dessa ou daquela fazenda, o cara do banjo de outro estado. Todos os dias os músicos nos dormitórios partilhavam as melodias de suas regiões, e o corpo musical crescia. A plateia contribuía com danças de suas próprias fazendas e imitavam uns aos outros em círculos. A brisa os refrescava enquanto se dispersavam para descansar e paquerar. Então recomeçavam, dançando e batendo palmas.

---

* *Ragtime*: gênero minusical norte-americano oriundo das comunidades afro-americanas. (N.E.)

"Talvez seja melhor a gente ficar", repetiu Caesar.

Estava decidido.

A reunião social terminou à meia-noite. Os músicos passaram um chapéu para doações, mas a maioria das pessoas estava sem um tostão sábado à noite, de forma que ele continuou vazio. Cora desejou boa-noite a Caesar e estava a caminho de casa quando testemunhou um incidente.

A mulher corria pelo gramado próximo da escola. Tinha uns vinte e poucos anos, constituição delgada e cabelos revoltos. Sua blusa estava aberta até o umbigo, revelando os seios. Por um momento, Cora estava de volta à fazenda Randall e prestes a receber lições sobre mais uma atrocidade.

Dois homens agarraram a mulher, que se debatia, e, tão cuidadosamente quanto possível, a contiveram. Uma multidão se aproximou. Uma garota foi chamar os supervisores de perto da escola. Cora abriu caminho com os ombros. A mulher balbuciou palavras incoerentes e então disse, de repente:

"Meus bebês, estão levando embora meus bebês!"

A plateia suspirou ao ouvir o refrão familiar. Tinham ouvido aquilo muitas vezes na vida de fazenda, o lamento da mãe por causa de suas atormentadas crias. Cora se lembrou das palavras de Caesar sobre os homens na fábrica que eram assombrados pelas fazendas, trazendo-as até ali apesar dos quilômetros. Viviam neles. As fazendas ainda viviam em todos eles, esperando por uma chance para maltratar e insultar.

A mulher se acalmou um pouco e foi levada de volta ao dormitório, na parte de trás da fileira. Apesar do conforto trazido pela decisão de ficar, foi uma longa noite para Cora, com seus pensamentos voltando-se para os gritos da mulher, e os fantasmas que ela chamava de seus.

"Será que vou conseguir me despedir? Dos Anderson e das crianças?", perguntou Cora.

A srta. Lucy tinha certeza de que aquilo poderia ser arranjado. A família gostava dela, disse.

"Não trabalhei direito?"

Cora pensava que tinha conseguido se adaptar aos mais delicados ritmos do trabalho doméstico. Esfregou o dedão nas pontas dos dedos. Estavam tão macios agora.

"Você fez um trabalho esplêndido, Bessie", respondeu a srta. Lucy. "Foi por isso que, quando esta nova vaga apareceu, pensamos em você. Foi ideia minha, e a srta. Handler aprovou. O museu precisa de uma moça especial", disse, "e não são muitas as residentes que se adaptaram tão bem quanto você. Deve encarar isso como um elogio".

Cora ficou um pouco mais tranquila, mas se demorou junto à porta.

"Mais alguma coisa, Bessie?", perguntou a srta. Lucy, organizando seus papéis.

Dois dias depois do incidente na reunião social, Cora ainda estava perturbada. Ela perguntou pela mulher que gritara.

A srta. Lucy fez um gesto afirmativo com a cabeça, em solidariedade.

"Você está falando da Gertrude", disse ela. "Sei que foi perturbador. Ela está bem. Estão mantendo ela na cama por alguns dias até que fique mais calma." A srta. Lucy explicou que havia uma enfermeira cuidando dela. "É por isso que reservamos aquele dormitório para residentes com problemas nervosos. Não faz sentido misturá-los com a maior parte da população. No número 40, podem receber o cuidado de que precisam."

"Eu não sabia que o 40 era especial", disse Cora. "É a Hob de vocês."

"Como é?", disse a srta. Lucy, mas Cora não explicou.

"As pessoas ficam lá por pouco tempo", acrescentou a mulher branca. "Somos otimistas."

Cora não sabia o que *otimista* significava. Ela perguntou às outras moças àquela noite se conheciam a palavra. Nenhuma delas a ouvira antes. Ela concluiu que significava *determinados*.

A caminhada até o museu era o mesmo trajeto que ela pegava para a residência dos Anderson, até dobrar à direita no foro. A ideia de abandonar a família a deixava triste. Ela tinha pouco contato com o pai, já que ele saía de casa cedo e a janela do escritório dele era uma das últimas acesas no Griffin Building. O algodão fizera dele um escravo, também. Mas a sra. Anderson havia sido uma patroa paciente, principalmente depois das prescrições do médico, e as crianças eram agradáveis. Maisie tinha dez anos. Nessa idade, na fazenda Randall, toda e qualquer alegria era banida. Um dia uma criancinha negra estava feliz, e, no seguinte, a alegria sumira dela; nesse meio-tempo, elas eram apresentadas à nova realidade da servidão. Maisie era mimada, sem dúvida, mas havia coisas piores do que ser mimada, se você era de cor. A menininha fazia Cora se perguntar como seus próprios filhos poderiam ser, um dia.

Ela vira o Museu das Maravilhas Naturais muitas vezes em suas caminhadas, mas nunca soubera para o que servia a ampla construção em pedra calcária. Ocupava todo um quarteirão. Estátuas de leões guardavam os longos degraus, e pareciam olhar sedentos para o grande chafariz. Quando Cora adentrou o local e ficou sob sua influência, o som da água jorrando ensurdeceu o barulho da rua, erguendo-a aos auspícios do museu.

Lá dentro, ela foi levada a entrar por uma porta que ficava além dos limites permitidos ao público e, em seguida, conduzida por um labirinto de corredores. Por entre portas entreabertas, Cora conseguiu perceber atividades curiosas. Um homem enfiando uma agulha com linha em um texugo morto. Outro segurando pedras amarelas sob uma luz forte. Em uma sala cheia de mesas longas de madeira e aparatos, ela viu seus primeiros microscópios. Posicionados nas mesas como sapos negros. Então ela foi apresentada ao sr. Fields, o curador de História Viva.

"Você vai servir perfeitamente", disse ele, escrutinando Cora como os homens nas salas haviam escrutinado seus projetos nas mesas de trabalho.

A fala do homem era rápida e animada, sem nenhum traço do sul. Cora descobriu posteriormente que o sr. Fields fora contratado de um museu em Boston para atualizar as práticas locais.

"Está se alimentando melhor desde que chegou, posso ver", disse ele. "É preciso esperar, mas você vai servir."

"Começo a limpar por aqui primeiro, sr. Fields?"

Cora decidira no caminho até lá que no novo serviço ela deveria evitar o máximo possível as cadências do jeito de falar da fazenda.

"Limpar? Ah, não. Você sabe o que fazemos aqui..." Ele se deteve. "Você já esteve aqui antes?"

O sr. Fields explicou como funcionavam os museus. Naquele, o foco era história americana — para uma nação jovem, havia muitos assuntos nos quais educar o público. A flora e a fauna selvagem da América do Norte, os minerais e outros esplendores do mundo sob os nossos pés. Algumas pessoas nunca saíam dos seus condados natais, disse ele. Como uma ferrovia, o museu permitia que eles vissem o restante do país para além de sua pequena experiência, da Flórida ao Maine e à fronteira oeste. E ver seus habitantes.

"Pessoas como você", falou o sr. Fields.

Cora trabalhava em três salas. No primeiro dia, cortinas cinza cobriam as grandes vidraças que os separavam do público. Na manhã seguinte, as cortinas não estavam mais lá, e as multidões chegavam.

A primeira sala era Cenas da África Negra. Uma cabana dominava a exposição, as vigas de suas paredes de toras unidas sob um telhado pontudo de sapê. Cora retirava-se para os cantos da cabana quando precisava descansar um pouco dos rostos das pessoas. Havia um fogo para cozinhar, as chamas representadas por cacos de vidro vermelho; um pequeno banco rústico; e instrumentos variados, cabaças e conchas. Três grandes graúnas pendiam do teto por arames. O efeito pretendido era o de uma revoada circulando sobre as atividades dos nativos. Eles lembravam Cora dos urubus que comiam carne morta e exposta na fazenda.

As tranquilizantes paredes azuis de A Vida do Navio Negreiro evocavam o céu do Atlântico. Ali Cora espreitava uma parte do convés da fragata; em volta do mastro, vários pequenos barris e rolos de corda. Sua roupa africana era um pano colorido; seu uniforme de marinheiro a fazia parecer um malandro de rua, com uma túnica, calças e botas de couro. A história do menino africano dizia que, depois de embarcado, ele ajudava no convés realizando várias pequenas tarefas, como uma espécie de aprendiz. Cora enfiava o cabelo para dentro do quepe vermelho. A estátua de um marinheiro se inclinava sobre a amurada, com os binóculos apontados. A cor dos olhos, da boca e da pele era pintada em sua cabeça de cera com tonalidades perturbadoras.

Um Dia Típico na Fazenda permitia que ela se sentasse a uma roda de fiar e descansasse os pés, o assento tão sólido quanto seu velho bloco de bordo. Galinhas empalhadas com serragem ciscavam o chão; de tempos em tempos, Cora jogava sementes imaginárias para elas. A jovem tinha inúmeras suspeitas sobre a precisão das cenas africanas e do navio, e era uma autoridade naquela sala. Ela compartilhou sua crítica. O sr. Fields acabou por concordar que rodas de fiar não eram usadas com frequência ao ar livre, ao pé de uma cabana de escravo, mas argumentou que, ao passo que autenticidade era seu lema, as dimensões da sala exigiam algumas concessões. Quem dera conseguisse fazer caber todo um campo de algodão no espaço de exposição e ter verba para uma dúzia de atores trabalhar nele. Talvez um dia.

A crítica de Cora não incluía as vestimentas do Dia Típico, que eram feitas de tecido rústico, o autêntico tecido de roupa de escravo. Ela ardia de vergonha duas vezes por dia ao se despir e vestir sua fantasia.

O sr. Fields tinha verba para três atores, ou tipos, como ele se referia. Também recrutadas da escola da sra. Handler, Isis e Betty tinham quase a mesma idade de Cora e uma constituição semelhante. Dividiam as mesmas fantasias. Nos intervalos, as três conversavam sobre os méritos e as desvantagens do novo trabalho. O sr. Fields as deixou à vontade, depois de um dia ou dois de ajustes. Betty gostava do fato de ele nunca mostrar seu temperamento, diferentemente do que ocorria na família para a qual trabalhara até pouco tempo antes, que em geral era gentil, mas sempre havia a possibilidade de um desentendimento ou mau humor que não era culpa dela. Isis gostava de não ter que falar. Vinha de uma pequena fazenda onde em geral era deixada à própria sorte, à exceção daquelas noites nas quais o senhor precisava de companhia e ela era forçada a beber do cálice do vício.

Cora sentia falta das lojas dos brancos e de suas prateleiras abundantes, mas ainda tinha as caminhadas à noitinha para casa, e a brincadeira com os mostruários das vitrines, que viviam mudando.

Por outro lado, ignorar os visitantes do museu era uma tarefa prodigiosa. As crianças batiam no vidro e apontavam de um jeito desrespeitoso, deixando todos alarmados enquanto fingiam se ocupar com nós de marinheiro. Os visitantes às vezes gritavam coisas para as pantomimas, comentários que as moças não conseguiam distinguir, mas que davam todas as indicações de serem rudes. Os tipos rotavam pela exposição a cada hora para aliviar a monotonia de fingir limpar o deque, esculpir ferramentas para caça e cuidar dos inhames de madeira. Se havia uma orientação constante dada pelo sr. Fields era de que não se sentassem muito, mas ele não pressionava as garotas. Elas brincavam com o Capitão John, como apelidaram o boneco-marinheiro, enquanto estavam em seus banquinhos, mexendo a corda de cânhamo com os dedos.

A exposição abriu no mesmo dia que o hospital, parte de uma celebração trombeteando as recentes realizações da cidade. O novo prefeito fora eleito sob o signo do progresso e queria garantir que os habitantes o associassem às iniciativas inovadoras de seu antecessor, que haviam sido implementadas enquanto ele ainda era apenas um advogado que tratava de questões de propriedade no Griffin Building. Cora não compareceu às festividades, embora tenha visto naquela noite os gloriosos fogos de artifício da janela do dormitório, e conseguiu ver o hospital quando chegou a hora do seu *check up* anual. À medida que os moradores de cor se acostumam à vida na Carolina do Sul, os médicos monitoravam seu bem-estar físico com tanta dedicação quanto os supervisores que se ocupavam de sua adaptação emocional. Um dia, a srta. Lucy disse a Cora, em uma tarde enquanto caminhavam pelo gramado, todos os dados, números e anotações seriam de grande contribuição para a compreensão da vida da gente de cor.

De frente, o hospital era um complexo bonito, amplo, de um andar só, que parecia tão extenso quanto o Griffin Building era alto.

O prédio parecia inóspito, desprovido de adornos em sua construção de um jeito que Cora nunca vira antes, como se para anunciar
sua eficiência nas próprias paredes. A entrada de gente de cor ficava
na lateral, mas, a não ser por isso, era idêntica à entrada principal,
com o design original e não uma emenda posterior, como frequentemente era o caso.

A ala da gente de cor fervilhava na manhã que Cora deu seu
nome à recepcionista. Um grupo de homens, alguns ela reconhecia
das reuniões sociais e de tardes no gramado, enchia a sala adjacente
enquanto aguardava seu sangue ser submetido ao tratamento. Ela
nunca ouvira falar de doenças do sangue antes de chegar à Carolina
do Sul, mas isso afligia um grande número de homens nos dormitórios e era fonte de um tremendo esforço por parte dos médicos da cidade. Ao que parecia, os especialistas tinham sua própria seção, com
os pacientes desaparecendo ao fim de um longo corredor quando seus
nomes eram chamados.

Ela se consultou com um médico diferente dessa vez, um mais
agradável do que o dr. Campbell. Seu nome era Stevens. Ele era do
norte, com cachos negros quase femininos, efeito que ele compensava
com a barba, cuidada com esmero. O dr. Stevens parecia jovem para
um médico. Cora considerou a precocidade como uma prova dos talentos dele. Enquanto passava pelo exame, Cora teve a impressão de
estar sendo levada por uma esteira rolante, como um dos produtos de
Caesar, tratados com cuidado e diligência na linha de montagem.

O exame físico não foi tão completo quanto o primeiro. Ele verificou o registro da primeira consulta e acrescentou suas próprias observações no papel azul. Entre uma coisa e outra, perguntava a Cora
sobre a vida no dormitório.

"Parece funcionar bem", disse o dr. Stevens. Ele declarou que o
trabalho no museu era "um serviço público intrigante".

Depois que Cora se vestiu, o dr. Stevens puxou um banquinho de
madeira. Suas maneiras continuaram suaves quando disse:

"Você já manteve relações íntimas. Já pensou em usar algum método contraceptivo?"

Ele sorriu. A Carolina do Sul estava em meio a um grande programa de saúde pública, explicou o dr. Stevens, que tinha o objetivo de educar as pessoas sobre uma nova técnica cirúrgica na qual os tubos dentro da mulher eram cortados para evitar o desenvolvimento de um bebê. O procedimento era simples, permanente e não oferecia riscos. O novo hospital era especialmente equipado para isso, e o próprio dr. Stevens havia estudado sob a tutela do homem que fora o pioneiro da técnica, aprimorada nos residentes de cor de um sanatório em Boston. Ensinar a cirurgia para os médicos locais e oferecê-la à população de cor era parte da razão pela qual fora contratado.

"E se eu não quiser?"

"A escolha é sua, claro", respondeu o médico. "Hoje em dia, é obrigatória para alguns no estado. Mulheres de cor que já tenham dado à luz mais de duas crianças, em nome do controle populacional. Imbecis e outros incapazes mentais, por razões óbvias. Criminosos contumazes. Mas isso não se aplica a você, Bessie. Essas mulheres já têm fardos demais. Essa é só uma oportunidade de você ter o controle do seu próprio destino."

Ela não era a sua primeira paciente recalcitrante. O dr. Stevens deixou o assunto de lado sem abandonar a atitude calorosa. A supervisora da jovem tinha mais informações sobre o programa, disse ele a Cora, e se colocou à disposição para conversar sobre qualquer preocupação.

Ela atravessou rapidamente o corredor do hospital, ávida por ar. Cora se acostumara demais a fugir incólume de encontros com a autoridade branca. A franqueza das perguntas dele e as subsequentes explicações a pegaram de surpresa. Comparar o que acontecera na noite do defumadouro com o que se passava entre um homem e uma mulher apaixonados. A fala do dr. Stevens igualava as duas coisas. O estômago de Cora se revoltou diante daquela ideia. E havia a questão do *obrigatório*, que soava como se as mulheres, essas mulheres da Hob de diferentes rostos, não tivessem escolha. Como se fossem propriedades de que os médicos podiam dispor como bem entendessem. A sra. Anderson sofria de humor inconstante. Isso fazia dela incapaz? O médico dela havia lhe feito a mesma proposta? Não.

Enquanto revirava tais pensamentos, ela se viu diante da casa dos Anderson. Seus pés levaram a melhor enquanto a mente de Cora estava em outro lugar. Talvez, lá no fundo, ela estivesse pensando sobre crianças. Maisie estaria na escola, mas Raymond talvez estivesse em casa. Ela estivera ocupada demais nas duas últimas semanas para se despedir do modo apropriado.

A moça que abriu a porta olhou para Cora de um jeito suspeito, mesmo depois de ela explicar quem era.

"Achei que o nome dela fosse Bessie", disse a moça. Ela era magrela e pequena, mas se aferrava à porta como se estivesse disposta a jogar seu peso com toda força para manter intrusos na rua. "Você disse que seu nome é Cora."

Cora amaldiçoou a distração do médico. Ela explicou que seu senhor a chamava de Bessie, mas no alojamento todo mundo a chamava de Cora porque ela se parecia muito com sua mãe.

"A sra. Anderson não está em casa", disse a garota. "E as crianças estão brincando com os amiguinhos. Melhor você voltar quando ela estiver em casa."

E fechou a porta.

Pela primeira vez Cora pegou o atalho para casa. Conversar com Caesar ajudaria, mas ele estava na fábrica. Ela ficou deitada na cama até a hora do jantar. A partir daquele dia, ela passou a pegar um caminho para o museu que evitava a casa dos Anderson.

Duas semanas depois, o sr. Fields decidiu dar a seus tipos um *tour* decente pelo museu. O tempo que Isis e Betty haviam passado atrás dos vidros aprimorara seus talentos de atuação. As duas fingiram um plausível interesse enquanto o sr. Fields prosseguia para a parte de abóboras e os vivos círculos de veneráveis carvalhos brancos, os geodos abertos com seus cristais púrpura como dentes de vidro, os minúsculos besouros e formigas que os cientistas haviam preservado com um composto especial. As moças riram diante do sorriso do glutão empalhado, do búteo-da-cauda-vermelha pego no meio de um mergulho e do corpulento urso-negro que atacava o vidro. Predadores capturados no momento em que davam o bote para matar.

Cora fitou os rostos de cera das pessoas brancas. Os tipos do sr. Fields eram as únicas exposições vivas. Os brancos eram feitos de gesso, arame e tinta. Em uma das vidraças, dois peregrinos usando calças e gibões de lã grossa apontavam para a Rocha de Plymouth enquanto seus companheiros de viagem olhavam de longe, a partir de navios no mural. Entregues à segurança depois da arriscada passagem a um novo começo. Em outra vidraça, o museu organizara uma cena de um porto em que colonizadores brancos vestidos como índios mohawk despejavam engradados de chá sobre a amurada do navio com alegria exagerada. As pessoas usavam vários tipos de correntes ao longo de suas vidas, mas não era difícil interpretar uma rebelião, mesmo se os rebeldes usassem fantasias para negar sua culpa.

Os tipos caminhavam diante das áreas de exposição como clientes pagantes. Dois exploradores determinados posavam em uma montanha íngreme e fitavam os montes a oeste, o país misterioso com seus perigos e descobertas diante deles. Quem sabia o que havia lá? Eles eram senhores de suas vidas, iluminando destemidamente seus futuros.

Na última vidraça, um índio pele-vermelha recebia um pedaço de um pergaminho de três homens brancos em posturas nobres, as mãos abertas em gestos que sugeriam negociação.

"O que é isso?", perguntou Isis.

"Essa é uma verdadeira cabana indígena", respondeu o sr. Fields. "Gostamos de contar uma pequena história em cada cena, para iluminar a experiência americana. Todo mundo conhece a verdade do encontro histórico, mas vê-lo com os próprios olhos..."

"Eles dormem ali?", perguntou Isis.

O homem explicou. E, com isso, as moças voltaram aos seus próprios cenários.

"O que acha, Capitão John?", perguntou Cora ao colega marinheiro. "Essa é a verdade sobre o nosso encontro histórico?"

Ultimamente, ela havia se acostumado a inventar conversas com o boneco a fim de incrementar a encenação para o público. Um pouco de tinta descascara da bochecha dele, deixando à vista a cera cinza abaixo.

Os coiotes empalhados nos suportes não mentiam, imaginava Cora. E os formigueiros e as pedras contavam a verdade sobre si. Mas os cenários dos brancos continham tanta imprecisão e contradições quanto os três habitat de Cora. Não havia meninos sequestrados esfregando o convés e recebendo tapinhas na cabeça de raptores brancos. O menino africano empreendedor cujas belas botas de couro ela usava teria estado acorrentado sob o convés, esfregando o corpo em seus próprios excrementos. O trabalho de um escravo às vezes era na roda de fiar, sim; na maioria das vezes, não. Nenhum escravo jamais havia caído morto de joelhos ao fiar nem fora assassinado por um emaranhado de fios. Mas ninguém queria falar sobre a verdadeira situação do mundo. E ninguém queria ouvir. Certamente não os monstros brancos do outro lado da exposição, que a todo momento enfiavam seus focinhos gordurosos junto ao vidro, zombando e gargalhando. A verdade era um cenário cambiante em uma vitrine de loja, manipulada quando ninguém estava olhando, sedutora e sempre fora de alcance.

Os brancos vieram para aquela terra em busca de um recomeço e para fugir da tirania de seus senhores, exatamente como os homens livres haviam fugido dos seus. Mas os ideais que acalentavam para si eram negados aos outros. Cora ouvira Michael recitar a Declaração da Independência lá na fazenda Randall muitas vezes, sua voz flutuando pela aldeia como um fantasma raivoso. Ela não compreendia as palavras, pelo menos não a maioria, mas *criados iguais* não eram termos que se perdiam para ela. Os homens brancos que escreveram aquelas palavras não as entendiam, se *todos os homens* não significava verdadeiramente todos os homens. Não se eles tomavam o que pertencia a outras pessoas, independentemente de ser algo que se podia segurar na mão, como a terra, ou não, como a liberdade. A terra que ela arava e na qual trabalhava fora terra de índio. Ela sabia que os homens brancos se vangloriavam quanto à eficiência dos massacres, nos quais mataram mulheres e crianças, e enforcaram seus futuros no berço.

Corpos roubados cultivando terra roubada. Era um motor que não parava, sua fornalha faminta alimentada com sangue. Com as cirurgias que o dr. Stevens descrevera, pensou Cora, os brancos haviam começado a roubar futuros intencionalmente. Abrir você e arrancá-lo, ensanguentado. Porque é isso que você faz quando toma o bebê de alguém — rouba seu futuro. Torturá-los o máximo possível enquanto ainda estão neste mundo, e então levar embora a esperança de que um dia seu povo terá uma vida melhor.

"Não é assim, Capitão John?", perguntou Cora.

Às vezes, se Cora virasse rápido a cabeça, parecia que o boneco estava piscando para ela.

Algumas noites depois, ela percebeu que as luzes do número 40 estavam apagadas, embora fosse apenas o começo da noite. Cora perguntou às outras moças a respeito.

"Foram levadas ao hospital", disse uma delas. "Para poderem melhorar."

Na noite anterior ao dia em que Ridgeway colocou um fim na Carolina do Sul, Cora se demorou no terraço do Griffin Building, tentando ver de onde viera. Faltava uma hora para seu encontro com Caesar e Sam, e ela não apreciava a ideia de ficar se revirando na cama, ouvindo o chilrear das outras moças. No sábado anterior, depois da escola, um dos homens que trabalhavam no Griffin Building, um ex-produtor de tabaco chamado Martin, lhe contou que a porta para o terraço ficava aberta. O acesso era fácil. Se a preocupação de Cora era que alguma das pessoas brancas que trabalhavam no décimo segundo andar a interrogasse quando ela saísse do elevador, disse Martin, Cora podia subir a parte final do caminho pela escada.

Aquela era sua segunda visita na hora do crepúsculo. A altura a deixava tonta. Ela tinha vontade de pular e agarrar as nuvens cinzentas que se misturavam acima de sua cabeça. A srta. Handler ensinara à turma sobre as grandes pirâmides do Egito e as maravilhas que os escravos fizeram com suas mãos e seu suor. Será que as pirâmides eram tão altas quanto aquele prédio? Será que os faraós se sentavam no topo delas e davam ordens sobre seus reinos, para ver quão pequeno o mundo ficava quando se tomava a distância necessária? Na Main Street, logo abaixo, trabalhadores erguiam prédios de três e quatro andares, mais altos do que a velha fileira de estabelecimentos de dois andares. Cora passava pelo canteiro de obras todos os dias. Ainda não era algo tão alto quanto o Griffin, mas um dia o prédio teria irmãos e irmãs, abrindo a terra com passos largos. Sempre que permitia que seus sonhos a levassem por avenidas esperançosas; essa ideia mexia com Cora, a cidade tomando vida própria.

Ao lado leste do Griffin Building ficavam as casas dos brancos e seus novos projetos — a praça expandida da cidade, o hospital e o museu. Cora virou para o oeste, onde ficavam os dormitórios da gente de cor. Daquela altura, as caixas vermelhas surgiam em meio a florestas nativas em fileiras impressionantes. Era ali que ela moraria algum dia? Um pequeno chalé em uma rua que ainda não havia sido construída? Colocando o menino e a menina para dormir no andar de cima? Cora tentou ver o rosto do homem, evocar o nome das crianças.

Sua imaginação lhe traiu. Ela estreitou os olhos para o sul, na direção da fazenda Randall. O que esperava ver? A noite levou o Sul para o seio da escuridão.

E o Norte? Talvez o visitasse um dia.

A brisa a fez estremecer, e ela tomou o rumo da rua. Era seguro ir até Sam agora.

Caesar não sabia por que o agente de estação queria vê-los. Sam havia feito um sinal no momento em que ele passava pelo bar e lhe disse: "Hoje à noite." Cora não voltara à estação da ferrovia desde a chegada, mas o dia de sua libertação era tão vívido que ela não teve dificuldade de encontrar a rua. Os barulhos dos animais na floresta escura, os galhos batendo e cantando a lembravam de sua fuga, e então de Lovey desaparecendo na noite.

Ela apressou o passo quando a luz das janelas de Sam tremeluziu entre os galhos. O agente a abraçou com seu habitual entusiasmo, a camisa úmida e fedendo a bebida. Em sua visita anterior ela havia ficado muito distraída para perceber a bagunça da casa, os pratos sujos, a serragem e as pilhas de roupas. Para chegar à cozinha ela precisara passar por cima de uma caixa virada de ferramentas, o conteúdo espalhado pelo chão, pregos para todos os lados, como no jogo de varetas. Antes de ir embora, ela recomendaria que ele contatasse a agência de empregos para conseguir uma moça.

Caesar já havia chegado e bebericava uma garrafa de cerveja sentado à mesa da cozinha. Ele trouxera uma de suas tigelas para Sam e corria os dedos pelo fundo, como se analisasse uma fissura imperceptível. Cora quase se esquecera de que ele gostava de trabalhar com madeira. Não o via muito, nos últimos tempos. Ele comprara mais roupas elegantes no empório de gente de cor, percebeu ela com prazer, um terno escuro que lhe caía bem. Alguém lhe ensinara a dar um nó na gravata, ou talvez fosse uma lembrança do seu tempo na Virgínia, quando ele acreditara que a velha mulher branca o libertaria e então caprichara na aparência.

"Há um trem chegando?", perguntou Cora.

"Em alguns dias", respondeu Sam.

Caesar e Cora se remexeram em seus assentos.

"Eu sei que vocês não vão querer pegá-lo", disse Sam. "Não tem problema."

"Nós decidimos ficar", falou Caesar.

"Queríamos ter certeza antes de dizer para você", acrescentou Cora.

Sam bufou e se recostou na cadeira bamba.

"Fiquei feliz de vê-los deixando os trens para lá e fazendo uma tentativa por aqui", disse o agente de estação. "Mas pode ser que vocês reconsiderem depois da história que tenho para contar."

Sam lhes ofereceu um pouco de doces — ele era um cliente fiel da padaria Ideal, próxima à Main Street — e revelou seu objetivo.

"Quero alertá-los para que fiquem longe do Red's", disse Sam.

"Está com medo da concorrência?", brincou Caesar.

Não havia dúvida quanto a esse aspecto. O bar de Sam não servia clientes de cor. Não, o Red's era exclusivamente destinado aos moradores dos dormitórios com um fraco pela bebida e pela dança. E também não fazia mal o fato de venderem usando títulos de crédito.

"Mais sinistro que isso", disse Sam. "Não sei bem o que pensar, para ser sincero."

Era uma história bem estranha. Caleb, o proprietário do Drift, tinha uma personalidade notoriamente amarga; Sam tinha reputação de um dono de bar que gostava de conversar.

"Você passa a conhecer a verdadeira vida do lugar quando trabalha lá", Sam gostava de dizer.

Um dos clientes regulares de Sam era um médico chamado Bertram, uma contratação recente do hospital. Ele não se misturava socialmente com os outros nortistas, preferindo o ambiente e a companhia maliciosa no Drift. Ele era ávido por uísque.

"Para afogar os pecados", disse Sam.

Em uma noite típica, Bertram guardava para si seus pensamentos até o terceiro drinque, quando o uísque tirava sua rolha e ele tagarelava animadamente sobre as nevascas de Massachusetts, rituais de trote na faculdade de medicina ou a inteligência relativa de um gambá da

Virgínia. Na noite anterior a fala dele havia se voltado para a companhia feminina, contou Sam. O médico era um visitante frequente do estabelecimento da srta. Trumball, dando preferência a ele do que ao Lancaster House, cujas garotas tinham uma disposição saturnina, na opinião dele, como se importadas do Maine ou outras províncias melancólicas.

"Sam?", chamou Cora.

"Sinto muito, Cora", atalhou ele.

O dr. Bertram havia enumerado algumas das virtudes do estabelecimento da srta. Trumball, e então acrescentou:

"Faça o que fizer, cara, fique longe do Red's Café, se gosta de garotas pretas".

Vários de seus pacientes homens frequentavam o lugar, e mantinham relações com as mulheres. Os pacientes acreditavam que estavam sendo tratados para doenças do sangue. Os tônicos que o hospital administrava, porém, eram apenas água com açúcar. Na verdade, os negros estavam participando de um estudo sobre os estágios latente e terciário da sífilis.

"Eles acham que você os está ajudando?", perguntara Sam ao médico. Ele mantivera a voz neutra, mesmo com o rosto parecendo pegar fogo.

"É uma pesquisa importante", informara Bertram. "Descobrir como uma doença se espalha, a trajetória da infecção, e assim nos aproximamos de uma cura."

O Red's era o único bar para gente de cor respeitável na cidade; o proprietário ganhava um desconto no aluguel por manter os olhos abertos. O programa da sífilis era um dentre os muitos estudos e experimentos em curso na ala de cor do hospital. Será que Sam sabia que a tribo igbo do continente africano é predisposta a doenças do sistema nervoso? Suicídio e humor instável? O médico tornou a contar a história de quarenta escravos acorrentados juntos em um navio, e que pularam a amurada todos juntos, em vez de viver na servidão. Aquele tipo de mente que podia conceber e executar uma ação tão fantástica! E se fizéssemos ajustes aos padrões de cruzamento dos negros e removêssemos aqueles com tendência melancólica? E se gerenciássemos outras atitudes, tal como violência sexual e naturezas agressivas? Poderíamos proteger nossas mulheres e filhas de suas urgências selvagens, o que o dr. Bertram compreendia ser um medo particular dos homens brancos do Sul.

O médico se aproximara. Sam lera o jornal daquele dia?

O agente de estação fez que não e completou o copo do homem.

Ainda assim, o dono do bar devia ter visto os editoriais ao longo dos anos, insistira o médico, expressando ansiedade sobre esse assunto específico. A América havia importado e criado tantos africanos que em muitos estados havia mais deles do que brancos. Apenas por essa razão, a emancipação é impossível. Com a esterilização estratégica — primeiro das mulheres, mas, com o tempo, de ambos os sexos —, poderíamos libertá-los da servidão sem medo de que nos matassem enquanto dormimos. Os arquitetos das revoltas da Jamaica eram oriundos do Benim e do Congo, voluntariosos e calculistas. E se amenizássemos essas linhagens cuidadosamente ao longo do tempo? Os dados coletados sobre os peregrinos de cor e seus descendentes ao longo dos anos e das décadas, dizia o médico, se mostrarão uma das empreitadas científicas mais sólidas da história. A esterilização controlada, a pesquisa sobre doenças transmissíveis, o aperfeiçoamento de novas técnicas cirúrgicas para os socialmente incapazes — era de se admirar que os melhores talentos médicos do país estivessem debandando aos montes para a Carolina do Sul?

Um grupo de arruaceiros entrou cambaleando e acabou empurrando Bertram para o fundo do bar. Sam estava ocupado. O médico bebeu tranquilamente por algum tempo e então caiu fora.

"Vocês dois não são do tipo que frequenta o Red's", disse Sam, "mas pensei que seria melhor que soubessem."

"Red's", disse Cora. "É mais do que um bar, Sam. Temos que contar que estão mentindo para eles. Estão doentes."

Caesar concordou.

"Será que vão acreditar mais em vocês do que nos médicos brancos?", perguntou Sam. "Com que provas? Não há qualquer autoridade para a qual se voltar em busca de ajuda — a cidade está pagando por tudo isso. E também há todas as outras cidades em que peregrinos de cor foram instalados seguindo o mesmo sistema. Esta não é a única localidade que tem um hospital novo."

Eles conversaram a respeito, sentados à mesa da cozinha. Era possível que não apenas os médicos, mas todos que cuidavam da população de cor estivessem envolvidos naquele esquema incrível? Conduzindo os peregrinos de cor por este ou aquele caminho, comprando-os de espólios e leilões a fim de conduzir tal experimento? Todos aqueles brancos trabalhando juntos, registrando as histórias e descrições deles em papel azul. Depois da discussão de Cora com o dr. Stevens, a srta. Lucy a parara certa manhã a caminho do museu. Cora pensara no programa de controle de natalidade do hospital? Talvez Cora pudesse conversar com as outras moças a respeito, em palavras que elas pudessem entender. Seria algo imensamente valorizado, disse a mulher branca. Havia todo tipo de vagas novas sendo abertas na cidade, oportunidades para pessoas que tivessem provado seu valor.

Cora se lembrou da noite em que ela e Caesar haviam decidido ficar, a mulher aos gritos vagando pelo gramado quando a reunião social chegava ao fim. "Estão levando embora meus bebês." A mulher não estava se lamentando a respeito de alguma velha injustiça da fazenda, mas por um crime perpetrado ali na Carolina do Sul. Os médicos estavam roubando seus bebês, não seus antigos senhores.

"Eles queriam saber de que parte da África os meus pais vieram", disse Caesar. "Como é que eu ia saber? Ele disse que eu tinha o nariz de um beninense."

"Nada como a bajulação antes de castrar um sujeito", falou Sam.

"Preciso contar para a Meg", soltou Caesar. "Algumas amigas dela passam as noites no Red's. Sei que tem alguns homens que elas encontram por lá."

"Quem é Meg?", perguntou Cora.

"É uma amiga com quem tenho passado algum tempo."

"Eu vi vocês passarem pela Main Street outro dia", disse Sam. "Ela é muito bonita."

"Foi uma tarde agradável", comentou Caesar.

Ele bebericou sua cerveja, focando na garrafa escura e evitando o olhar de Cora.

Progrediram muito pouco quanto a um plano de ação, deparando-se com a dificuldade de a quem recorrer e da possível reação dos outros moradores de cor. Talvez eles prefiram não saber, disse Caesar. O que eram esses rumores comparados a tudo aquilo de que haviam sido libertados? Que tipo de cálculo seus vizinhos fariam, pesando todas as promessas de sua nova situação em oposição às alegações e à verdade de seu passado? De acordo com a lei, a maioria deles ainda era propriedade, com seus nomes em pedaços de papel em arquivos mantidos pelo governo dos Estados Unidos. Por enquanto, alertar as pessoas era só o que podiam fazer.

Cora e Caesar estavam quase chegando à cidade quando ele disse:

"Meg trabalha para uma daquelas famílias na Washington Street. Uma daquelas casas grandes, sabe?"

Cora respondeu:

"Fico feliz que você tenha amigos."

"Tem certeza?"

"Será que erramos quando decidimos ficar?", perguntou Cora.

"Talvez fosse exatamente aqui que deveríamos ter desembarcado", disse Caesar. "Talvez não. O que Lovey diria?"

Cora não tinha resposta para isso. Eles não conversaram mais.

Ela dormiu muito mal. Nos oitenta beliches as mulheres roncavam e se reviravam sob os lençóis. Haviam se deitado acreditando que eram livres do controle dos brancos e das ordens sobre o que deveriam fazer e ser. Que decidiam sua própria vida. Mas as mulheres ainda estavam sendo tratadas como gado e domesticadas. Não como simples mercadoria, como antes, mas como gado: criadas, castradas. Aprisionadas em dormitórios que eram como gaiolas ou viveiro de coelhos.

De manhã Cora se dirigiu ao trabalho que lhe fora designado, como as demais moças. Quando ela e os outros tipos estavam prestes a se vestir, Isis perguntou se poderia trocar de sala com Cora. Estava se sentindo mal e queria descansar na roda de fiar.

"Se eu pudesse descansar meus pés um pouco."

Depois de seis semanas no museu, Cora chegou a uma alternância que condizia com a sua personalidade. Se começasse em Um Dia Típico na Fazenda, ela conseguia terminar seus dois turnos de fazenda logo após o almoço. Cora detestava a execrável cena de escravos e preferia acabar com aquilo o quanto antes. A progressão da Fazenda ao Navio Negreiro e à África Negra era de uma lógica consoladora. Era como voltar no tempo, rebobinar a América. Terminar o dia em Cenas da África Negra nunca deixava de lhe colocar num rio de calmaria, o mero teatro se transformando em mais do que teatro, um verdadeiro refúgio. Mas Cora concordou com o pedido de Isis. Terminaria o dia como escrava.

Nos campos, ela estava sempre sob o olhar impiedoso do feitor ou do capataz. "Abaixem-se!" "Cuidem daquela fileira!" Na casa dos Anderson, quando Maisie estava na escola ou com os amiguinhos, e o pequeno Raymond estava dormindo, Cora trabalhava sem ser importunada e sem supervisão. Era um pequeno tesouro no meio do dia. Sua recente alocação na exposição a levava de volta às lavouras da Geórgia, os olhares inexpressivos e boquiabertos de seus benfeitores furtando-a de volta para a condição de um produto.

Um dia ela decidiu contra-atacar uma mulher branca de cabelos ruivos que fizera cara feia para as tarefas de Cora "no mar". Talvez a mulher tivesse se casado com um homem do mar de apetite incorrigível e detestasse a lembrança — Cora não sabia qual a fonte de sua animosidade, e nem lhe interessava. A mulher a irritou. Cora a fitou bem nos olhos, resoluta e feroz, até que a mulher capitulou, quase correndo de junto ao vidro para a seção sobre agricultura.

Dali em diante Cora selecionava um cidadão por hora para afugentar com o olhar. Um jovem burocrata saído de sua escrivaninha no Griffin, um homem de negócios; uma matrona atazanada tentando controlar um grupo de crianças indisciplinadas; um dos jovenzinhos amargos que gostavam de bater no vidro e assustar os tipos. Às vezes este, às vezes aquele. Ela distinguia na multidão os elos frágeis, aqueles que fraquejavam sob seu olhar. O elo frágil — ela gostava do som disso.

Procurar a imperfeição na corrente que mantém uma pessoa em servidão. Considerado individualmente, o elo não era grande coisa. Mas, em conjunto com outras pessoas, um poderoso ferro que subjugava milhões, apesar de sua fraqueza. As pessoas que ela escolhia, jovens e velhos, da parte rica da cidade ou das ruas mais modestas, não perseguiam apenas Cora. Como uma comunidade, eram manilhas. Se ela continuasse com aquilo, desbastando elos frágeis sempre que os encontrasse, talvez colaborasse em alguma coisa.

Ela ficou boa no seu olhar assustador. Erguendo os olhos da roda do escravo ou do fogo de vidro da cabana para fulminar uma pessoa, como um dos besouros ou acarídeos na seção de insetos. As pessoas sempre cediam, surpresas com aquele ataque estranho, recuando, olhando para o chão ou forçando seus acompanhantes a irem embora. Era uma boa lição, pensou Cora, aprender que o escravo, o africano entre vocês, também está olhando para você.

No dia em que Isis se sentiu mal, durante sua segunda passagem pelo navio Cora olhou pelo vidro e viu Maisie, de rabo de cavalo, usando um dos vestidos que ela costumava lavar e pendurar no varal. Era uma excursão da escola. Cora reconheceu os meninos e as meninas que estavam com ela, apesar de as crianças não se lembrarem dela como a antiga doméstica dos Anderson. Maisie não a reconheceu, de início. Então Cora a encarou com o olhar malvado e a garota entendeu. A professora explicou o significado da cena, as outras crianças apontavam e zombavam do sorriso exagerado de capitão John — e o rosto de Maisie se contraiu de medo. Vendo de fora, ninguém podia dizer o que se passava entre elas, exatamente como quando ela e Blake se encararam no dia da casa de cachorro. Cora pensou, vou acabar com você também, Maisie, e fez isso, a garotinha fugindo de seu campo de visão. Ela não sabia por que havia feito isso, e ficou envergonhada até tirar a fantasia e voltar para o dormitório.

Cora foi procurar a srta. Lucy naquela mesma noite. Pensara o dia inteiro nas notícias dadas por Sam, erguendo-as e inclinando-as contra a luz como um bibelô horrível. A supervisora havia ajudado

Cora muitas vezes. Agora suas sugestões e conselhos pareciam manobras, como um fazendeiro que engana um burrico para fazê-lo se movimentar de acordo com suas intenções.

A mulher branca estava organizando uma pilha de seus papéis azuis quando Cora enfiou a cabeça pela porta do escritório. Será que seu nome estava escrito ali, e quais eram as anotações ao lado? Não, ela corrigiu: o nome de Bessie, não o meu.

"Eu só tenho um minuto", disse a supervisora.

"Eu vi algumas pessoas voltando para o número 40", começou Cora. "Mas ninguém que costumava morar lá. Elas ainda estão em tratamento no hospital?"

A srta. Lucy olhou para os papéis e se empertigou.

"Foram levadas para outra cidade", respondeu. "Precisamos de espaço para todos os recém-chegados, então mulheres como Gertrude, que precisam de ajuda, estão sendo mandadas para onde possam receber atenção mais adequada."

"Não vão voltar?"

"Não." A srta. Lucy examinou a visitante. "Você se preocupa, eu sei. Você é uma garota esperta, Bessie. Ainda espero que vista o manto da liderança com as outras moças, mesmo se não achar que precisa da cirurgia no momento. Você pode ser uma verdadeira honra para a sua raça, se se dedicar a isso."

"Eu posso decidir sozinha", disse Cora. "Por que elas não podem? Na fazenda, o senhor decidia tudo por nós. Achei que aqui não teríamos mais isso."

A srta. Lucy recuou diante da comparação.

"Se você não consegue ver a diferença entre pessoas boas, bem-dispostas e as que são mentalmente perturbadas, criminosos e imbecis, você não é a pessoa que achei que fosse."

Não sou a pessoa que você achou que eu fosse.

Uma das supervisoras as interrompeu, uma mulher mais velha chamada Roberta, que frequentemente fazia o contato com a agência de empregos. Ela designara Cora para a casa dos Anderson, meses antes.

"Lucy! Estão esperando por você."

A srta. Lucy resmungou.

"Estou com todos eles aqui", disse à colega. "Mas os registros no Griffin são iguais. A Lei do Escravo Fugitivo diz que devemos entregar fugitivos e não impedir sua captura e não largar tudo o que estamos fazendo só porque um caçador de escravos acha que está próximo do seu prêmio. Não acolhemos assassinos." Ela se levantou, segurando a pilha de papéis junto ao peito. "Bessie, continuamos amanhã. Por favor, pense sobre o que falamos."

Cora se recolheu na escadaria do prédio de dormitórios. Sentou-se no terceiro degrau. Poderiam estar procurando qualquer pessoa. Os dormitórios estavam cheios de fugitivos que haviam se refugiado ali, na esteira de uma fuga recente dos grilhões ou depois de anos construindo a vida num novo lugar. Poderiam estar procurando qualquer um.

Estavam à caça de assassinos.

Cora foi primeiro ao dormitório de Caesar. Ela conhecia os horários dele, mas, assustada, não conseguiu se lembrar dos turnos direito. Do lado de fora, ela não viu nenhum homem branco, a aparência rude que ela imaginava ter um caçador de escravos. Atravessou correndo o gramado. O homem mais velho do dormitório ficou olhando para ela — sempre havia uma implicação licenciosa quando uma moça visitava o dormitório masculino — e a informou que Caesar ainda estava na fábrica.

"Quer esperar comigo?", perguntou ele.

Estava ficando tarde. Ela se perguntou se devia ou não arriscar a Main Street. Os registros da cidade tinham seu nome como Bessie. Os retratos falados nos folhetos que Terrance havia mandado imprimir depois da fuga haviam sido feito rudemente, mas traziam semelhanças suficientes para que qualquer caçador experiente reparasse nela. Não havia como relaxar até conversar com Caesar e Sam. Ela pegou a Elm Street, paralela à Main, até chegar ao quarteirão do Drift. A cada vez que dobrava uma esquina, ela esperava por um pelotão montado, com tochas, mosquetes e sorrisos malvados. O Drift estava cheio de beberrões de fim de tarde; alguns ela reconhecia, outros, não. Cora teve que passar pela janela do bar duas vezes até que o agente de estação a viu e fez sinal para que entrasse pelos fundos.

Os homens no bar riam. No beco, ela se esgueirou da luz vinda do bar para entrar no estabelecimento. A porta do depósito estava entreaberta: vazio. Sam estava nas sombras, o pé sobre um engradado enquanto amarrava as botas.

"Eu estava tentando pensar em como falar com você", disse ele. "O nome do caçador de escravos é Ridgeway. Ele está conversando com o chefe da polícia agora, sobre você e Caesar. Servi uísque para dois dos homens dele."

Ele entregou a ela um panfleto. Era um dos boletins que Fletcher havia descrito em seu chalé, com uma diferença. Agora que ela sabia ler, a palavra *assassina* apunhalou seu coração.

Houve um tumulto dentro do bar e Cora recuou ainda mais para as sombras. Ele não teria como se ausentar na próxima hora, disse Sam. Tentaria obter o máximo possível de informação e interceptar Caesar na fábrica. Era melhor que Cora seguisse para casa dele e esperasse.

Ela correu como não fazia há muito tempo, paralelamente à estrada e se enfiando na mata ao som de qualquer viajante. Entrou no chalé de Sam pela porta dos fundos e acendeu uma vela na cozinha. Depois de andar de um lado para o outro sem conseguir se sentar, Cora fez a única coisa que poderia acalmá-la. Quando Sam chegou em casa, ela havia lavado toda a louça.

"As coisas não vão bem", contou o agente de estação. "Um dos caçadores de recompensa chegou logo depois que nos falamos. Trazia no pescoço um colar de orelhas como um índio pele-vermelha, um sujeito durão mesmo. Ele disse aos outros que sabiam onde vocês estavam. Saíram para encontrar o parceiro deles ali na frente, Ridgeway." Sam arquejava da corrida. "Não sei como, mas eles sabem quem vocês são."

Cora tinha pegado a tigela de Caesar. Ela a virou nas mãos.

"Eles têm um pelotão", disse Sam. "Não consegui falar com Caesar. Ele sabe chegar aqui ou até o bar — tínhamos um combinado. Pode ser que ele já esteja a caminho."

Sam tinha a intenção de voltar ao Drift para esperar por ele.

"Acha que alguém nos viu conversando?"

"Talvez você devesse descer para a plataforma."

Eles arrastaram a mesa da cozinha e o grosso tapete cinza. Juntos levantaram o alçapão no chão — estava bem justo —, e o ar úmido fez as velas tremeluzirem. Ela pegou comida e uma lamparina e desceu para a escuridão. A porta se fechou acima dela, e a mesa foi recolocada no lugar.

Ela evitara os serviços das igrejas de cor da cidade. Randall proibia a religião na fazenda para eliminar as distrações sobre a libertação, e a igreja nunca suscitou o interesse dela desde que chegara à Carolina do Sul. Isso fazia com que parecesse estranha aos olhos dos outros moradores de cor, Cora sabia, mas parecer estranha era algo que não a incomodava havia bastante tempo. Devia rezar agora? Ela se sentou à mesa à luz da fraca lamparina. Estava escuro demais na plataforma para distinguir onde começava o túnel. Quanto tempo levariam para encontrar Caesar? Quão rápido ele poderia correr? Ela sabia das negociações que as pessoas faziam em situações de desespero. Para amenizar a febre de um bebê doente, para cessar a brutalidade de um capataz, para salvar um escravo de uma série de provações infernais. A julgar pelo o que ela via, as barganhas nunca rendiam frutos. Às vezes a febre cedia, mas a fazenda sempre estaria lá. Cora não rezou.

Ela pegou no sono enquanto esperava. Mais tarde, Cora voltou a subir os degraus de quatro, empoleirando-se logo abaixo do alçapão, e escutou. No mundo lá fora, podia ser tanto dia quanto noite. Ela estava com fome e sede. Comeu um pouco de pão e linguiça. Passou horas subindo e descendo os degraus, colocando o ouvido junto à porta e então se recolhendo depois de um tempo. Quando terminou a comida, seu desespero estava completo. Ela grudou o ouvido na porta de novo. Nem um som.

O ribombar acima a acordou, acabando com o vazio. Não era uma pessoa, nem duas, mas muitos homens. Eles fizeram uma batida na casa e gritaram, derrubando armários e revirando móveis. O barulho era alto, violento e muito próximo; ela se encolheu nos degraus.

Cora não conseguia distinguir as palavras dos homens. E então eles haviam terminado.

As frestas do alçapão não permitiam a passagem de luz ou ar. Ela não podia sentir o cheiro da fumaça, mas ouviu os vidros se quebrarem e o estalar e o crepitar da madeira.

A casa estava pegando fogo.

STEVENS

O Departamento de Anatomia da Proctor Medical School ficava a três quarteirões do prédio principal, o segundo a contar do final da rua sem saída. A instituição não era tão seletiva quanto as mais renomadas faculdades de medicina de Boston; a quantidade de ingressantes pressionava por uma expansão. Aloysius Stevens trabalhava à noite para satisfazer as cláusulas de sua bolsa. Em troca de desconto nas mensalidades e de um lugar para trabalhar — o turno da madrugada era tranquilo e propício para o estudo —, a faculdade tinha alguém para receber o ladrão de cadáveres.

Carpenter geralmente fazia as entregas logo antes do nascer do sol, antes que a vizinhança despertasse, mas naquela noite ele chegou por volta da meia-noite. Stevens apagou a lamparina da sala de dissecação e subiu correndo as escadas. Quase esqueceu o cachecol, então se lembrou de como estava frio da última vez, quando o outono se insinuou para lembrá-lo da dura estação que estava por vir. Havia chovido naquela manhã, e ele esperava que lá fora não estivesse lamacento demais. Usava um par de sapatos cujas solas estavam em um estado deplorável.

Carpenter e seu ajudante, Cobb, esperavam no assento da frente. Stevens colocou ali o carrinho com os instrumentos. Ele se abaixou até que estivesse a uma boa distância, para o caso de alguém da faculdade ou algum dos estudantes aparecer por ali. Era tarde, mas um especialista em ossos de Chicago havia feito uma palestra aquela noite, e talvez eles ainda estivessem bebendo nos bares das redondezas. Stevens ficou frustrado por perder a palestra do homem — sua bolsa muitas vezes o impedia de ir às apresentações dos convidados —, mas o dinheiro compensaria parte da frustração. A maior parte dos outros estudantes vinha de famílias abastadas de Massachusetts, poupados da preocupação com aluguel ou alimentação. Quando o coche passou pelo McGinty's e ele ouviu as risadas lá dentro, Stevens puxou o chapéu para encobrir o rosto.

Cobb se debruçou e olhou em volta.

"Concorrido hoje", disse ele, e ofereceu sua garrafinha.

Por regra, Stevens declinava sempre que Cobb oferecia sua bebida. Embora ainda fosse estudante, tinha certeza de vários diagnósticos que fizera sobre o estado de saúde do homem. Mas o vento estava forte e inclemente, e eles passariam horas no escuro e na lama antes de voltar ao Departamento de Anatomia. Stevens deu um longo gole e se engasgou, a garganta em chamas.

"O que é isso?"

"Um dos preparados do meu primo. Forte demais para o seu gosto?"

Ele e Carpenter riram disfarçadamente.

Era mais provável que ele tivesse recolhido os restos da noite anterior no bar. Stevens levou a brincadeira numa boa. Cobb havia amaciado Stevens ao longo dos meses. Ele podia imaginar as reclamações do homem quando Carpenter sugeriu que ele substituísse um membro do bando sempre que alguém estivesse bêbado demais, ou preso, ou indisponível por outra razão para as missões noturnas. Quem diria que aquele garotinho rico e metido seria capaz de guardar segredo? (Stevens não era rico, e era metido apenas em suas aspirações.) A cidade começara a enforcar ladrões de túmulos recentemente — o que era irônico ou adequado, dependendo da perspectiva que se tivesse, já que os corpos dos enforcados eram dados às faculdades de medicina para dissecação.

"Não se importe com o enforcamento", disse Cobb a Stevens. "É bem rápido. O problema são as pessoas — deveria ser uma execução privada, se quer saber a minha opinião. Olhar enquanto um homem se caga é algo indecente."

Escavar túmulos havia solidificado os laços de amizade entre eles. Agora, quando Cobb o chamava de doutor era com respeito, não com desprezo.

"Você é bem diferente daquele outro sujeito", dissera Cobb certa noite, enquanto carregavam um cadáver pela porta dos fundos. "Você é um tantinho soturno."

Ele era, de fato. Vinha a calhar ser um pouquinho desonesto quando se era um jovem cirurgião, especialmente quando se tratava de material para dissecação *post mortem*. Havia uma escassez de cadáveres desde que o estudo de anatomia tomara vida. A lei, a prisão e o juiz forneciam apenas um número limitado de assassinos e prostitutas.

Sim, pessoas afligidas por doenças raras e deformidades curiosas vendiam seus corpos para estudo quando falecessem, e alguns médicos doavam seus corpos, em nome da pesquisa científica, mas esses números dificilmente supriam a demanda. O negócio dos cadáveres era concorrido, tanto para compradores quanto para vendedores. Faculdades de medicina ricas levavam a melhor sobre as menos afortunadas. Ladrões de cadáveres cobravam por corpo, então acrescentavam uma taxa de armazenagem, e também um valor para a entrega. Elevavam os preços no início do período letivo, quando a demanda era alta, apenas para oferecer barganhas ao final, quando não havia mais necessidade de um espécime.

Paradoxos mórbidos desafiavam Stevens diariamente. Sua profissão trabalhava para prolongar a vida, ao passo que secretamente desejava o aumento no número de mortes. Um processo por imperícia o levaria aos tribunais por falta de habilidade, mas seja pego pela obtenção ilegal de um cadáver e o juiz o punirá por tentar obter tal habilidade. A faculdade fazia os alunos pagarem por seus próprios espécimes patológicos. O primeiro curso de anatomia de Stevens requeria duas dissecações completas — como diabo pagaria por isso? Em sua terra natal, no Maine, ele fora mimado pela comida da mãe; as mulheres que trabalhavam com ela eram talentosas. Aqui na cidade, despesas com a faculdade, livros, palestras e aluguel o faziam sobreviver de migalhas por dias a fio.

Quando Carpenter convidou Stevens para trabalhar com ele, o jovem médico não hesitou. A aparência do homem assustou Stevens, naquela primeira entrega meses antes. O ladrão de tumbas era um gigante irlandês, de compleição imponente, bronco em suas maneiras e em seu jeito de falar, e carregava consigo o cheiro de terra úmida. Carpenter e a mulher tinham seis filhos; quando dois deles faleceram de febre amarela, ele os vendeu para estudo anatômico. Ou era o que se dizia. Stevens estava assustado demais para perguntar. Ser imune a sentimentalismos ajudava no tráfico de cadáveres.

Ele não seria o primeiro ladrão de cadáveres a abrir um túmulo e encontrar o rosto de um primo há muito perdido ou de um amigo querido.

Carpenter recrutava seu bando no bar, todos beberrões. Eles dormiam de dia, bebiam noite adentro e então saíam para seu passatempo. "O horário não é ótimo, mas se adequa a um certo tipo." Tipos criminosos, incorrigíveis. Era um negócio sujo. Invadir cemitérios era o de menos. A concorrência era um bando de animais raivosos. Deixe um alvo para tarde demais na noite e você pode descobrir que outra pessoa já havia passado a mão no cadáver primeiro. Carpenter denunciava os clientes de seus concorrentes à polícia, invadia salas de dissecação para mutilar entregas. Rixas surgiram quando bandos rivais se concentraram no mesmo campo de mendigos. Socaram os rostos uns dos outros entre as lápides. "Foi terrível", Carpenter sempre dizia ao terminar uma de suas histórias, sorrindo por entre dentes podres.

Em seus dias de glória, Carpenter elevara os estratagemas e as artimanhas de seu negócio a uma arte endiabrada. Trazia pedras em carrinhos de mão para coveiros enterrarem e levava o morto embora. Um ator ensinou às suas sobrinhas e aos seus sobrinhos a chorar quando quisessem, a arte do luto. Então eles faziam a ronda no necrotério, reivindicando cadáveres de parentes há muito perdidos — embora Carpenter não se orgulhasse de simplesmente roubar cadáveres da polícia quando precisava. Em mais de uma ocasião, vendeu um cadáver para uma faculdade de anatomia, denunciou o corpo para a polícia e então fez com que sua mulher, vestida em roupas de luto, o reivindicasse como se fosse seu filho. Então Carpenter vendia o corpo novamente para outra instituição. Poupava ao condado as despesas funerárias; ninguém parecia muito interessado.

Por fim o negócio com cadáveres se tornou tão concorrido que parentes começaram a fazer vigílias nos cemitérios, para que seus entes queridos não desaparecessem no meio da noite. De repente toda criança desaparecida era vista como vítima de crimes — roubada, desviada e então vendida para dissecação. Os jornais abraçaram a causa em editoriais enraivecidos; a lei entrou em cena. Naquele novo clima, a maioria dos ladrões de cadáveres ampliou seu território, revirando os túmulos de cemitérios distantes para disfarçar suas empreitadas. Carpenter se voltou exclusivamente para os pretos.

Os pretos não colocavam sentinelas vigiando seus mortos. Não esmurravam a porta do escritório do xerife, não assombravam a redação de jornais. Nenhum xerife lhes dava atenção, nenhum jornal dava ouvido às suas histórias. Os corpos de seus entes queridos desapareciam em sacos e reapareciam em geladeiras das faculdades de medicina para revelar seus segredos. Cada um deles um milagre, na visão de Stevens, fornecendo informações sobre as complexidades do desígnio de Deus.

Carpenter rosnava ao dizer a palavra, um cachorro sarnento protegendo seu osso: *preto*. Stevens nunca usava essa palavra. Ele não aprovava o preconceito racial. De fato, um irlandês sem educação como Carpenter, levado pela sociedade a uma vida revirando túmulos, tinha mais em comum com um negro do que com um médico branco, se se pensar bem no assunto. Ele não dizia em voz alta, claro. Às vezes Stevens se perguntava se seu modo de ver as coisas não era esquisito, dado o temperamento do mundo moderno. Os demais alunos proferiam as coisas mais terríveis sobre a população de cor de Boston, sobre seu cheiro, suas deficiências intelectuais, seus instintos primitivos. E ainda assim, quando os colegas de aula aproximavam o bisturi de um cadáver de cor, faziam mais pela causa do avanço negro do que o abolicionista de mente mais elevada. Na morte, o negro se tornava um ser humano. Apenas então era um igual do homem branco.

Nos arredores de Concord, eles pararam junto ao pequeno portão de madeira e esperaram o sinal do zelador. O homem acenou sua lamparina para trás e para frente, e Carpenter conduziu o coche para dentro do cemitério. Cobb pagou a taxa cobrada pelo homem, e ele os conduziu para a recompensa daquela noite: dois grandes, dois médios e três crianças pequenas. A chuva havia amaciado a terra. Eles terminariam em três horas. Depois de preencherem outra vez as sepulturas, seria como se nunca tivessem estado ali.

"O seu bisturi." Carpenter entregou uma pá a Stevens.

Ele seria um estudante de medicina novamente pela manhã. Naquela noite, era um homem da ressurreição. Ladrão de cadáveres era um termo acurado. Homem da ressurreição era um pouco floreado, mas não deixava de deter certa verdade. Ele dava àquelas pessoas uma segunda chance de contribuir, uma chance que lhes fora negada na vida prévia.

E, se era possível estudar os mortos, pensava Stevens de tempos em tempos, era possível estudar os vivos e fazê-los testemunhar como nenhum cadáver poderia.

Ele esfregou as mãos para fazer o sangue circular e começou a cavar.

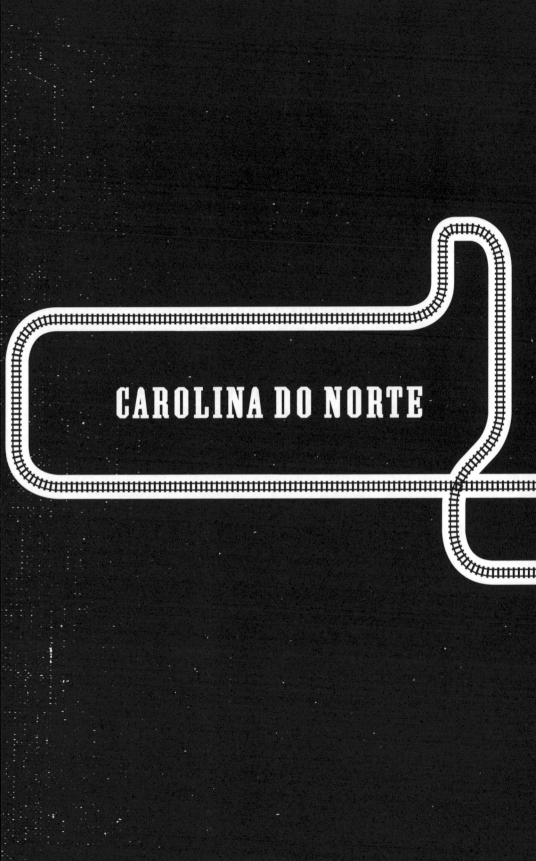

CAROLINA DO NORTE

Fugida ou levada da residência do subscrevente, próximo de Henderson, no 16º dia do mês corrente, uma garota negra chamada MARTHA, pertencente ao subscrevente. A dita moça tem pele marrom-escura, compleição delgada e é muito falante, cerca de 21 anos; usava um gorro de seda com plumas; levava consigo suas colchas de calicó. Acredito que tentará se passar por uma moça livre.

RIGDON BANKS
Condado de Granville,
 28 de agosto de 1839

Ela perdeu as velas. Um dos ratos acordou Cora com seus dentes, e, quando ela se acalmou, rastejou pela poeira da plataforma à sua procura. Não encontrou nada. Era o dia seguinte após a destruição da casa de Sam, embora ela não pudesse saber ao certo. Melhor medir o tempo agora com uma das balanças de algodão da fazenda Randall, a fome e o medo se avolumando de um lado enquanto a esperança era aos poucos retirada do outro. A única maneira de saber há quanto tempo se está perdido na escuridão é ser salvo dela.

A essa altura Cora só precisava da luz da vela como companhia; já havia observado os detalhes de sua prisão. A plataforma tinha 28 passos de comprimento, e cinco e meio da parede até a beirada dos trilhos. Ficava a 26 degraus do mundo lá de cima. O alçapão estava quente quando colocou a mão nele. Ela sabia qual dos degraus repuxava seu vestido quando ela subia engatinhando (o oitavo) e qual gostava de arranhar sua pele se ela descesse rápido demais (o décimo quinto). Cora se lembrava de ter visto uma vassoura em um canto da plataforma. Usou-a para tatear o chão como a senhora cega da cidade, do mesmo jeito que Caesar testara a água escura durante a fuga. Então ela se atrapalhou ou ficou confiante demais e caiu nos trilhos, perdendo tanto a vassoura quanto qualquer outro desejo que não fosse se aninhar deitada no chão.

Ela tinha que sair dali. Naquelas longas horas, não podia deixar de imaginar cenas cruéis, criando seu próprio Museu das Maravilhas do Terror. Caesar amarrado pela multidão às gargalhadas; Caesar transformado num monte amorfo escorraçado, no chão do vagão do caçador de escravos, a meio caminho da fazenda Randall e das punições vindouras. O bondoso Sam na prisão; Sam coberto de piche e penas, interrogado sobre a ferrovia subterrânea, com os ossos quebrados e desacordado. Um bando de homens brancos sem rosto vasculhando os restos incandescentes da cabana, levantando o alçapão e entregando Cora à má sorte.

Essas eram as cenas que ela ornava com sangue quando estava acordada. Em seus pesadelos as exibições eram mais grotescas. Ela caminhava para frente e para trás diante da vitrine, uma cliente da dor. Era trancada na Vida no Navio Negreiro depois que o museu já fora fechado, para sempre entre portos e esperando por uma brisa enquanto centenas de almas sequestradas gritavam sob o convés. Atrás da vitrine seguinte, a srta. Lucy abria a barriga de Cora com um abridor de cartas, e mil aranhas negras saltavam de suas entranhas. Inúmeras vezes ela era transportada de volta à noite do defumadouro, imobilizada por enfermeiras do hospital enquanto Terrance Randall grunhia e investia sobre ela. Geralmente os ratos ou os insetos a acordavam quando a curiosidade era muito grande, interrompendo seus sonhos e a devolvendo à escuridão da plataforma.

A barriga dela estremecia sob seus dedos. Cora já passara fome antes, quando Connelly inventou de punir o alojamento por má conduta e cortar as rações. Mas eles precisavam de comida para trabalhar, e o algodão exigiu que a punição fosse breve. Ali, não havia maneira de ela saber quando comeria novamente. O trem estava atrasado. Na noite em que Sam lhes contara sobre os perseguidores — quando a casa ainda estava de pé —, o próximo trem estava previsto para dali a dois dias. Já deveria ter chegado. Não sabia quão atrasado estava, mas o atraso não era um bom sinal. Talvez aquela ramificação tivesse sido fechada. Toda a linha descoberta e cancelada. Ninguém estava vindo. Cora se sentia fraca demais para caminhar os sabe-se lá quantos quilômetros até a próxima estação, no escuro, sozinha para enfrentar o que quer que a aguardasse na parada seguinte.

Caesar. Se eles tivessem sido sensatos e continuado a fugir, ela e Caesar estariam nos Estados Livres. Por que acreditaram que dois reles escravos mereciam a generosidade da Carolina do Sul? Que uma nova vida existia tão próxima, logo acima da fronteira do estado? Ainda era o sul, e o demônio tinha dedos longos e ágeis. E então, depois de o mundo ter lhes ensinado, não reconhecer quando os grilhões foram presos em seus punhos e tornozelos. As correntes da Carolina do Sul eram de uma nova manufatura — as chaves e as trancas marcadas por um desenho regional —, mas cumpriam sua função. Eles não haviam viajado para tão longe, afinal.

Ela não conseguia enxergar a própria mão à sua frente, mas viu a captura de Caesar muitas vezes. Apanhado em seu posto da fábrica, preso a caminho do Drift para encontrar Sam. Descendo a Main Street, de braços dados com sua namorada, Meg. A mulher grita quando o agarram, e eles a golpeiam e a derrubam na calçada. Essa era uma coisa que seria diferente se ela tivesse se tornado namorada de Caesar: eles poderiam ter sido capturados juntos. Não estariam sozinhos em suas prisões separadas. Cora puxou os joelhos junto ao peito e os abraçou. No final das contas, ela o teria decepcionado. Era uma perdida, afinal. Uma perdida não apenas no significado da fazenda — órfã, sem ninguém para cuidar dela —, mas também em toda e qualquer outra esfera. Em algum lugar, anos atrás, ela saíra da estrada da vida e não conseguia encontrar o caminho de volta para a família humana.

A terra tremeu levemente. Nos dias que se seguiriam, quando relembrasse a aproximação do trem atrasado, ela não associaria as vibrações com a locomotiva, mas com a chegada furiosa de uma verdade que ela sempre soubera: era uma perdida em todos os sentidos. A última de sua tribo.

A luz do trem tremeluziu após uma curva. Cora fez menção de levar a mão ao cabelo antes de se dar conta de que depois de descer ao subterrâneo não havia jeito de melhorar a aparência. O maquinista não a julgaria; a empreitada secreta dos dois era uma fraternidade de almas peculiares. Ela acenou com as mãos, animada, saboreando a luz alaranjada à medida que essa crescia sobre a plataforma como uma cálida bolha.

O trem passou a toda velocidade pela estação e desapareceu.

Ela quase se jogou nos trilhos, urrando atrás do trem, sua garganta rouca e machucada depois de dias de privação. Cora se pôs de pé e balançou a cabeça, incrédula, até que ouviu o trem parar e retroceder nos trilhos.

O maquinista se desculpou.

"Quer comer o meu sanduíche também?", ofereceu ele enquanto Cora esvaziava o odre do homem. Ela comeu o sanduíche, sem prestar atenção ao gesto dele, muito embora nunca tivesse gostado de língua de porco.

"Você não deveria estar aqui", disse o rapaz, ajeitando os óculos. Não tinha mais do que quinze anos, magrelo e afoito.

"Bem, está me vendo, não?" Ela lambeu os dedos e sentiu o gosto de sujeira.

O menino exclamava "Nossa!" e "Mãe do Céu!" a cada complicação que surgia na história dela, enfiando os dedões nos bolsos do macacão e se balançando sobre os calcanhares. Ele falava como uma das crianças brancas que Cora vira jogando bola na praça da cidade, com uma autoridade casual que não combinava com a cor da pele, muito menos com a natureza do trabalho. Como ele começara a conduzir a locomotiva era uma história à parte, mas não era a hora para histórias improváveis de rapazes de cor.

"A estação da Geórgia está fechada", disse ele finalmente, coçando a cabeça sob o boné azul. "Não devemos nos aproximar. Patrulheiros devem ter achado o lugar, imagino."

Ele subiu na cabine do maquinista atrás de seu penico, então foi até a beirinha do túnel e o esvaziou.

"Os chefes não tiveram notícia do agente da estação, então eu estava passando rápido por aqui. Esta parada não estava na minha agenda." Ele queria partir imediatamente.

Cora hesitou, incapaz de tirar os olhos das escadas, procurando um passageiro de último momento. O passageiro impossível. Então ela começou a se dirigir para a cabine.

"Você não pode vir aqui!", gritou o rapaz. "São as regras."

"Você não espera que eu vá ali", respondeu Cora.

"Todos os passageiros deste trem vão naquele vagão, senhorita. São muito específicos quanto a isso."

Chamar o compartimento de carga de vagão era abusar da palavra. Era um vagão como o que ela usara para chegar até a Carolina do Sul, mas apenas na estrutura. As tábuas de madeira estavam fixadas na estrutura, sem paredes nem teto. Ela embarcou, e o trem balançou aos preparativos do rapaz. Ele virou a cabeça e acenou para a passageira com um entusiasmo exagerado.

Faixas e cordas para cargas extragrandes estavam jogadas no chão, soltas e serpenteantes. Cora sentou-se no meio do vagão, fez três voltas com uma delas na cintura, agarrou-se a outras duas e improvisou rédeas. Segurou com força.

O trem se precipitou para o túnel, rumo ao norte. O maquinista gritou "Todos a bordo!". O rapaz era simples, decidiu Cora, não obstante as responsabilidades do seu ofício. Ela olhou para trás. Sua prisão subterrânea se esvanecia à medida que a escuridão a reivindicava para si. Cora se perguntou se era a passageira derradeira. Talvez o próximo viajante não se demorasse e continuasse avançando pela linha, a caminho da liberdade.

Na jornada para a Carolina do Sul, Cora dormira no vagão turbulento, aninhada ao corpo quente de Caesar. Na viagem de trem seguinte ela não dormiu. Seu assim chamado vagão era mais robusto do que o compartimento de carga, mas a corrente de vento transformava a viagem em uma provação tempestuosa. De tempos em tempos, Cora tinha que virar o corpo para recuperar o fôlego. O maquinista era mais descuidado do que seu predecessor, indo cada vez mais rápido, acelerando a máquina. O vagão pulava sempre que faziam uma curva. O mais próximo que ela já chegara do mar fora em seu período trabalhando no Museu de Maravilhas Naturais; aquelas tábuas lhe ensinaram sobre navios e tempestades. O cantarolar do maquinista ia ao encontro dela, canções que Cora não reconhecia, detritos do norte chutados pelo vendaval. Por fim, ela desistiu e deitou de barriga para baixo, os dedos cravados nos vãos.

"Como estão indo as coisas aí atrás?", perguntou o maquinista quando pararam.

Eles estavam no meio do túnel, nenhuma estação à vista.

Cora agitou suas rédeas.

"Bem", disse o rapaz. Ele limpou a fuligem e o suor da testa. "Estamos na metade do caminho. Precisava esticar minhas pernas." Ele deu um tapa na lateral da fornalha. "Essa velha garota aqui dá uns trancos."

Só quando estavam novamente em movimento Cora se deu conta de que se esquecera de perguntar para onde estavam indo.

Um cuidadoso padrão de pedras coloridas decorava a estação que ficava sob a fazenda de Lumbly, e placas de madeira cobriam as paredes da de Sam. Os construtores desta estação a haviam cavado e dinamitado da terra impiedosa e não tinham feito qualquer tentativa de enfeitá-la, a fim de expor a dificuldade do feito. Listras brancas, laranja e veias cor de ferrugem nadavam pelos entalhes, pelas fendas e protuberâncias. Cora estava nas entranhas de uma montanha.

O maquinista acendeu uma das tochas na parede. Os trabalhadores não haviam limpado o recinto após terminarem. Engradados cheios de ferramentas e equipamento de mineração entulhavam a plataforma, fazendo dela uma oficina. Passageiros escolhiam seu assento entre engradados vazios de pólvora. Cora experimentou a água de um dos barris. O gosto era de água fresca. Sua boca parecia uma pá de lixo velha depois da chuva de pedregulhos no túnel. Ela bebeu da concha por muito tempo, enquanto o maquinista a observava, inquieto.

"Onde fica este lugar?", perguntou ela.

"Carolina do Norte", respondeu o rapaz. "Era uma parada bem popular, pelo que me falaram. Não mais."

"E o agente da estação?", perguntou Cora.

"Nunca o encontrei, mas tenho certeza de que é um sujeito legal."

Ele precisava ter um caráter forte e uma resistência à tristeza para operar naquele buraco. Depois dos dias passados sob o chalé de Sam, Cora recusou o desafio.

"Vou seguir com você", disse ela. "Qual é a próxima estação?"

"Era o que eu estava tentando dizer antes, senhorita. Estou em manutenção." Por causa de sua idade, contou ele, o rapaz era responsável pelo motor, mas não pela carga humana. Depois que a estação da Geórgia fora fechada — ele não sabia os detalhes, mas fofocas davam conta de que havia sido descoberta —, eles estavam testando todas as linhas a fim de refazer as rotas de circulação. O trem pelo qual ela estivera esperando fora cancelado, e ele não sabia dizer quando viria outro. As instruções que recebera mandavam fazer um relatório sobre as condições e então voltar à zona de junção.

"Você não pode me levar até a próxima estação?"

Ele a conduziu até a beira da plataforma e ergueu a lamparina. O túnel acabava quinze metros adiante em um ponto irregular.

"Nós passamos por uma ramificação lá atrás, vai para o sul", disse ele. "Eu só tenho carvão suficiente para ir lá verificar e voltar para a garagem do trem."

"Não posso ir para o sul", respondeu Cora.

"O agente da estação vai vir. Tenho certeza."

Ela sentiu falta dele quando o rapaz se foi, em toda sua tolice.

Cora tinha luz e mais uma coisa que não tinha lá na Carolina do Sul — som. Uma água escura estava empoçada entre os trilhos, trazida por goteiras constantes no teto da estação. A abóbada de pedra acima era branca com laivos de vermelho, como sangue de um açoitamento ensopando uma camisa. Mas o barulho a animava. Como também a abundância de água para beber, as tochas e a distância que havia estabelecido dos caçadores de escravos. Para além da aparência, a Carolina do Norte representava melhora.

Ela explorou. A estação era contígua a um túnel rústico. Vigas de sustentação amparavam o teto de madeira, e as pedras incrustadas no chão de terra a faziam tropeçar. Ela preferiu ir para a esquerda primeiro, passando sobre pedregulhos que haviam se soltado das paredes. Ferramentas enferrujadas atulhavam o caminho. Cinzéis, marretas e picaretas — armas para guerrear com montanhas. O ar era úmido. Ao passar a mão pela parede, a palma de Cora voltava coberta de poeira branca e fria. Ao final do corredor, a escada presa nas pedras levava a uma passagem estreita. Ela ergueu a tocha. Não havia como dizer até onde se estendiam os degraus. Ela só se aventurou na subida depois de descobrir que a outra ponta do corredor se estreitava até chegar ao desalentado fim da linha.

Adentrando alguns passos no andar acima, ela viu por que o equipamento havia sido abandonado pelos grupos de trabalhadores. Um amontoado de pedras e terra, do chão ao teto, interrompia o túnel. Do lado oposto ao desmoronamento, o túnel acabava após uns trinta metros, confirmando seu temor. Ela estava presa mais uma vez.

Cora desabou sobre as pedras e chorou até o sono a vencer.

O agente da estação a acordou.

"Ah!", disse o homem. Seu rosto redondo e vermelho se insinuava pelo espaço que ele abrira no topo dos escombros. "Ah, céus", continuou ele. "O que você está fazendo aqui?"

"Sou uma passageira, senhor."

"Não sabe que esta estação está fechada?"

Ela tossiu e se levantou, ajeitando o vestido imundo.

"Ah, céus, ah, céus", disse ele.

Seu nome era Martin Wells. Juntos, eles abriram um buraco na parede de pedra e ela se espremeu até o outro lado. O homem a ajudou a descer até o nível do chão, como se fosse uma madame descendo de uma requintada carruagem. Depois de várias voltas, a boca do túnel oferecia um convite obscuro. Uma corrente de ar fez cócegas na pele de Cora. Ela sorveu o ar como água, o céu da noite como a melhor refeição que ela já fizera, as estrelas agora suculentas e maduras após o tempo passado lá embaixo.

O agente da estação era um homem de meia-idade com um corpo de barril, a pele pálida e flácida. Para um agente da ferrovia subterrânea, uma função presumidamente não estranha a perigo e riscos, ele parecia ter uma personalidade nervosa.

"Você não deveria estar aqui", disse ele, repetindo a declaração do maquinista. "Este caminho está realmente deplorável."

Martin bufou do início ao fim enquanto explicava, tirando o cabelo grisalho suado do rosto ao falar. Os cavaleiros da noite estavam fazendo patrulhas, explicou, colocando o agente e a passageira em águas perigosas. A velha mina de mica era afastada, verdade, exaurida havia muito por índios e esquecida por várias pessoas, mas as autoridades verificavam as cavernas e minas rotineiramente, qualquer lugar onde um fugitivo pudesse buscar refúgio da justiça.

O desmoronamento que tanto angustiara Cora era um estratagema para camuflar a operação lá embaixo. Apesar do sucesso, as novas leis da Carolina do Norte haviam tornado a estação inoperante — ele estava visitando a mina simplesmente para deixar uma mensagem para a ferrovia subterrânea de que não podia aceitar mais passageiros.

No que dizia respeito a dar abrigo para Cora, ou qualquer outro fugitivo, Martin estava despreparado sob todos os aspectos.

"Principalmente consideradas as atuais circunstâncias", sussurrou ele, como se os patrulheiros estivessem à espera no topo daquele monte.

Martin disse a Cora que precisava buscar uma carroça, e ela não ficou convencida de que ele voltaria. Ele insistiu que não demoraria — o nascer do sol estava se aproximando, e depois disso seria impossível tirá-la dali. Ela se sentia tão grata por estar lá fora, no mundo vivaz, que decidiu acreditar nele e quase lançou os braços em volta do pescoço do homem quando ele reapareceu, dirigindo uma carroça maltratada pelas intempéries e puxada por dois cavalos magros. Eles reposicionaram os sacos de grãos e sementes para fazer um pequeno vão. Da última vez que Cora precisara se esconder desse jeito, fora necessário lugar para dois. Martin estendeu uma lona sobre a carga e eles saíram dali fazendo barulho, com o agente da estação grunhindo comentários profanos até que chegaram à estrada.

Não tinham viajado muito quando Martin parou os cavalos. Ele tirou a lona.

"Logo, logo o sol vai nascer, mas eu queria que você visse isso", disse o agente da estação.

Cora não entendeu de imediato o que ele queria dizer. A estrada principal estava silenciosa, apinhada em ambos os lados pela proteção da floresta. Ela viu uma forma, então outra. Cora saiu da carroça.

Os corpos pendiam de árvores, como enfeites apodrecidos. Alguns estavam nus, outros parcialmente vestidos, as calças enegrecidas no ponto onde os intestinos se esvaziavam quando eram enforcados. Feridas e machucados enormes marcavam a carne dos que estavam mais próximos dela, os dois pegos pela luz da lamparina do agente da estação. Um fora castrado, uma feia boca se abrindo onde antes estivera sua virilidade. O outro era uma mulher. A barriga protuberante. Cora nunca fora muito boa em distinguir um corpo de grávida. Os olhos esbugalhados deles pareciam recusar o olhar dela, mas o que era a atenção de uma moça, perturbando o descanso deles, comparado a como o mundo os havia flagelado desde o dia em que chegaram a ele?

"Agora chamam essa estrada de Trilha da Liberdade", disse Martin enquanto voltava a cobrir a carroça. "Os corpos se estendem por todo o caminho até a cidade."

Em que tipo de inferno o trem a fizera desembarcar?

Quando voltou a emergir da carroça, Cora se esgueirou pela lateral da casa amarela de Martin. O céu estava clareando. Martin adentrara com a carroça até os fundos de sua propriedade o máximo que sua coragem permitiu. As casas vizinhas eram bastante próximas — qualquer pessoa que acordasse com o barulho dos cavalos poderia ver Cora. Perto da frente da casa, ela avistou a rua e, além dela, um gramado. Martin gesticulou para que ela avançasse, e ela atravessou o portão dos fundos e então entrou. Uma mulher branca alta em roupas de dormir buscou apoio no lambri da cozinha. Bebericava um copo de limonada e não olhou para Cora ao dizer "Você vai acabar matando a gente".

Era Ethel. Ela e Martin eram casados havia 35 anos. O casal não se falou enquanto ele lavava as mãos trêmulas na bacia. Tinham discutido sobre a situação enquanto ela esperava na mina, Cora sabia, e retomariam a discussão uma vez que tivessem lidado com a questão diante deles.

Ethel conduziu Cora ao andar de cima enquanto Martin levava a carroça de volta para sua loja. Cora deu uma olhada rápida na sala de estar, que era modestamente mobiliada; após as advertências de Martin, a luz da manhã entrando pela janela apressou os passos dela. O longo cabelo grisalho de Ethel se espalhava até a metade de suas costas. O jeito de andar da mulher enervava Cora — ela parecia flutuar, do alto de sua fúria. No topo da escada, Ethel parou e apontou para o banheiro.

"Você está fedendo", disse ela. "Seja rápida."

Quando Cora voltou ao corredor, a mulher mandou que subisse as escadas até o sótão. A cabeça de Cora quase bateu no teto de um quarto pequeno e quente. Entre as duas paredes inclinadas do telhado anguloso, o sótão tomado por anos de entulho. Duas tábuas de lavar roupa quebradas, pilhas de colchas carcomidas por traças, cadeiras com assentos partidos. Um balanço de cavalo, coberto de couro opaco, ficava num canto, sob uma tira de papel de parede amarelo descascado.

"Vamos precisar tapar isso agora", disse Ethel, se referindo à janela. Ela puxou um engradado de junto da parede, se pôs em pé em cima dele e acenou para o alçapão no teto. "Venha, venha", disse ela. Uma careta tomou conta de seu rosto. Ela ainda não havia encarado a fugitiva.

Cora tratou de subir sobre o teto falso, para um pequeno cantinho. Num certo ponto chegava a um metro acima do chão e quatro metros e meio de comprimento. Ela moveu as pilhas de jornais e livros mofados para fazer mais espaço. Cora ouviu Ethel descer as escadas, e ao voltar, a anfitriã entregou a Cora comida, uma jarra de água e um penico.

Ethel olhou para Cora pela primeira vez, seu rosto rígido emoldurado pelo alçapão. "A empregada vem de tempos em tempos", disse. "Se ela ouvir você, vai nos entregar e vão matar a todos nós. Nossa filha e sua família vão chegar hoje à tarde. Eles não podem saber que você está aqui. Está entendendo?"

"Quanto tempo vai demorar?"

"Sua estúpida. Não faça barulho. Nenhum barulho. Se alguém ouvir, estamos perdidos." Ela puxou e fechou a porta.

A única fonte de luz e ar era um buraco na parede que dava para a rua. Cora engatinhou até ele, abaixando-se sob as vigas. O buraco chanfrado havia sido escavado de dentro, o trabalho de um ocupante anterior que se incomodara com as condições da hospedagem. Ela se perguntou onde estaria aquela pessoa agora.

No primeiro dia, Cora se familiarizou com a vida no parque, a faixa de verde que vira do outro lado da rua, na frente da casa. Ela colocava o olho contra o buraco, movendo-se de um lado para o outro para ampliar a visão. Casas de madeira de dois e três andares flanqueavam o parque por todos os lados, idênticas na construção, diferentes pela cor da tinta com que foram pintadas e pelo tipo de móvel em suas varandas. Passarelas bem-cuidadas de tijolos riscavam o gramado, serpenteando sob as sombras das árvores altas e seus luxuriantes galhos. Uma fonte gorgolejava próxima da entrada principal, cercada por bancos de pedra baixos que eram ocupados logo depois do nascer do sol e continuavam concorridos noite adentro.

Homens idosos com seus lenços cheios de casca de pão para os pássaros, crianças com suas pipas e bolas, e jovens casais sob o encanto do romance se alternavam. Um cachorro marrom parecia ser dono do lugar, conhecido de todos, latindo e correndo. De tarde, crianças o faziam correr pelo gramado e na direção do coreto branco na beira do parque. O cachorro dormitava na sombra dos bancos e do carvalho gigante que dominava o verde com uma casualidade majestática. Era bem-alimentado, Cora observou, engolindo os mimos e ossos oferecidos pelos cidadãos. Seu estômago nunca deixou de se revirar à vista disso. Ela lhe deu o nome de Mayor.

À medida que o sol se aproximava do zênite e o parque fervilhava com o movimento do meio-dia, o calor transformava o esconderijo em uma fornalha infernal. Engatinhar para pontos diferentes do cantinho do sótão, buscando oásis imaginários de frescor, se tornou sua principal atividade depois de vigiar o parque. Ela descobriu que seus anfitriões não a visitavam durante o dia, quando a moça, Fiona, estava trabalhando. Martin cuidava de sua loja, Ethel ia e vinha de compromissos sociais, mas Fiona sempre ficava lá embaixo. Ela era jovem, com um sotaque irlandês proeminente. Cora a ouvia desempenhar suas tarefas, suspirando para si mesma e resmungando invectivas contra os empregadores ausentes. Fiona não entrou no sótão naquele primeiro dia, mas o som de seus passos deixava Cora dura como seu velho companheiro de navegações, Capitão John. As advertências de Ethel naquela primeira manhã haviam causado o efeito desejado.

No dia de sua chegada, houve visitantes adicionais – a filha de Martin e Ethel, Jane, e sua família. Por causa das maneiras vivazes e agradáveis da filha, Cora concluiu que ela puxara ao pai e preencheu seu rosto largo usando Martin como modelo. O genro e as duas netas eram uma comoção sem fim, trovejando pela casa. A certa altura as meninas tomaram o rumo do sótão, mas voltaram atrás depois de uma discussão sobre os hábitos e os costumes dos fantasmas. Havia de fato um fantasma na casa, mas ela já tivera sua dose de correntes, barulhentas ou não.

À noite o parque continuava movimentado. A rua principal deve ficar perto, Cora pensou, dividindo a cidade. Algumas mulheres mais velhas usando vestidos de guingão azul pregaram fitas azuis e brancas no coreto. Guirlandas de folhas de laranjeira davam um toque requintado. Famílias escolhiam lugares diante do palco, desenrolando cobertores e tirando comida de cestas de piquenique. Aqueles que moravam perto do parque se juntaram em suas varandas com canecos e copos.

Preocupada com seu refúgio desconfortável e com a fiada de desventuras desde que os caçadores de escravos os descobriram, Cora não reparou de imediato em uma característica importante do parque: todos eram brancos. Ela nunca havia saído da fazenda antes de fugir com Caesar, então a Carolina do Sul lhe deu sua primeira amostra da mistura de raças em pequenas e grandes cidades. Na Main Street, em lojas, em fábricas e escritórios, em todos os setores, brancos e negros se misturavam todos os dias, é claro. O comércio humano murchava sem isso. Em liberdade ou em servidão, o africano não podia ser separado do americano.

Na Carolina do Norte a raça negra não existia a não ser na ponta de uma corda.

Dois jovens habilidosos ajudaram as matronas a pendurar uma faixa sobre o coreto: Festival de Sexta-Feira. Uma banda tomou lugar no palco, os sons dela se aquecendo e reunindo os frequentadores espalhados. Cora se abaixou e pressionou o rosto contra a parede. O homem do banjo tinha algum talento, o tocador de trompa e o violinista, menos. Suas melodias eram suaves em comparação com os músicos de cor que ela ouvira, em Randall e também fora dali, mas os citadinos gostavam daqueles ritmos pouco naturais. A banda encerrou com versões intrépidas de duas canções de cor que Cora reconheceu, que se mostraram as mais populares da noite. Na varanda lá embaixo, os netos de Martin e Ethel gritavam e batiam palmas.

Um homem em um traje amassado de linho subiu ao palco para dar brevemente as boas vindas. Martin disse a Cora mais tarde que aquele era o juiz Tennyson, uma figura respeitada na cidade, quando sóbrio. Naquela noite ele cambaleava. Ela não conseguiu entender a apresentação feita pelo juiz do próximo ato, um show de menestrel. Ela já ouvira falar neles, mas nunca testemunhara uma apresentação;

a noite de cor no teatro na Carolina do Sul oferecia um programa diferente. Dois homens brancos, com os rostos escurecidos por rolha queimada, saltitaram ao longo de uma série de esquetes que levaram o parque a ondas ruidosas de risos. Vestidos com roupas espalhafatosas que não combinavam e cartolas, eles moldavam suas vozes em uma exagerada fala de cor; aquela parecia ser a fonte do humor. Um esquete em que o homem mais magro tirava sua bota gasta e contava os dedos uma vez após a outra, constantemente perdendo a conta, foi a que gerou a reação mais estrondosa.

A apresentação final, seguindo um recado do juiz referente aos problemas crônicos de drenagem do lago, era uma peça teatral curta. A julgar do que Cora pôde entender dos movimentos e dos pedaços de diálogos dos atores que chegavam até seu sufocante cantinho, a peça era sobre um escravo — de novo, um homem branco com o rosto pintado por rolha queimada, com rosa aparecendo no pescoço e nos pulsos — que fugiu para o norte depois de uma suave reprimenda de seu senhor. Ele padecia na jornada, enquanto fazia um manhoso solilóquio sobre fome, frio e animais selvagens. No norte, o dono de um bar o acolheu. O dono do bar era um chefe inescrupuloso, que batia e insultava o escravo fugido a todo momento, roubando salário e dignidade, a imagem dura da atitude branca nortista.

A última cena mostrava o escravo na soleira de seu senhor, tendo mais uma vez fugido, desta vez das falsas promessas dos Estados Livres. Ele implorou para ter de volta sua posição anterior, lamentando sua loucura e pedindo perdão. Com palavras gentis e pacientes, o senhor explicou que aquilo era impossível. Na ausência do escravo, a Carolina do Norte havia mudado. O senhor assoviou, e dois patrulheiros retiraram o escravo prostrado do recinto.

A cidade apreciava a moral da apresentação, com aplausos ressoando pelo parque. Crianças pequenas batiam palmas nos ombros dos pais, e Cora vislumbrou Mayor farejando o ar. Ela não fazia ideia do tamanho da cidade, mas tinha a impressão de que todos os cidadãos estavam no parque naquele momento, esperando. O verdadeiro objetivo da noite acabou por se revelar. Um homem parrudo usando calças brancas e um casaco vermelho vivo tomou o comando do palco. Apesar de seu tamanho, ele se movimentava com força e autoridade — Cora se lembrou do urso em pé no museu, congelado no momento dramático do ataque. Ele torcia uma ponta do seu bigode guidão pacientemente divertido enquanto a multidão se aquietava. Sua voz era firme e clara, e pela primeira vez naquela noite Cora não perdeu uma só palavra.

Ele se apresentou como Jamison, embora todas as almas no parque conhecessem sua identidade. "Toda sexta-feira eu acordo cheio de ânimo", ele disse, "sabendo que em algumas horas vamos nos reunir aqui de novo e celebrar nossa boa sorte. O sono costumava demorar para vir para mim, nos dias anteriores a que nossos protetores assegurassem a escuridão." Ele gesticulou para o formidável grupo, de cinquenta membros, que havia se juntado ao lado do coreto. A cidade aplaudiu quando os homens abanaram e aquiesceram à homenagem de Jamison.

Jamison atualizou a multidão. Deus dera a um daqueles homens a dádiva de um filho recém-nascido, e dois outros haviam feito aniversário. "Temos um novo recruta conosco esta noite", Jamison continuou, "um jovem rapaz de uma boa família que se juntou às fileiras dos cavaleiros da noite esta semana. Venha aqui, Richard, e deixe que olhem para você."

O menino ruivo e magro avançou hesitantemente. Como seus companheiros, usava um uniforme de calças pretas e camisa branca de tecido grosso, seu pescoço nadando dentro da gola. O rapaz murmurou. A julgar pelas palavras de Jamison na conversa, Cora entendeu que o recruta estivera fazendo a ronda do condado, aprendendo os protocolos do seu esquadrão.

"E você teve um começo auspicioso, não foi, filho?"

O rapaz esguio fez que sim com a cabeça. Sua juventude e constituição magra faziam Cora se lembrar do maquinista da sua última viagem de trem, levado pelas circunstâncias a um trabalho de homens. Sua pele cheia de sardas era mais pálida, mas eles partilhavam da mesma ansiedade frágil. Nascidos no mesmo dia, talvez, então levados por códigos e circunstâncias a servir agências diferentes.

"Nem todo cavaleiro tem sucesso já na primeira semana", Jamison disse. "Vamos ver o que o jovem Richard tem para nós."

Dois cavaleiros da noite arrastaram uma garota de cor para o palco. Ela tinha o físico frágil de uma doméstica e se encolheu ainda mais em sua timidez. Sua túnica cinza estava rasgada e suja de sangue e terra, e sua cabeça havia sido cruelmente raspada. "Richard estava verificando a carga de um navio a vapor destinado ao Tennessee quando encontrou esta malandra se escondendo lá embaixo", Jamison disse. "Seu nome é Louisa. Ela fugiu da sua fazenda na confusão da reorganização e se escondeu na floresta todos esses meses. Acreditando que havia escapado da lógica do nosso sistema."

Louisa correu os olhos para examinar a multidão, levantou levemente a cabeça e ficou parada. Seria difícil enxergar seus torturadores com todo aquele sangue nos olhos.

Jamison ergueu os punhos no ar, como se desafiando algo no céu. A noite era seu oponente, Cora concluiu, a noite e os fantasmas com que ele a povoava. No escuro, ele disse, malandros de cor esgueiravam-se para violar as mulheres e as filhas dos cidadãos. Na escuridão sem morte, o legado sulista deles ficava sem defesa e em perigo. Os cavaleiros as mantinham seguras. "Cada um de nós fizemos sacrifícios para esta nova Carolina do Norte e seus direitos", Jamison disse. "Para esta nação separada avançamos, livres da interferência nortista e da contaminação de uma raça menor. A horda negra foi escorraçada, corrigindo o erro feito anos atrás quando do nascimento dessa nação. Alguns, como nossos irmãos logo acima da fronteira, abraçaram a ideia absurda do avanço negro. Mais fácil ensinar aritmética a um jumento." Ele se abaixou para esfregar a cabeça de Louisa. "Quando encontramos esses malandros, nosso dever é claro."

A multidão se dissipou, seguindo a rotina. Com Jamison liderando a procissão, os cavaleiros da noite arrastaram a garota até um grande carvalho no meio do parque. Cora vira a plataforma com rodas no canto do parque aquele dia; crianças subiam e pularam nela toda a tarde. Em algum ponto da noite fora empurrada para baixo do carvalho. Jamison pediu voluntários, e pessoas de todas as idades acorreram a seus postos em ambos os lados da plataforma. O laço foi baixado até o pescoço de Louisa, e ela foi levada degraus acima. Com a precisão que nasce da prática, um cavaleiro da noite jogou a corda por sobre o galho grosso e forte, numa só tentativa.

Um dos que haviam se juntado para empurrar a plataforma para longe foi recusado — ele já havia participado em um festival anterior. Uma jovem morena usando um vestido rosa de bolinhas correu para tomar seu lugar.

Cora se virou antes da moça pender. Ela engatinhou para o lado oposto do cantinho, no canto da sua última prisão. Ao longo dos vários meses que viriam, em noites em que não estivesse sufocante demais, ela preferiria aquele canto para dormir. Era o mais afastado possível do parque, o latejante e miserável coração da cidade.

A cidade se aquietou. Jamison dera a ordem.

Para explicar por que ele e a mulher mantinham Cora presa no sótão, Martin tinha de recuar bastante. Como tudo no Sul, começara com o algodão. A cruel máquina do algodão precisava de combustível, corpos africanos. Cruzando o oceano, navios traziam corpos para trabalhar a terra e criar mais corpos.

Os pistões da máquina se movimentavam sem descanso. Mais escravos levavam a mais algodão, que levava a mais dinheiro para comprar mais terra para cultivar mais algodão. Até mesmo com o fim do comércio de escravos, em menos de uma geração os números se mostraram insustentáveis: todos aqueles pretos. Brancos eram mais numerosos do que escravos na proporção de dois para um na Carolina do Norte, mas na Louisiana e na Geórgia as populações se avizinhavam do mesmo número. Logo além da fronteira, na Carolina do Sul, o número de negros ultrapassava o número de brancos em mais de cem mil. Não era difícil imaginar o que se seguia quando o escravo depunha suas correntes em busca da liberdade — e a represália.

Na Geórgia e no Kentucky, na América do Sul e nas ilhas do Caribe, os africanos atacavam seus senhores em embates breves, mas perturbadores. Antes de a rebelião de Southampton ser sufocada,

Turner e seu bando assassinaram sessenta e cinco homens, mulheres e crianças. Milícias civis e patrulheiros lincharam três vezes isso em resposta — conspiradores, simpatizantes e inocentes — para dar exemplo. Para esclarecer os termos. Mas os números permaneciam, declarando uma verdade que o preconceito não conseguia esconder.

"Por aqui, a coisa mais próxima de um guarda é um patrulheiro", Martin dizia.

"Na maioria dos lugares", Cora dizia. "Patrulheiros vão maltratar você sempre que tiverem vontade." Já passava de meia-noite, sua primeira segunda-feira. A filha de Martin e a família haviam voltado para casa, assim como Fiona, que morava mais adiante, em Irishtown. No sótão, Martin se sentou em um engradado, abanando a si mesmo. Cora caminhava e esticava seus membros doloridos. Fazia dias que não ficava em pé. Ethel se recusou a aparecer. Cortinas azul-escuras escondiam as janelas, e a pequena vela tremeluzia na penumbra.

Apesar da hora, Martin falava em sussurros. O filho do vizinho do lado era um cavaleiro da noite.

Na condição de seguranças dos proprietários de escravos, os patrulheiros eram a lei: brancos, desonestos e sem piedade. Tirados das extrações mais baixas e mais doentias, limitados demais até mesmo para se tornarem capatazes. (Cora balançou a cabeça, em concordância.) O patrulheiro não precisava de outra razão para parar uma pessoa a não ser a cor de sua pele. Escravos pegos fora das fazendas precisavam de salvo-conduto, a menos que quisessem uma surra e uma visita à prisão local. Negros libertos carregavam provas de alforria ou se arriscavam a ser submetidos ao jugo da escravidão; às vezes eram contrabandeados ao local de leilão, de todo jeito. Negros extraviados que não se rendessem corriam o risco de ser mortos a tiros. Eles faziam buscas em aldeias de escravos a seu bel-prazer e tomavam liberdades enquanto saqueavam as casas de homens livres, roubando roupas de camas compradas com muito suor e fazendo avanços licenciosos.

Na guerra — e sufocar uma rebelião de escravos era o mais glorioso chamado às armas — os patrulheiros transcendiam suas origens para se tornarem um verdadeiro exército. Cora imaginava as insurreições como batalhas grandes, sangrentas, se desenrolando sob o céu da noite, iluminado por vastos incêndios. A julgar pelos relatos de Martin, as verdadeiras rebeliões eram pequenas e caóticas. Os escravos trilhavam as estradas entre cidades com armas improvisadas: machadinhos e foices, facas e tijolos. Com dicas de traidores de cor, os justiceiros brancos organizavam tocaias elaboradas, dizimando os insurgentes com tiros e perseguindo-os sobre cavalos, com o reforço da força do Exército dos Estados Unidos. Ao primeiro alarme, voluntários civis se juntavam aos patrulheiros para suprimir as arruaças, invadindo os bairros e incendiando as casas de homens livres. Suspeitos e passantes enchiam as cadeias. Os culpados eram enforcados e, como medida preventiva, uma boa percentagem dos inocentes. Uma vez que o assassinato fosse vingado — e, mais importante, o insulto à ordem branca fosse reparado com juros —, os civis voltavam às suas fazendas e fábricas e lojas, e os patrulheiros voltavam às suas rondas.

As revoltas eram sufocadas, mas a imensidão da população de cor permanecia. O veredito do censo era estampado em sombrias colunas e linhas.

"Nós sabemos, mas não falamos", Cora disse a Martin.

O engradado rangeu quando Martin se mexeu.

"E, se falamos, não falamos para ninguém ouvir", Cora disse. "Como somos numerosos."

Numa noite fria do último outono, os poderosos homens da Carolina do Norte se reuniram para resolver a questão de cor. Políticos atentos às cambiantes complexidades do debate sobre a escravidão; fazendeiros ricos que conduziam a besta do algodão e sentiam as rédeas fugindo; e os advogados necessários para queimar a argila macia de seus arranjos de forma permanente. Jamison estava lá, Martin disse a Cora, na condição de senador e fazendeiro local. Fora uma noite longa.

Eles se reuniram na sala de jantar de Oney Garrison. Oney morava no alto da Justice Hill, assim chamada porque permitia que se visse tudo o que havia lá embaixo por quilômetros e quilômetros, colocando o mundo em perspectiva. Depois daquela noite a reunião se tornaria conhecida como a Convenção da Justiça. O pai do anfitrião havia sido membro da vanguarda do algodão e um hábil apóstolo do milagroso produto. Oney crescera cercado pelos lucros do algodão, e o correspondente mal necessário, os pretos. Quanto mais pensava a respeito — e ele ficava sentado em sua sala de jantar, absorvendo as faces longas e pálidas dos homens que bebiam de sua bebida e abusavam da hospitalidade —, mais ele queria simplesmente mais do antigo e menos do novo. Por que gastavam tanto tempo se preocupando com revoltas escravas e a influência nortista no Congresso, se a verdadeira questão era quem diabos iria colher todo aquele bendito algodão?

Nos dias que se seguiram os jornais imprimiram os números para que todos vissem, Martin disse. Havia quase trezentos mil escravos na Carolina do Norte. Todos os anos esse mesmo número de europeus — principalmente irlandeses e alemães, fugindo da fome e de cenários políticos desagradáveis — afluíam aos portos de Boston, Nova York, Filadélfia. No chão da mansão, nas páginas editoriais, a questão era colocada claramente: Por que ceder essa provisão aos ianques? Por que não alterar o rumo desse tributário humano para que alimentasse o Sul? Anúncios em jornais estrangeiros promoviam o benefício da mão de obra a termo, agentes de emprego falavam em tavernas e encontros urbanos e asilos de pobres, e em pouco tempo os navios de fretagem abundavam com sua carga humana bem-disposta, trazendo sonhadores às costas de um novo país. Então eles desembarcavam para trabalhar os campos.

"Nunca vi uma pessoa branca colher algodão", Cora disse.

"Antes de eu vir para a Carolina do Norte, eu também nunca tinha visto uma multidão desmembrar um homem, membro por membro", Martin disse. "Está vendo? A gente para de afirmar o que as pessoas fazem e o que não fazem."

Verdade, não era possível tratar um irlandês como um africano, fosse um "preto banco" ou não. Havia o custo de comprar os escravos e sua manutenção por um lado, e, por outro, de pagar a trabalhadores brancos salários baixos, mas com os quais pudessem viver. A realidade da violência escrava *versus* estabilidade a longo prazo. Uma vez que os imigrantes terminassem seus contratos (tendo pago a viagem, ferramentas e moradia) e tivessem ocupado seu lugar na sociedade americana, eles seriam aliados do sistema sulista que os havia nutrido. No Dia da Eleição, quando passassem pela cabine de votação, o voto deles seria um voto inteiro, não três-quintos. Um cálculo financeiro era inevitável, mas, chegado o iminente conflito sobre a questão da raça, a Carolina do Norte emergiria em posição mais favorável do que todos os outros estados escravocratas.

Como resultado, eles aboliram a escravidão. Ao contrário, Oney Garrison disse, em resposta — nós abolimos os pretos.

"Todas as mulheres e crianças, os homens — aonde foram?", Cora perguntou. Alguém gritou no parque, e os dois no sótão ficaram quietos por um tempo.

"Você viu", Martin disse.

O governo da Carolina do Norte — metade do qual se amontoara na sala de jantar de Garrison naquela noite — comprava de fazendeiros escravos existentes a preços razoáveis, exatamente como a Grã-Bretanha fizera ao abolir a escravidão anos atrás. Os outros estados do império do algodão absorveram o estoque; a Flórida e a Louisiana, em seu crescimento explosivo, estavam particularmente famintos por trabalhadores de cor, principalmente do tipo experiente. Um passeio rápido pela Bourbon Street mostrava o resultado disso a qualquer observador: um repulsivo estado vira-lata no qual a raça branca fica manchada, obscurecida, confusa, graças ao amálgama com o sangue negro. Deixe que poluam suas linhagens europeias com escuridão egípcia, que produzam um rio de mestiços, quarteirões e uma miscelânea de bastardos mulatos e sujos — eles forjam as próprias lâminas que serão usadas para cortar suas gargantas.

As novas leis raciais proíbem homens e mulheres de cor de colocar os pés no território da Carolina do Norte. Homens livres que se recusaram a deixar sua terra eram escorraçados ou massacrados. Veteranos de campanhas em território indígena recebiam pagamentos generosos por sua experiência. Uma vez que os soldados terminavam seu trabalho, os antigos patrulheiros tomaram o manto de cavalheiros da noite, apanhando fugitivos — escravos que tentavam fugir à nova ordem, homens livres sem posses e sem meios de ir para o Norte, homens e mulheres de cor e sem sorte perdidos no território por qualquer razão que fosse.

Quando acordou naquela primeira manhã de sábado, Cora não olhou pelo buraco de espionagem. Quando finalmente se investiu de coragem, eles já haviam cortado a corda que suspendera o corpo de Louisa. Crianças pulavam no local onde ela oscilara. "A estrada", Cora disse, "a Trilha da Liberdade, você a chamou. Até onde ela vai?"

Ela ia até onde houvesse corpos a alimentá-la, Martin disse. Corpos putrefatos, corpos consumidos por comedores de carniça eram constantemente substituídos, mas o alcance sempre avançava. Qualquer cidade de qualquer tamanho tinha o seu Festival de Sexta-Feira, que era encerrado com o mesmo final ameaçador. Algumas localidades reservavam cativos extras na cadeia para as semanas de esteio, quando os cavaleiros da noite voltavam de mãos abanando.

Brancos punidos pela nova legislação eram meramente enforcados, não colocados à mostra. Embora, Martin especificou, houvesse o caso de um fazendeiro branco que dera abrigo a um bando de refugiados de cor. Quando vistoriaram as cinzas da sua casa, era impossível diferenciar seu corpo dos corpos daqueles que ele abrigara, já que o fogo havia eliminado a diferença de suas peles, deixando-as iguais. Todos os cinco corpos foram pendurados na trilha, e ninguém levantou a questão da quebra de protocolo.

Com o tópico da perseguição branca, eles haviam chegado à razão para a estadia dela no cantinho do sótão. "Você entende a nossa situação", Martin disse.

Abolicionistas sempre foram varridos daqui, ele disse. Virgínia ou Delaware talvez tolerassem esse tipo de agitação, mas nenhum estado algodoeiro. Ter em sua posse literatura abolicionista era suficiente para uma temporada na cadeia, e, quando era libertado, você não ficava na cidade por muito tempo. Numa emenda à Constituição do estado, a punição por ter escritos sediciosos ou por ajudar ou abrigar uma pessoa de cor era deixada à discrição das autoridades locais. Na prática, o veredito era morte. Os acusados eram arrastados de suas casas pelos cabelos. Proprietários de escravos que se recusassem a colaborar — fosse por sentimentalismo ou por alguma ideia estranha quanto a direitos de propriedade — eram enforcados, assim como cidadãos de bom coração que escondessem negros em seus sótãos, adegas e depósitos de carvão.

Depois de uma certa calmaria nas prisões de brancos, algumas cidades aumentaram as recompensas para quem entregasse colaboradores. As pessoas delatavam rivais de negócios, antigos adversários e vizinhos, relatando antigas conversas em que os traidores haviam declarado simpatias proibidas. Crianças deduravam os pais, tendo sido ensinadas pelas professoras da escola sobre as marcas da sedição. Martin contou a história de um homem da cidade que estivera tentando se livrar da esposa por anos, sem conseguir. Os detalhes do crime que ela supostamente cometera não se sustentavam sob escrutínio, mas ela pagou o preço máximo. O homem voltou a se casar três meses depois.

"Ele é feliz?", Cora perguntou.

"O quê?"

Cora fez um gesto de deixar para lá. A severidade do relato de Martin a deixara num humor estranho.

Antes, patrulheiros de escravos faziam buscas nas casas de indivíduos de cor à vontade, fossem libertos ou escravos. Seus poderes ampliados os permitiam bater na casa de qualquer pessoa para verificar uma acusação e para fazer inspeções a esmo também, em nome da segurança pública. Os guardas batiam a qualquer hora, visitando igualmente o caçador mais pobre e o mais rico magistrado. Caravanas e carruagens eram paradas em locais de verificação. A mina de mica ficava a poucos quilômetros de distância — mesmo se Martin tivesse a coragem de fugir com Cora, eles não conseguiriam chegar ao próximo condado sem uma inspeção.

Cora pensou que os brancos decerto detestavam abrir mão de sua liberdade, mesmo que em nome da segurança. Longe de instilar ressentimento, Martin lhe disse, a diligência dos patrulheiros era uma razão de orgulho em todos os condados. Patriotas se vangloriavam da frequência com que haviam sido inspecionados e liberados. A visita de um cavaleiro da noite à casa de uma jovem mulher decente levara a mais do que um feliz noivado.

Inspecionaram duas vezes a casa de Martin e Ethel antes de Cora aparecer. Os patrulheiros foram perfeitamente corteses, elogiando Ethel por seu bolo de gengibre. Não demonstraram qualquer suspeita pelo alçapão do sótão, mas isso não garantia que da próxima vez as coisas fossem correr do mesmo jeito. A segunda visita fizera com que Martin desistisse de suas funções junto à ferrovia. Não havia planos para a próxima perna da viagem de Cora, nenhuma palavra dos demais membros. Teriam de esperar por um sinal.

Mais uma vez, Martin pediu desculpas pelo comportamento da esposa. "Você entende que ela está morrendo de medo. Estamos à mercê do destino."

"Você se sente como um escravo?", Cora perguntou.

Ethel não havia escolhido aquela vida, Martin disse.

"Vocês nasceram nela? Como um escravo?"

Isso pôs fim à conversa deles aquela noite. Cora tornou a subir ao cantinho com alimentos frescos e um penico limpo.

Sua rotina se estabeleceu rapidamente. Não poderia ter sido de outra forma, dadas as circunstâncias. Depois de bater a cabeça no telhado uma dúzia de vezes, seu corpo passou a lembrar dos limites impostos aos seus movimentos. Cora dormia, aninhada entre as vigas como se na prisão lotada de um navio. Ela observava o parque. Exercitava a leitura, tirando o melhor da educação que fora abreviada na Carolina do Sul, forçando os olhos na luz fraca do buraco na parede. Ela se perguntava por que só havia dois tipos de clima: sofrimento de manhã e tribulações à noite.

A cada sexta-feira, a cidade realizava seu festival, e Cora se recolhia para o outro extremo do cantinho.

O calor era impossível na maior parte dos dias. Nos piores dias ela respirava pelo buraco como um peixe num balde. Às vezes ela deixava de racionar a água, tomando demais de manhã e olhando com amargura para o chafariz pelo resto do dia. O maldito cachorro dando pinotes nos esguichos de água. Quando o calor a fez desmaiar, ela acordou com a cabeça melecada de bater contra uma viga, o pescoço parecendo como o de uma galinha após Alice, a cozinheira, tentar desnucá-la para o jantar. A carne que ela colocara sobre os ossos na Carolina do Sul se desfez. Seu anfitrião substituiu seu vestido imundo por um que sua filha deixara para trás. Jane tinha quadris estreitos, e Cora agora cabia em suas roupas com folga.

Por volta da meia noite, depois de todas as luzes das casas em frente ao parque terem sido apagadas e Fiona há muito ter ido para casa, Martin trazia comida. Cora descia até o sótão propriamente dito, para esticar os membros e respirar outros ares. Eles conversavam um pouco, então, num certo ponto, Martin se punha de pé com uma expressão solene e Cora cambaleava de volta ao cantinho. A cada poucos dias Ethel permitia que Martin lhe concedesse uma breve visita ao banheiro. Cora sempre pegava no sono depois da visita de Martin, às vezes depois de um tempo soluçando e às vezes tão rápido quanto uma vela sendo apagada com um sopro. Voltava para seus sonhos violentos.

Ela acompanhava os conhecidos em suas movimentações diárias pelo parque, reunindo anotações e especulações tal como os compiladores dos seus almanaques. Martin mantinha no cantinho jornais e panfletos abolicionistas. Eram um perigo; Ethel queria se desfazer dos papéis, mas tinham sido do pai dele e eram anteriores a eles na casa, de forma que Martin imaginava que poderia negar ser o proprietário. Uma vez que havia extraído o que podia dos panfletos amarelados, Cora começou nos velhos almanaques, com suas projeções e ruminações sobre as marés e as estrelas, e pedaços de comentários obscuros. Martin lhe trouxe uma Bíblia. Em um de seus breves interlúdios lá embaixo no sótão, ela viu um exemplar de O último dos moicanos que havia sido deformado e inchado pela água. Ela se acomodava perto do buraco de espionagem a fim de obter alguma luz para ler, e à noite se enrolava em volta de uma vela.

Cora abria as visitas de Martin com a mesma pergunta. "Alguma notícia?"

Depois de alguns meses, ela parou.

O silêncio por parte da ferrovia era completo. As gazetas noticiavam relatos de depósitos desbaratados e agentes de estação justiçados, mas essas fábulas eram comuns em estados escravocratas. Antes, estranhos batiam na porta de Martin com mensagens sobre rotas e, uma vez, notícias de um passageiro confirmado. Nunca a mesma pessoa duas vezes. Ninguém aparecia em muito tempo, Martin disse. Ele achava que não havia nada que pudesse fazer.

"Você não vai me deixar ir embora", Cora disse.

A resposta dele era um sussurro: "A situação é clara." Era uma armadilha perfeita, ele dizia, para todos. "Você não vai conseguir. Vão pegar você. E aí você vai dizer a eles quem somos nós."

"Na fazenda Randall, quando querem você preso, eles o prendem."

"Você vai nos arruinar", Martin disse. "A você, a mim e a Ethel, e a todos os que a ajudaram."

Ela não estava sendo justa, mas não se importava, sentindo-se teimosa. Martin lhe deu um exemplar do jornal do dia e voltou a posicionar o alçapão no lugar.

Qualquer barulho de Fiona a paralisava. Ela só podia imaginar como seria a aparência da garota irlandesa. Às vezes Fiona levava tralhas para o sótão. As escadas reclamavam vivamente à menor pressão, um alarme eficiente. Uma vez que a moça ia embora, Cora voltava para seu pequeno espectro de atividades. As vulgaridades ditas pela moça faziam Cora se lembrar da fazenda e da fiada de xingamentos proferidas pelos trabalhadores quando o olho do senhor não estava sobre eles. A pequena rebelião dos escravos em todas as partes. Ela imaginava que Fiona cuspia na sopa.

A rota que a moça fazia para ir para casa não incluía um atalho atravessando o parque. Cora nunca viu o seu rosto, mesmo depois de ter se tornado uma especialista nos suspiros da moça. Cora a imaginava, marginal e determinada, uma sobrevivente da fome e da realocação forçada. Martin lhe dissera que ela viera para a América em um navio fretado da Carolina com a mãe e irmão. A mãe ficou doente dos pulmões e morreu um dia antes da chegada. O menino era jovem demais para trabalhar e tinha uma constituição fraca; senhoras irlandesas mais velhas cuidavam dele na maior parte dos dias. Será que Irishtown se parecia com as ruas de cor da Carolina do Sul? Cruzar uma única rua transformava o jeito como as pessoas falavam, determinava o tamanho e a condição de suas casas, a dimensão e o caráter de seus sonhos.

Em poucos meses seria época da colheita. Fora da cidade, nos campos, o algodão iria explodir em bolas e viajar para sacas, desta vez colhido por mãos brancas. Será que incomodava aos irlandeses e aos alemães fazer trabalho de negros, ou será que a certeza do salário apagava a desonra? Brancos sem um tostão tomavam as fileiras de negros sem um tostão, exceto que, ao final da semana, os brancos não estavam mais sem um tostão. Diferentemente de seus irmãos de cor, poderiam pagar seus contratos com o próprio salário e começar um novo capítulo.

Na fazenda Randall, Jockey costumava falar que os comerciantes de escravos precisavam procurar mais e mais fundo na África para encontrar o próximo grupo de escravos, sequestrando tribo após tribo a fim de alimentar o algodão, transformando as fazendas em uma mistura de línguas e clãs. Cora imaginava que uma nova leva de imigrantes substituiria os irlandeses, fugindo de um país diferente, mas não menos abjeto, o processo começando mais uma vez. A máquina arfava e roncava e continuava funcionando. Eles haviam meramente trocado o combustível que movimentava os pistões.

As paredes inclinadas de sua prisão eram uma tela para suas dúvidas mórbidas, particularmente entre o pôr do sol e a visita de Martin, tarde da noite. Quando Caesar falara com ela, ela imaginara dois desenlaces: uma vida satisfatória, de muito trabalho, em uma cidade do Norte, ou a morte. Terrance não se contentaria em meramente discipliná-la por fugir; ele faria de sua vida um verdadeiro inferno até se cansar, e então a despacharia em uma demonstração sangrenta.

Sua fantasia sobre o Norte, naquelas primeiras semanas no sótão, era um mero esboço. Visões de crianças em uma cozinha clara — sempre um menino e uma menina — e um marido no cômodo ao lado, não discernível, mas amoroso. À medida que os dias se arrastavam, outros cômodos brotavam da cozinha. Uma sala de estar com móveis simples, mas de bom gosto, coisas que ela vira nas lojas de brancos da Carolina do Sul. Um quarto de dormir. Então uma cama coberta de lençóis brancos que reluziam ao sol, seus filhos rolando sobre eles com ela, o corpo do marido visível pela metade nas bordas. Em outra cena, dali a anos, Cora caminhava por uma rua movimentada em sua cidade e topava com sua mãe. Esmolando junto à sarjeta, uma velha alquebrada e curvada pela soma de seus erros. Mabel levantava o olhar, mas não reconhecia a filha. Cora chutava sua caneca de esmolas, as poucas moedas voavam para a movimentação da rua, e ela continuava em suas andanças da tarde para ir comprar farinha para o bolo de aniversário do filho.

Neste lugar imaginado, Caesar às vezes vinha jantar, e eles riam sonoramente sobre a fazenda Randall e as durezas da fuga, a eventual liberdade. Caesar contava às crianças como conseguira a pequena cicatriz sobre as sobrancelhas, alisando-a com um dedo: fora apanhado por um caçador de escravos na Carolina do Norte, mas conseguiu se libertar.

Cora raramente pensava no menino que matara. Não precisava defender suas ações na floresta aquela noite; ninguém tinha o direito de lhe pedir satisfações. Terrance Randall fornecia o modelo de uma mente que poderia imaginar o novo sistema da Carolina do Norte, mas a escala da violência era algo difícil de acomodar na mente. O medo conduzia aquelas pessoas, até mais do que o dinheiro do algodão. A sombra da mão negra que vai retribuir o que recebeu. Ocorreu-lhe certa noite que ela era um dos monstros vingadores dos quais eles tinham medo: matara um garoto branco. Poderia matar um deles a seguir. E por causa daquele medo, eles erigiram um novo patíbulo da opressão sobre as fundações cruéis preparadas centenas de anos antes. Era o algodão Sea Island que o escravagista havia encomendado para sua lavoura, mas misturadas com as sementes estavam aquelas da violência e da morte, e essa espécie crescia rápido. Os brancos tinham razão de ter medo. Um dia o sistema entraria num colapso sangrento.

Uma insurreição de uma pessoa só. Ela sorriu por um momento, até que os fatos de sua última cela se reorganizaram. Rabiscando nas paredes como um rato. Fosse nos campos ou no subterrâneo ou no cantinho de um sótão, a América continuava sendo o guarda de sua prisão.

* * *

Faltava uma semana para o solstício de verão. Martin improvisou uma das velhas colchas numa cadeira sem assento e afundou dela ao longo da visita. Como de hábito, Cora pedia ajuda com algumas palavras. Dessa vez elas eram provenientes da Bíblia, por meio da qual ela fizera um progresso irregular: impugnar, acossar, cãs. Martin reconheceu que não sabia o significado de impugnar e acossar. Então, como se a fim de se preparar para a nova sessão, Martin revisou a série de maus agouros.

O primeiro ocorrera na semana anterior, quando Cora virara o penico. Ela estava no cantinho por quatro meses e já fizera barulho antes, batendo a cabeça contra o telhado ou o joelho contra uma viga. Fiona nunca reagira. Dessa vez a moça estava limpando na cozinha quando Cora chutou o penico contra a parede. Uma vez que subisse, Fiona não teria como não perceber o som gotejante da sujeira vazando entre as tábuas até o sótão, nem o cheiro.

O assovio do meio-dia acabara de soar. Ethel estava fora. Felizmente, outra moça de Irishtown fizera uma visita após o almoço e as duas ficaram fofocando na sala de jantar por tanto tempo que depois Fiona precisou se apressar para terminar suas tarefas. Ou ela não percebeu o odor, ou fingiu não percebê-lo, para fugir à responsabilidade de limpar o ninho de fosse qual fosse o roedor que havia lá em cima. Quando Martin apareceu naquela noite e eles limparam tudo, ele disse a Cora que era melhor ele não mencionar aquele incidente perigoso para Ethel. Seus nervos estavam especialmente agitados com o aumento da umidade.

Informar a Ethel era algo que dependia de Martin. Cora não via a mulher desde a noite de sua chegada. Pelo o que podia julgar, sua anfitriã não falava nela — mesmo quando Fiona não estava na residência — para além de raras menções sobre aquela criatura. Uma batida forte da porta do quarto frequentemente precedia a visita de Martin lá em cima. A única coisa que impedia Ethel de denunciá-la, ela concluiu, era o fato de estar implicada.

"Ethel é uma mulher simples", Martin disse, afundando na cadeira. "Ela não tinha como prever esses problemas quando lhe pedi ajuda."

Cora sabia que Martin estava prestes a contar sobre seu acidental recrutamento, o que significava tempo extra fora do cantinho. Ela alongou os braços e o incentivou. "Como você pôde, Martin."

"Senhor, como eu pude?", Martin disse.

Ele era o mais improvável instrumento abolicionista. Na lembrança de Martin, seu pai, Donald, nunca expressara qualquer opinião sobre a peculiar instituição, embora a família fosse rara em seu círculo por não possuir escravos. Quando Martin era pequeno, o responsável pelo estoque no armazém local era um homem encarquilhado e curvado chamado Jericho, alforriado muitos anos antes. Para desgosto de sua mãe, Jericho aparecia a cada Dia de Ação de Graças trazendo uma lata de purê de nabo. Donald resmungava em reprovação ou balançava a cabeça às notícias de jornais sobre o último incidente com escravos, mas não estava claro se condenava a brutalidade do senhor ou a intransigência do escravo.

Aos dezoito, Martin deixou a Carolina do Norte e, depois de um período vagando solitariamente, assumiu um cargo de escrevente em um escritório de remessas de Norfolk. O trabalho tranquilo e o ar do mar lhe caíam bem. Ele desenvolveu um apreço por ostras, e a condição geral de sua saúde melhorou. O rosto de Ethel surgiu certo dia em uma multidão, luminoso. Os Delany tinham velhos laços com a região, podando a árvore genealógica numa imagem desigual: abundante e com muitos primos no Norte, esparsos e sem rostos no Sul. Martin raramente visitava o pai. Quando Donald caiu ao consertar o telhado, fazia cinco anos que Martin não ia para casa.

O homem nunca se comunicara com muita facilidade. Antes do falecimento da mãe de Martin, era função dela traduzir as elipses e os resmungos à parte que constituíam a conversa entre pai e filho. No leito de morte de Donald, não houve intérpretes. Ele fez Martin prometer que terminaria seu trabalho, e o filho entendeu que o velho se referia a ele assumir o armazém. Aquele foi o primeiro mal-entendido. O segundo foi achar que o mapa que descobriu nos papéis do pai seriam orientações para chegar a um esconderijo de ouro. Ao longo de sua vida, Donald se protegera em uma espécie de silêncio que, dependendo de quem observasse, assinalava imbecilidade ou uma reserva de mistério. Seria bem coisa do seu pai, Martin pensou, se comportar como um mendigo enquanto escondia uma fortuna.

O tesouro, é claro, era a ferrovia subterrânea. Alguns talvez apontem a liberdade como sendo o bem mais importante de todos, mas não era o que Martin esperava. O diário de Donald — colocado sobre um barril na plataforma da estação e cercado por pedras coloridas em uma espécie de altar — descrevia como seu pai sempre tivera ojeriza do tratamento dispensado por seu país à tribo etíope. A escravidão era uma afronta a Deus, e escravagistas, um aspecto de Satã. Donald auxiliara escravos toda a sua vida, sempre que possível e com os meios que tivesse à disposição, desde que era um menino e dera indicações falsas a alguns caçadores de recompensa que o atormentaram por informações de um fugitivo.

Suas muitas viagens de trabalho durante a infância de Martin eram, na verdade, missões abolicionistas. Encontros à meia-noite, tratativas à beira do rio, intrigas em cruzamentos. Era irônico que, dadas suas dificuldades de comunicação, Donald funcionasse como um telégrafo humano, retransmitindo mensagens para cima e para baixo na costa. A F.S. (como se referia em suas anotações) não operava escalas ou paradas na Carolina do Norte, até que Donald fez disso sua missão. Trabalhar tão ao Sul era suicídio, todos diziam. Ele acrescentou o cantinho ao sótão mesmo assim, e, se não deixava de ter junções aparentes, o telhado falso mantinha suas cargas a salvo. Quando uma telha solta acabou com ele, Donald havia transferido uma dúzia de almas para os Estados Livres.

Martin ajudou um número consideravelmente menor. Tanto ele quanto Cora concordaram que a personalidade assustadiça dele não os ajudara durante a perigosa visita da noite anterior, quando, em outro sinal de mau agouro, os guardas bateram na porta da frente.

Recém havia anoitecido, e o parque estava cheio de pessoas temerosas de irem para casa. Cora se perguntava o que esperava por elas para elas se demorarem tão obstinadamente, as mesmas pessoas semana após semana. O homem de passo rápido que se sentava na beirada do chafariz, passando os dedos pelo cabelo fino. A senhora desleixada, de cadeiras largas, que sempre usava um chapeuzinho preto e resmungava para si mesma. Eles não estavam lá para sorver o ar da noite ou para furtar um beijo. Essas pessoas caíam pelo caminho, distraídos, olhando para um lado e para o outro, nunca à frente. Como se para evitar os olhos de todos os fantasmas, dos mortos que haviam construído aquela cidade. Mão de obra de cor havia erigido todas as casas em volta do parque, assentado as pedras do chafariz e a pavimentação das passarelas. Havia martelado as tábuas do palco onde os cavaleiros da noite faziam seus espetáculos grotescos e o patíbulo com rodas que entregava os homens e as mulheres condenados ao ar. A única coisa que não havia sido construída por gente de cor era a árvore. Deus fizera aquilo, para que a cidade pudesse se dobrar a fins malévolos.

Não era de se admirar que os brancos vagassem pelo parque na crescente escuridão, Cora pensava, com a testa pressionada contra a madeira. Eles próprios eram fantasmas, presos entre dois mundos: a realidade de seus crimes, e a vida após a morte que os recusava por esses crimes.

Cora era informada sobre as rondas dos cavaleiros da noite pela agitação que tomava conta do parque. A multidão da noite se virava para observar uma casa do lado oposto. Uma garota de tranças deixou um trio de guardas entrar na sua casa. Cora se lembrou que o pai da garota tinha problema com os degraus da varanda. Fazia semanas que não o via. A garota abotoou a gola do seu robe até o pescoço e fechou a porta atrás deles. Dois cavaleiros da noite, altos e fortes, ficaram caminhando a esmo na varanda, fumando seus cachimbos com uma preguiça complacente.

A porta se abriu meia hora depois, e o grupo se amontoou na calçada à luz circular de uma lanterna, consultando um documento. Cruzaram o parque, e acabaram por sumir da visão que podia ser abarcada pelo buraco de espionagem. Cora havia fechado os olhos quando a batida deles na porta da frente a surpreendeu. Estavam ferozmente logo abaixo.

Os minutos seguintes decorreram com uma lentidão enervante. Cora se encolheu num canto, fazendo-se pequena atrás da última viga. Sons forneciam os detalhes do que se passava logo abaixo. Ethel cumprimentou calorosamente os cavaleiros da noite; qualquer pessoa que a conhecesse teria certeza de que ela estava escondendo algo. Martin fez uma incursão rápida no sótão para se certificar de que nada estivesse bagunçado e então se juntou a todos lá embaixo.

Martin e Ethel responderam rapidamente às perguntas enquanto mostravam a casa ao grupo. Eram só os dois. A filha deles morava noutro lugar. (Os cavaleiros da noite fizeram uma busca na cozinha e na sala de jantar.) A criada, Fiona, tinha uma chave, mas ninguém mais tinha acesso à casa. (Subiram as escadas.) Eles não haviam recebido visita de estranhos, nem haviam escutado barulhos incomuns, nem percebido nada fora do normal. (Vasculharam os dois quartos de dormir.) Nada estava fora do lugar. Não havia adega — com certeza eles já sabiam que as casas do parque não tinham adegas. Martin estivera no sótão naquela mesma tarde e não percebera nada suspeito.

"Os senhores se importam se subirmos?" A voz era áspera e baixa. Cora a atribuiu ao cavaleiro da noite mais baixo, o que tinha barba.

Seus pés caíam pesadamente nas escadas que levavam até o sótão. Caminharam por entre as tralhas. Um deles falou, assustando Cora — sua cabeça estava centímetros abaixo da dela. Ela segurou a respiração. Os homens eram tubarões movendo seus focinhos logo abaixo de um navio, procurando a comida que, eles pressentiam, estava próxima. Apenas tábuas finas separavam os caçadores e a presa.

"Não subimos muito aqui desde que o guaxinim fez um ninho", Martin disse.

"Dá para sentir o cheiro dele", o outro cavaleiro da noite disse.

Os guardas foram embora. Martin pulou a visita da meia-noite ao sótão, temeroso de que estivessem sob os dentes afiados de uma armadilha elaborada. Cora, em sua confortável escuridão, acariciou a parede robusta: havia mantido ela em segurança.

Haviam sobrevivido ao penico e aos cavaleiros da noite. O derradeiro mau agouro de Martin aconteceu naquela manhã: uma multidão enforcou um casal que escondera dois meninos de cor no celeiro. A filha deles os entregou, com ciúmes da atenção dispensada. Apesar da tenra idade, os meninos de cor se juntaram à medonha galeria da Trilha da Liberdade. Uma das vizinhas de Ethel lhe contou sobre isso no mercado, e Ethel desmaiou, caindo sobre uma pilha de conservas.

As buscas em residências estavam aumentando. "Eles tiveram tanto sucesso apanhando pessoas que agora precisam dar duro para preencher suas cotas", Martin explicou.

Cora arriscou dizer que talvez fosse bom que a casa tivesse sido vasculhada — demoraria algum tempo até eles voltarem. Mais tempo para a ferrovia enviar algum sinal, ou para que outra oportunidade se apresentasse.

Martin sempre demonstrava desconforto quando Cora levantava a ideia de tomar iniciativa. Aninhou nas mãos um de seus brinquedos de infância, um pato de madeira. Ele descascara a tinta do pato nesses últimos meses, de preocupação. "Ou quer dizer que será duas vezes mais difícil passar pelas estradas", ele disse. "Os rapazes estarão famintos por um suvenir." Seu rosto se acendeu. "Acossar — acho que significa ter muita fome."

Cora estivera se sentindo mal o dia todo. Deu boa-noite e voltou a subir para o cantinho. Mesmo com todas aquelas visitas, ela estava no mesmo lugar em que estivera por meses: à deriva. Entre partida e chegada, em trânsito como a passageira que era desde que fugira. Uma vez que o vento recomeçasse, ela estaria em movimento novamente, mas por ora havia apenas o vazio e o mar sem fim.

Que mundo é esse, Cora pensou, que faz com que uma verdadeira prisão seja o único esteio de uma pessoa. Ela se livrara da servidão, ou se encontrava em suas teias: como descrever o status de um escravo fugido? Liberdade era uma coisa que mudava à medida que você olhava para ela, como uma floresta é densa de árvores se vista de perto, mas, de fora, da campina vazia, você vê seus verdadeiros limites. Ser livre não tinha nada a ver com correntes ou com quanto de espaço você tinha. Na fazenda, ela não era livre, mas se movimentava sem restrições em seus acres, experimentando o ar e acompanhando as estrelas do verão. O lugar era grande, em sua pequenez. Ali, ela estava livre de seu senhor, mas enfiada em um esconderijo tão minúsculo que não podia ficar em pé.

Cora não havia saído dos andares superiores da casa em meses, mas suas perspectivas variavam muito. A Carolina do Norte tinha sua Justice Hill, e ela tinha a dela. Olhando para baixo, para o universo do parque, via a cidade vagar a seu bel-prazer, lavada pela luz do sol em um banco de pedra, mais fresca na sombra da árvore dos enforcados. Mas eles eram prisioneiros como ela, acorrentados ao medo. Martin e Ethel estavam aterrorizados, com medo dos olhos atentos por trás de qualquer janela escura. A cidade se juntava nas noites de sexta-feira na esperança de que o grande número afugentasse as coisas da escuridão: a tribo negra revolta; o inimigo que inventa acusações; a criança que bola uma vingança magnífica para uma bronca e põe abaixo a casa ao seu redor. Melhor se esconder em sótãos do que se confrontar com o que espreitava por trás dos rostos dos vizinhos, dos amigos e da família.

O parque os amparava, o porto verde que eles preservavam enquanto a cidade se estendia, quarteirão por quarteirão e casa por casa. Cora pensou em seu jardim, lá na fazenda Randall, o pedacinho de terra que ela adorava. Agora ela o via como a piada que era — um minúsculo quadrado de terra que a convencera de que ela era dona de algo. Era dela como o algodão que ela semeava, livrava de ervas daninhas, colhia. O pedacinho de terra era uma coisa que morava em outro lugar, longe da vista. Do mesmo jeito que o pobre Michael recitando a Declaração da Independência era um eco de algo que existia alhures. Agora que ela fugira e vira um pouco do país, Cora não tinha mais certeza de que os documentos descrevessem qualquer coisa real. A América era um fantasma na escuridão, exatamente como ela.

Naquela noite, ela caiu doente. Espasmos em sua barriga a acordaram. Em sua tontura, o cantinho se movia e balançava. Ela perdeu o conteúdo do estômago no pequeno lugar, e também o controle sobre os intestinos. O calor sitiava o minúsculo cômodo, ateando fogo no ar e em sua pele. De algum modo ela aguentou até a luz da manhã e o levantar do véu. O parque ainda estava ali; à noite ela sonhara que estava no mar, acorrentada abaixo do convés. Ao lado dela estava outro cativo, e outro, centenas deles chorando de medo. O navio corcoveava em redemoinhos, mergulhava e se batia contra bigornas de água. Ela ouviu passos nas escadas, o som do alçapão guinchando, e fechou os olhos.

Cora acordou em uma sala branca, um sofá macio aninhando seu corpo. A janela deixava passar bem mais do que um ponto agudo de luz do sol. O barulho do parque funcionava como seu relógio: era final da tarde.

Ethel estava sentada no canto do quarto de infância do seu marido. Seu tricô se amontoava em seu colo; ela fitou Cora. Colocou a mão na testa de sua paciente. "Melhor", Ethel disse. Ela serviu um copo de água, então trouxe uma tigela de caldo de carne.

A atitude de Ethel havia se suavizado durante o delírio de Cora. A fugitiva fizera tanto barulho gemendo à noite e estava tão doente quando a baixaram do cantinho do sótão que foram obrigados a dar folga a Fiona por alguns dias. Martin estava com varíola, disseram à moça irlandesa, pega de algum saco de víveres contaminado, e o médico proibiu qualquer pessoa de entrar na casa até que a doença tivesse seguido seu curso. Ele lera sobre uma quarentena dessas em uma revista, a primeira desculpa que lhe ocorreu. Pagaram à moça o salário da semana. Fiona enfiou o dinheiro na bolsa e não fez mais perguntas.

Era a vez de Martin se ausentar enquanto Ethel assumia responsabilidade pela hóspede deles, cuidando de Cora por dois dias de febre e convulsões. O casal fizera poucos amigos durante seu tempo naquele estado, tornando mais fácil se ausentar da vida da cidade. Enquanto Cora se revirava delirando, Ethel lia a Bíblia, para apressar sua recuperação. A voz da mulher entrou em seus sonhos. Tão severa na noite em que Cora emergira da mina, agora tinha uma qualidade de ternura. Ela sonhava que a mulher beijava sua testa, maternalmente. Cora ouvia suas histórias, à deriva. A arca salvava os valorosos, levando-os para o outro lado da catástrofe. A selvageria se prolongou por quarenta anos até que outros encontrassem sua terra prometida.

A tarde alongava as sombras como caramelo, e o parque entrava no período de menos popularidade à medida que o jantar se aproximava.

Ethel estava sentada na cadeira de balanço, sorria e folheava a Escritura, tentando encontrar um trecho adequado.

Agora que estava acordada e podia falar por si mesma, Cora disse à anfitriã que os versos eram desnecessários.

A boca de Ethel formou uma linha. Ela fechou o livro, com um dedinho marcando a página. "Todos nós precisamos da graça do nosso Salvador", Ethel disse. "Não seria muito cristão de minha parte deixar uma pagã entrar na minha casa e não partilhar a palavra Dele."

"Já foi partilhada", Cora disse.

Fora a Bíblia de Ethel quando criança que Martin dera a Cora, maculada e manchada por seus dedos. Ethel testou Cora, suspeitando de quanto sua hóspede teria lido e entendido. De fato, Cora não era uma crente nata, e sua educação havia sido encerrada antes do que ela gostaria. No sótão ela se debatera com palavras, avançara a custo, voltara várias vezes no caso de versos difíceis. As contradições a perturbavam, até mesmo aquelas compreendidas só pela metade.

"Não entendo onde diz, 'Aquele que furtar um homem, e o tiver vendido, ou se este for encontrado em suas mãos, será morto'", Cora disse. "Mas então mais tarde fala, 'Escravos devem ser submissos a seus mestres em tudo — e ser agradáveis.'" Ou era um pecado manter outras pessoas como propriedade, ou tinha a bênção de Deus. Mas ainda por cima ser agradável? Um escravagista decerto invadira a gráfica e acrescentara aquele trecho.

"Significa o que diz", Ethel falou. "Significa que um hebreu não pode fazer um escravo de um hebreu. Mas os filhos de Cam não são dessa tribo. Eles foram amaldiçoados, com a pele negra e rabos. Quando a Escritura condena a escravidão, não está falando da escravidão dos negros, de jeito nenhum."

"Eu tenho a pele escura, mas não tenho rabo. Pelo o que sei — nunca pensei em procurar", Cora disse. "A escravidão é uma maldição, isso é verdade." A escravidão é um pecado quando brancos eram colocados na canga, mas não quando se tratava de africanos. Todos os homens são criados iguais, a menos que decidamos que você não é um homem.

Sob o sol da Geórgia, Connelly havia recitado versos enquanto punia trabalhadores do campo por infrações. "Pretos, obedeçam a seus senhores na terra em tudo e não apenas quando eles estiverem olhando e para obter seus favores, mas com sinceridade no coração e reverência pelo Senhor." Com as tiras do chicote de nove tiras pontuando cada sílaba, e um urro da vítima. Cora se lembrava de outras passagens sobre a escravidão no Bom Livro e as compartilhou com sua anfitriã. Ethel disse que não acordara aquela manhã para entrar num debate teológico.

Cora gostou da companhia da mulher e franziu o cenho quando ela saiu. De sua parte, Cora colocava a culpa naqueles que o escreveram. As pessoas sempre entendiam errado as coisas, de propósito e por acidente. Na manhã seguinte Cora pediu os almanaques.

Eram obsoletos, traziam o tempo do ano anterior, mas Cora adorava os almanaques velhos por conterem o mundo inteiro. Não era necessário que alguém dissesse o que significavam. As tabelas e os fatos não podiam ser formatados em algo que não eram. As vinhetas e paródias entre as tabelas lunares e os relatórios de meteorologia — sobre velhas viúvas encarquilhadas e pretinhos simplórios — a confundiam tanto quanto as lições de moral do livro sagrado. Ambos descreviam o comportamento humano para além de sua compreensão. O que ela sabia, ou precisa saber, de maneiras finas para casamentos, ou sobre conduzir um rebanho de ovelhas pelo deserto? Um dia talvez ela use as instruções do almanaque, enfim. Odes à Atmosfera, Odes à Árvore de Cacau das Ilhas do Mar do Sul. Ela não ouvira falar de odes sobre a atmosfera antes, mas, à medida que avançava nas páginas, aquelas criaturas fincavam residência em sua mente. Se algum dia possuísse botas, ela agora conhecia o truque de sebo e cera que ampliava seu tempo de uso. Se uma de suas galinhas algum dia tivesse cólera, esfregar assa-fétida na forma de manteiga em suas narinas a curaria.

O pai de Martin precisara dos almanaques para se planejar para a lua cheia — os livros traziam preces para os fugitivos. A lua ficava gorda e magra, havia os solstícios, as primeiras geadas e as chuvas de primavera. Todas essas coisas aconteciam sem a interferência dos homens. Ela tentou imaginar como seria a maré, subindo e descendo, mordiscando a areia como um cachorrinho, alheio às pessoas e suas maquinações. Suas forças voltavam.

Sozinha, ela não conseguia entender todas as palavras. Cora perguntou a Ethel, "Pode ler um pouco para mim?".

Ethel resmungou. Mas abriu o almanaque ali onde a lombada se quebrara e, num compromisso consigo mesma, usou a mesma cadência que usara para a Bíblia. "'Transplantando Sempre-vivas. Não parece haver muita certeza sobre se sempre-vivas são transplantadas em abril, maio ou junho.'"

Quando a sexta-feira chegou, Cora havia melhorado muito. Fiona voltaria na segunda-feira. Concordaram que de manhã Cora deveria voltar ao cantinho. Martin e Ethel convidariam um ou dois vizinhos para comer um bolo a fim de dissipar qualquer fofoca ou especulação. Martin ensaiava para parecer fraco. Talvez até recebessem alguém para o Festival de Sexta-Feira. A varanda deles proporcionava uma visão perfeita.

Naquela noite Ethel deixou Cora ficar no quarto de dormir extra, desde que mantivesse o cômodo escuro e ficasse longe da janela. Cora não tinha qualquer intenção de assistir ao espetáculo semanal; antes, ansiava por uma última esticada na cama. No final, Martin e Ethel acharam melhor não convidar ninguém, de forma que os únicos convidados foram os intrusos que deram um passo à frente da multidão no começo do show de menestrel.

Os guardas queriam fazer uma busca na casa.

A performance parou, a cidade fervilhando à comoção na lateral do parque. Ethel tentou atrasar os cavaleiros da noite. Eles forçaram passagem por ela e Martin. Cora correu para as escadas, mas eles haviam reclamado com razão, alertando-a com tanta frequência naqueles meses, que ela sabia que não conseguiria. Ela se arrastou para baixo da velha cama de Martin e foi lá que a encontraram, agarrando os calcanhares dela como ferros e puxando-a para fora. Jogaram-na escada abaixo. Ela bateu o ombro no corrimão lá embaixo. Seus ouvidos zuniam.

Ela viu a varanda de Martin e Ethel pela primeira vez. Era o palco de sua captura, um segundo coreto para a diversão da cidade enquanto ela ficava deitada sobre as tábuas, aos pés dos quatro guardas em seus uniformes branco e preto. Outros quatro seguravam Martin e Ethel. Mais um homem estava em pé no pórtico, vestido em um colete de tecido de lã e calças cinza. Era um dos homens mais altos que Cora já vira, de compleição sólida e um olhar penetrante. Ele supervisionava tudo e sorriu para uma piada.

A cidade enchia a calçada e a rua, acotovelando-se por um vislumbre daquela nova diversão. Uma moça ruiva abriu caminho. "Varíola! Eu disse que eles estavam escondendo alguém lá em cima."

Então aquela era Fiona, finalmente. Cora se aprumou para dar uma olhada na moça que ela conhecia tão bem, mas que nunca havia visto.

"Você vai receber a sua recompensa", o cavaleiro da noite de barba disse. Ele estivera na casa na busca anterior.

"É o que você diz, seu estúpido", Fiona falou. "Você disse que havia verificado o sótão da última vez, mas não tinha, não é mesmo?" Ela se virou para a multidão para ter uma testemunha. "Vocês todos estão vendo — é minha a recompensa. Toda aquela comida faltando?" Fiona chutou Cora levemente. "Ela fazia um assado grande e então, no dia seguinte, tinha acabado. Quem estava comendo toda a comida? Sempre olhando para o teto. O que eles tanto olhavam?"

Ela era tão jovem, Cora pensou. Seu rosto era redondo e cheio de sardas, mas havia dureza em seus olhos. Era difícil acreditar que os xingamentos e imprecações que ouvira nos últimos meses haviam saído daquela boquinha, mas seus olhos eram prova suficiente.

"Nós tratamos você bem", Martin disse.

"Vocês têm um jeito muito estranho, vocês dois", Fiona disse. "E merecem qualquer coisa que acontecer com vocês."

A cidade já vira justiça ser feita vezes demais para poder contar, mas a pronúncia do veredito era uma nova experiência. Deixava-os nervosos. Eles eram um júri agora, além de plateia? Entreolharam-se em busca de ajuda. Um velho fez um cone com a mão e gritou bobagens nela. Uma maçã roída atingiu a barriga de Cora. No coreto, os participantes de um show de menestréis estavam com seus chapéus surrados na mão, murchos.

Jamison apareceu, esfregando a testa com um lenço vermelho. Cora não o vira desde a primeira noite, mas ouvira todos os discursos dos espetáculos de sexta-feira à noite. Todas as piadas e as falas grandiosas, os apelos pela raça e pelo bem do estado, e então a ordem para matar o sacrifício. A interrupção nos procedimentos o confundia. Na ausência de sua verve costumeira, a voz de Jamison guinchava. "Que coisa", ele disse. "Você não é filho de Donald?"

Martin aquiesceu, o corpo flácido tremendo de soluços surdos.

"Sei que seu pai teria vergonha", Jamison disse.

"Eu não fazia ideia do que ele estava aprontando", Ethel disse. Ela investia contra os cavaleiros da noite que a seguravam com firmeza. "Ele fez tudo! Eu não sabia de nada!"

Martin desviou o olhar. Das pessoas na varanda, da cidade. Virou o rosto para o norte, na direção da Virgínia, onde estivera livre de sua cidade natal por algum tempo.

Jamison gesticulou, e os cavaleiros da noite puxaram Martin e Ethel até o parque. O fazendeiro examinou Cora. "Um belo presente", Jamison disse. A vítima agendada estava à espera, em algum lugar ali perto. "Será que fazemos as duas?"

O homem alto disse, "Esta aqui é minha. Eu deixei claro".

A expressão de Jamison azedou. Ele não estava acostumado a pessoas que desconhecessem sua importância. Perguntou o nome do estranho.

"Ridgeway", o homem disse. "Caçador de escravos. Trabalho aqui, ali. Estou atrás dessa aí há um bom tempo. O juiz de vocês sabe tudo sobre mim."

"Você não pode simplesmente chegar aqui se arvorando." Jamison sabia que a plateia de sempre, se amontoando do lado de fora da propriedade, o observava com expectativas difusas. Ao novo tremor de sua voz, dois cavaleiros da noite, ambos jovens rapazes, deram um passo à frente para enfrentar Ridgeway.

Ridgeway não se mostrou incomodado com aquela demonstração. "Vocês têm os seus costumes locais aqui — eu entendo. Se divertir." Ele pronunciou "divertir" como um pregador prega temperança. "Mas não é de vocês. A Lei do Escravo Fugitivo diz que eu tenho o direito de devolver esta propriedade a seu proprietário. É o que pretendo fazer."

Cora choramingou e sentiu a cabeça. Estava tonta, como quando Terrance a golpeara. Aquele homem iria devolvê-la a ele.

O cavaleiro da noite que jogara Cora escada abaixo pigarreou. Ele explicou a Jamison que o caçador de escravos os havia conduzido até a casa. O homem visitara o juiz Tennyson naquela tarde e fizera uma requisição oficial, embora o juiz estivesse degustando seu costumeiro uísque de sexta e talvez não lembrasse. Ninguém gostava de fazer uma busca durante o festival, mas Ridgeway insistira.

Ridgeway cuspiu um resto de tabaco na calçada, aos pés de alguns da plateia. "Você pode ficar com a recompensa", disse a Fiona. Ele se debruçou levemente e levantou Cora pelo braço. "Não precisa ter medo, Cora. Você vai para casa."

Um menininho de cor, de cerca de dez anos, conduziu uma carroça pela rua e através da multidão, gritando com os dois cavalos. Em qualquer outra ocasião a visão dele em seu terno escuro e cartola teria causado espécie. Depois da captura dramática dos simpatizantes e da fugitiva, o surgimento do menino colocou a noite no reino do fantástico. Mais de uma pessoa pensou que o que acabava de se passar era uma nova atração na diversão de sexta-feira, uma performance arranjada para acabar com a monotonia dos esquetes e dos linchamentos semanais, que, honestamente, tinham se tornado previsíveis.

Nos pés do pórtico, Fiona bradava para um grupo de moças de Irishtown. "Uma garota precisa cuidar dos seus interesses se quer progredir neste país", ela explicava.

Ridgeway partiu com mais um homem além do garoto, um homem branco alto com cabelo castanho longo e um colar feito de orelhas humanas em volta do pescoço. Seu sócio algemou os tornozelos de Cora, e então correu as correntes pelo anel de ferro no chão do veículo. Ela se acomodou sobre o banco, a cabeça pulsando em agonia a cada batida de seu coração. Enquanto se afastavam, ela viu Martin e Ethel. Tinham sido amarrados à árvore de enforcamentos. Eles soluçavam e se agitavam em seus laços. Mayor corria em círculos, enlouquecidos, a seus pés. Uma garota loira pegou uma pedra e a jogou em Ethel, atingindo-a no rosto. Uma parte da cidade riu dos guinchos deploráveis de Ethel. Mais duas crianças pegaram pedras e as jogaram no casal. Mayor latia e pulava à medida que mais pessoas se abaixavam até o chão. Elas ergueram os braços. A cidade fechou o cerco em torno dos dois e então Cora não os enxergou mais.

ETHEL

Desde que vira uma gravura em madeira de um missionário cercado por nativos da selva, Ethel pensou que seria espiritualmente enriquecedor servir ao Senhor na África negra, conduzindo selvagens à luz. Ela sonhava com o navio que a levaria, uma escuna magnífica com velas como asas de anjo, singrando o mar violento. A jornada perigosa rumo ao interior, subindo rios, seguindo por desfiladeiros, e os perigos evitados: leões, serpentes, plantas que matam homens, guias traiçoeiros. E então a aldeia, onde os nativos a receberiam como uma enviada do Senhor, um instrumento de civilização. Em sinal de gratidão, os pretos a erguiam na direção do céu, louvando seu nome: Ethel, Ethel.

Ela tinha oito anos. Os jornais de seu pai traziam relatos de exploradores, terras desconhecidas, povos pigmeus. O mais próximo que conseguia chegar da imagem no jornal era brincar de missionária e nativa com Jasmine, que era como uma irmã para ela. A brincadeira não durava muito até que elas decidissem trocar para marido e mulher, praticando beijos e brigas no porão da casa de Ethel. Dada a cor de suas peles, nunca houve qualquer dúvida quanto ao papel de cada uma no jogo, apesar do hábito de Ethel esfregar fuligem no próprio rosto. Com o rosto escurecido, ela praticava diante do espelho expressões de perplexidade e admiração, então saberia o que esperar quando encontrasse seus pagãos.

Jasmine morava no quartinho de cima com a mãe, Felice. A família Delany era proprietária da mãe de Felice, e quando o pequeno Edgar Delany fez dez anos, recebeu Felice como presente. Agora que era um homem, Edgar reconhecia que Felice era um milagre, cuidando dos afazeres domésticos como se tivesse nascido para isso. Rotineiramente ele falava sobre a sabedoria negra dela, partilhando suas parábolas sobre a natureza humana com convidados sempre que a criada desaparecia na cozinha, de forma que, quando ela voltava, os rostos de todos brilhavam de afeição e inveja. Ele lhe dava passes livres para visitar a fazenda Parker a cada festa de ano-novo; a irmã de Felice era lavadeira lá. Jasmine nasceu nove meses depois de uma dessas visitas, e agora os Delany eram senhores de dois escravos.

Ethel pensava que um escravo era alguém que vivia em sua casa como se fosse da família, mas que não era da família. O pai lhe explicou a origem dos negros para tirar essa ideia pitoresca da cabeça dela. Alguns afirmavam que os negros eram remanescentes de uma raça de gigantes que governara a Terra em tempos ancestrais, mas Edgar Delany sabia que eram descendentes do amaldiçoado e preto Cam, que sobrevivera ao Dilúvio se agarrando ao topo de uma montanha na África. Ethel pensou que, se eram amaldiçoados, então precisavam ainda mais de orientação cristã.

No seu oitavo aniversário, o pai de Ethel a proibiu de brincar com Jasmine, para não perverter a relação natural entre as raças. Já nessa época, Ethel não fazia amigos facilmente. Ela chorou e bateu pé por dias; Jasmine se adaptou mais facilmente. Assumiu algumas tarefas simples da casa e tomou o lugar da mãe quando o coração de Felice sofreu um ataque e ela ficou muda e paralisada. Felice durou meses, a boca aberta e cor-de-rosa, os olhos turvos, até que o pai de Ethel mandou que a tirassem de lá. Ethel não viu nenhuma perturbação no rosto de sua antiga companheira de brincadeiras quando carregaram sua mãe na carroça. A essa altura as duas não se falavam para além de assuntos domésticos.

A casa havia sido construída cinquenta anos antes, e as escadas rangiam. Um sussurro em um dos cômodos se estendia aos dois cômodos seguintes. Na maioria das noites, depois do jantar e das preces, Ethel ouvia o pai subir as escadas rangentes, guiado pela luz trêmula de uma vela. Às vezes ela se esgueirava até a porta de seu quarto e tinha um vislumbre das roupas de cama brancas dele desaparecendo no final do corredor.

"Aonde você vai, pai?", perguntou ela certa noite.

Felice se fora havia dois anos. Jasmine tinha quatorze.

"Lá em cima", respondeu ele, e os dois experimentaram um alívio estranho, agora que tinham dado um nome para as visitas noturnas.

Ele ia lá em cima — para onde mais as escadas levavam? O pai dera a Ethel uma explicação para a separação das raças que envolvia uma punição fratricida. As escapulidas noturnas dele detalhavam tal elaboração. Os brancos viviam no andar de baixo, e os pretos, no de cima, e colocar uma ponte nessa separação significava curar uma ferida bíblica.

A mãe de Ethel não gostava que o marido fosse ao andar de cima, mas não deixava de ter seus bens. Quando a família vendeu Jasmine para um ferreiro que trabalhava com cobre do outro lado da cidade, Ethel soube que era obra de sua mãe. Não havia mais idas ao andar de cima quando a nova escrava chegou. Nancy era uma avó, lenta para se locomover e meio cega. Agora era a respiração ofegante dela que penetrava as paredes, não mais passos e gritinhos. Desde Felice a casa jamais estivera tão limpa e arrumada; Jasmine era eficiente, mas distraída. A nova casa de Jasmine era do outro lado da cidade, no bairro de cor. Todo mundo sussurrava que a criança tinha os olhos do pai.

Um dia, durante o almoço, Ethel anunciou que, quando tivesse idade suficiente, pretendia espalhar a palavra cristã aos primitivos africanos. Seus pais riram com escárnio. Não era algo que boas moças da Virgínia fizessem. Se quiser ajudar os selvagens, disse seu pai, seja professora. O cérebro de uma criança de cinco anos é mais selvagem e desregrado do que o do preto mais velho da selva, disse ele. O destino dela estava traçado. Ethel substituiu a professora da cidade quando a mulher ficou doente. Criancinhas brancas eram primitivas a seu próprio modo, chilreando e nada desenvolvidas, mas não era a mesma coisa. Os pensamentos de Ethel sobre a selva e sobre um círculo de admiradores negros permaneceram em seu âmago.

Ressentimento era o corolário da personalidade dela. As jovens de seu círculo se comportavam num ritual estrangeiro, indecifrável. Ela era de pouca serventia para rapazes e, mais tarde, para os homens. Quando Martin surgiu, apresentado por um de seus primos que trabalhava na empresa de remessas, ela já se cansara da fofoca e havia muito desistira de nutrir qualquer esperança de felicidade. Um texugo ofegante, Martin a deixava exaurida. O jogo de marido e mulher era ainda menos divertido do que ela supunha. Jane, pelo menos, se mostrou uma inesperada bênção, um buquezinho lindo em seus braços, mesmo que o ato da concepção tivesse se mostrado mais uma humilhação. Ao longo dos anos, a vida na Orchard Street passava com um tédio que acabou por se congelar em conforto. Ela fingia não ver Jasmine quando se cruzavam na rua, principalmente quando a antiga companheira de brincadeiras estava acompanhada do filho. O rosto dele era um espelho negro.

Então Martin foi chamado para a Carolina do Norte. Ele organizou o funeral de Donald no dia mais quente do ano; todos pensaram que ela desmaiara de tristeza, quando era apenas aquela umidade bárbara. Assim que conseguissem alguém para ficar com a loja de ração, estariam prontos, ele lhe assegurou. O lugar era atrasado. Quando não era o calor, eram as moscas; quando não eram os ratos, eram as pessoas. Pelo menos na Virgínia a plebe mantinha, em casos de linchamento, um pretexto de espontaneidade. Eles não enforcavam as pessoas de modo eficaz, no gramado diante da sua casa, à mesma hora todas as semanas, como uma igreja. A Carolina do Norte seria um breve interlúdio, ou pelo menos era assim que ela pensava, até dar de cara com o preto em sua cozinha.

George saíra do sótão atrás de comida, o solitário escravo que Martin ajudara antes da chegada da moça. Fora uma semana antes das leis raciais entrarem em vigor, e a violência contra a população de cor ensaiava uma escalada. Um bilhete no umbral da porta deles direcionara Martin à mina de mica, contou ele. George o esperava, faminto e irritado. O colhedor de tabaco andou pesadamente de um lado para o outro no sótão por uma semana até que um agente da ferrovia o conduziu para o próximo trecho da viagem, encaixotando-o em um engradado e mandando a coisa pela porta da frente. Ethel ficou lívida, então desesperada — George agia como o executor testamentário de Donald, iluminando o legado secreto de Martin. Ele perdera três dedos cortando cana.

A escravidão como uma questão moral nunca interessara a Ethel. Se Deus não quisesse que os africanos fossem escravizados, eles não estariam acorrentados. Porém, ela tinha, sim, ideias firmes quanto a não ser morta por ideias magnânimas de outras pessoas. Ela e Martin discutiram sobre a ferrovia subterrânea como não discutiam havia muito tempo, e isso foi antes que as assassinas letras miúdas das leis raciais se manifestassem. Por intermédio de Cora — aquele cupim no sótão —, Donald ressurgia do além-túmulo para puni-la por sua piada tantos anos antes. Quando suas famílias se encontraram pela primeira vez, Ethel fez uma observação sobre o traje simples e interiorano de Donald. Ela estava tentando chamar a atenção para as ideias diferentes que as duas famílias tinham acerca de vestimentas adequadas, para acabar de vez com aquilo a fim de que pudessem aproveitar a refeição que Ethel passara tanto tempo planejando. Mas Donald nunca a perdoara, contou ela a Martin, Ethel tinha certeza, e agora eles iam ser pendurados nos galhos da árvore bem ali fora da casa deles.

Quando Martin subia até o sótão para ajudar a moça, não era do mesmo jeito que seu pai havia subido, mas os dois desciam de lá transformados. Eles estendiam a mão além da fenda bíblica por um objetivo egoísta.

Se eles podiam, por que não ela?

Tudo fora negado a Ethel ao longo de sua vida. Ser missionária, ajudar. Dar amor do jeito que ela queria. Quando a garota adoeceu, o momento pelo qual Ethel tanto esperara finalmente tinha chegado. No final das contas, ela não fora à África: a África viera até ela. Ethel foi até lá em cima, como seu pai fizera, para confrontar a estranha que vivia em sua casa como se fosse da família. A garota estava deitada sobre os lençóis, encurvada como um rio primevo. Ela limpou a garota, lavando-a de sua imundície. Beijou a garota na testa e no pescoço em seu sono inquieto, com dois tipos de sentimentos misturados naqueles beijos. Deu-lhe a Palavra Sagrada.

Uma selvagem para chamar de sua, finalmente.

TENNESSEE

RECOMPENSA
25 DÓLARES

Fugiu do subscrevente, no dia 6 de fevereiro último, sua moça negra PEGGY. Ela tem cerca de dezesseis anos, e é uma mulata clara, de altura mediana, com cabelo liso e traços bons e toleráveis. Tem uma cicatriz feia no pescoço, provocada por queimadura. Sem dúvida tentará se passar por uma moça livre, e é provável que tenha obtido um passe livre. Fica acanhada quando falam com ela e não é especialmente inteligente. Fala rápido, com uma voz esganiçada.

JOHN DARK
17 de maio, condado de Chatham

"JESUS, me leve para casa, para a terra..."

Jasper não parava de cantar. Ridgeway gritava lá do início da caravana para ele calar a boca, e às vezes eles faziam uma parada para Boseman subir na carroça e golpear o fugitivo na cabeça. Jasper chupava as cicatrizes em seus dedos por um curto intervalo, então voltava a cantar. De início bem baixinho, para que apenas Cora pudesse ouvir. Mas logo ele estaria cantando alto de novo, para sua família perdida, para seu deus, para qualquer pessoa por quem passasse no caminho. Precisaria ser disciplinado outra vez.

Cora reconhecia alguns dos cânticos. Ela suspeitava que ele tinha inventado muitos deles; as rimas não funcionavam. Ela não se importaria muito se Jasper tivesse uma voz melhor, mas Jesus não o havia abençoado nesse quesito. Nem com a aparência — ele tinha um rosto torto que lembrava um sapo, e braços estranhamente finos para alguém que trabalhava no campo —, nem com a sorte. Menos ainda com a sorte.

Ele e Cora tinham isso em comum.

Eles pegaram Jasper três dias depois de terem saído da Carolina do Norte. Jasper era uma entrega. Ele fugira dos canaviais da Flórida e chegara ao Tennessee, onde um funileiro o encontrou roubando comida de sua despensa. Depois de algumas semanas o delegado localizara seu proprietário, mas o funileiro não tinha nenhum meio de transporte. Ridgeway e Boseman ficaram bebendo na taverna da esquina da cadeia enquanto o pequeno Homer esperava com Cora e a carroça. O escrevente da cidade abordou o célebre caçador de escravos, fez um arranjo, e Ridgeway agora estava com o preto acorrentado à carroça. Não tinha imaginado que o sujeito fosse um canário.

A chuva batia na capota. Cora aproveitava a brisa, e então ficou envergonhada por aproveitar alguma coisa. Pararam para comer quando a chuva permitiu. Boseman deu uma bofetada em Jasper, riu e soltou as correntes dos dois fugitivos do chão da carroça. Ele fez as costumeiras promessas vulgares ao se ajoelhar diante de Cora, farejando. Os pulsos e tornozelos de Jasper e de Cora continuavam algemados. Ela nunca passara tanto tempo acorrentada.

Corvos sobrevoavam. O mundo era árido e desolado até onde conseguiam ver, um mar de cinzas e carvão da planície dos campos até as colinas e as montanhas. Árvores negras se inclinavam como braços negros atrofiados apontando para um lugar distante intocado pelas chamas. Eles passaram por um sem-número de esqueletos de celeiros e de casas carbonizados, chaminés apontando para cima como lápides, as descascadas paredes de pedra de moinhos e silos. Cercas chamuscadas marcavam o local onde o gado havia pastado; não era possível que os animais tivessem sobrevivido.

Depois de dois dias passando por aquilo, ficaram cobertos por fuligem preta. Ridgeway disse que aquilo o fazia se sentir em casa, como filho de ferreiro.

Foi isto o que Cora viu: nenhum lugar para se esconder. Nenhum refúgio entre aquelas hastes escuras, embora ela não estivesse coberta de plumas. Mesmo se tivesse uma oportunidade.

Um homem branco velho vestido com um casaco cinza trotava em um cavalo escuro. Como os outros viajantes por que passaram na estrada negra, ele diminuiu a velocidade, curioso. Dois escravos adultos era algo bastante comum, mas o menino de cor usando terno e dirigindo a carroça com seu sorriso esquisito deixava os estranhos desnorteados. O homem branco mais novo com o chapéu-coco vermelho usava um colar enfeitado com pedaços de couro enrugado. Quando descobriam que se tratava de orelhas humanas, ele exibia uma fileira intermitente de dentes manchados pelo tabaco. Com seu olhar, o homem branco mais velho que estava no comando desencorajava qualquer conversa. O viajante seguia caminho, fazendo a curva no ponto em que a estrada avançava lentamente entre as colinas nuas.

Homer desdobrou uma coberta comida por traças para se sentarem e distribuiu as porções em pratos de lata. O caçador de escravos permitia a seus prisioneiros uma porção igual de comida, um hábito que datava de seus primeiros dias naquele ofício. Reduzia as reclamações e quem pagava era o cliente. Na beira do campo enegrecido eles comeram o porco salgado e os feijões que Boseman havia preparado, com mosquinhas zunindo em ondas.

A chuva agitava o cheiro do fogo, tornando o ar mais amargo. A fumaça temperava cada pedaço da comida, cada gole de água. Jasper cantava: "Salte, disse o redentor! Salte, salte, se quiser ver a Sua face!"

"Aleluia!", gritou Boseman. "Gordo bebezinho Jesus!" Suas palavras ecoaram e ele fez uma dancinha, espirrando água escura.

"Ele não está comendo", disse Cora.

Jasper havia pulado as últimas refeições, cerrando a boca e cruzando os braços.

"Então não come", falou Ridgeway.

Ele esperou que ela dissesse algo, tendo se acostumado às reclamações incisivas diante de suas observações. Estavam irritados um com o outro. Ela ficou quieta, para interromper o padrão.

Homer se apressou e abocanhou a porção de Jasper. Sentiu que Cora olhava para ele e sorriu, sem erguer o olhar.

O condutor da carroça era um molequezinho estranho. Dez anos, a idade de Chester, mas imbuído da graça melancólica de um escravo doméstico velho, a soma de gestos há muito praticados. Ele era exigente quanto a seu terno preto e sua cartola, tirando cuidadosamente fiapos do tecido e examinando-os como se fossem uma aranha venenosa antes de lhes dar um peteleco. Homer raramente falava algo, a não ser para intimidar os cavalos. Não dava indicação de qualquer afinidade ou solidariedade racial. Na maior parte do tempo, era como se Cora e Jasper fossem invisíveis, menores do que fiapos de tecido.

As funções de Homer incluíam conduzir o grupo, pequenos reparos e o que Ridgeway chamava de "contabilidade". Homer mantinha em dia as contas do negócio e registrava as declarações de Ridgeway em um pequeno caderno que mantinha no bolso do casaco. O que tornava esta ou aquela frase do caçador de escravos digna de ser incluída, Cora não sabia discernir. O menino preservava truísmos mundanos e observações práticas sobre o clima com igual zelo.

Questionado por Cora certa noite, Ridgeway insistia que nunca havia sido dono de escravo em toda a sua vida, com a exceção das quatorze horas nas quais Homer fora sua propriedade. "Por que não?", perguntara ela. "Para quê?", respondera ele.

Ridgeway estava cavalgando nos arredores de Atlanta — acabara de devolver um marido e uma mulher ao proprietário, partindo de Nova York — quando deu de cara com um açougueiro tentando acertar contas de jogo. A família de sua mulher tinha dado a mãe do menino como presente de casamento. O açougueiro a vendera na sua última maré de azar. Agora era a vez do garoto. Ele pintou uma placa cruel para ser pendurada no pescoço da criança anunciando a oferta.

A estranha sensibilidade do menino tocou Ridgeway. Os olhos brilhantes de Homer, encrustados em seu rosto redondo e rechonchudo, eram ao mesmo tempo selvagens e serenos. Um espírito-irmão. Ridgeway o comprou por cinco dólares e providenciou os documentos de alforria no dia seguinte. Homer continuou a seu lado apesar das tentativas não muito vigorosas de Ridgeway de fazê-lo se afastar. O açougueiro não tinha opinião formada quanto à questão da educação da gente de cor e permitira que o menino estudasse com os filhos de alguns homens livres. Quando ficava entediado, Ridgeway o ajudava com a caligrafia. Homer fingia ser de origem italiana quando lhe convinha e deixava seus interlocutores pasmos de curiosidade. O traje incomum evoluiu ao longo do tempo; sua atitude permaneceu inalterada.

"Se ele é livre, por que não vai embora?"

"Para onde?", perguntou Ridgeway. "Ele já viu o suficiente para saber que um menino negro não tem futuro, com alforria ou sem. Não neste país. Algum sujeito miserável o sequestraria e o colocaria no pelourinho na mesma hora. Comigo, ele pode aprender sobre o mundo. Encontrar um propósito."

Cada noite, com cuidado meticuloso, Homer abria sua bolsa a tiracolo e tirava um par de algemas. Ele se algemava ao assento do condutor, guardava a chave no bolso e fechava os olhos.

Ridgeway pegou Cora observando.

"Ele diz que é o único jeito que consegue dormir."

Homer roncava como um velho rico todas as noites.

Boseman, por sua vez, acompanhava Ridgeway havia três anos. Era um forasteiro saído da Carolina do Sul e começara a caçar escravos depois de uma sequência difícil: trabalhador nas docas, cobrador de impostos, coveiro. Boseman não era o sujeito mais inteligente, mas tinha o talento de antecipar os desejos de Ridgeway de um jeito igualmente indispensável e misterioso. A gangue de Ridgeway tinha cinco membros quando Boseman se juntou a ela, mas os empregados se dispersaram um a um. A razão não ficou imediatamente clara para Cora.

O antigo proprietário do colar de orelhas havia sido um índio chamado Forte. Forte se promovera a farejador, mas a única coisa que ele conseguia mesmo farejar era uísque. Boseman ganhou o acessório em uma luta, e quando Forte questionou as regras do jogo, Boseman espancou o pele-vermelha com uma pá. Forte perdeu a audição e deixou a gangue para trabalhar em um curtume no Canadá, ou era o que se dizia. Embora as orelhas estivessem ressecadas e retorcidas, atraíam moscas quando estava quente. No entanto, Boseman adorava seu suvenir, e a perturbação no rosto de um novo cliente era boa demais. As moscas não incomodavam o índio quando ele era o proprietário do colar, como Ridgeway o lembrava de tempos em tempos.

Boseman olhava fixamente para as colinas entre uma mordida e outra, e estava com um ar melancólico pouco característico. Ele se afastou para urinar e, ao voltar, disse:

"Meu pai passou por aqui, acho. Ele disse que era uma floresta na época. Quando ele voltou, tudo tinha sido desmatado por pioneiros."

"Agora está duplamente desmatado", respondeu Ridgeway. "É verdade o que você diz. Esta estrada era uma trilha de cavalos. Da próxima vez que precisar fazer uma estrada, Boseman, certifique-se de ter dez mil cherokees famintos para abri-la para você. Poupa tempo."

"Aonde eles foram?", perguntou Cora.

Depois de suas noites com Martin, ela desenvolveu um instinto para saber quando os homens brancos estavam prestes a contar uma história. Isso lhe dava tempo de ponderar sobre suas opções.

Ridgeway era um fervoroso leitor de gazetas. Os boletins sobre fugitivos faziam delas uma leitura obrigatória na sua área de atuação — Homer mantinha uma extensa coleção —, e as atualidades geralmente corroboravam suas teorias sobre a sociedade e sobre o animal humano. O tipo de indivíduo que costumava ter sob seu comando fez com que se habituasse a explicar os fatos e a história mais elementares. Ele não poderia querer que uma moça escrava compreendesse o significado das redondezas onde se encontravam.

Estavam em um local que um dia fora terra cherokee, disse ele, a terra dos pais dos pele-vermelha, até que o presidente decidiu outra coisa e mandou removê-los dali. Os pioneiros precisavam da terra, e se os índios não tinham aprendido que tratados com o homem branco não valiam absolutamente nada, disse Ridgeway, era bem feito para eles. Alguns de seus amigos haviam estado no Exército nessa época. Agrupavam os índios em campos, as mulheres e as crianças e tudo o mais que conseguissem carregar nas costas, e os faziam marchar para o oeste do Mississippi. A Trilha das Lágrimas e da Morte, como um sábio cherokee depois a chamou, não sem fundamento, não sem o instinto indígena pela retórica. Doença e má nutrição, para não mencionar o inverno rigoroso daquele ano, do qual o próprio Ridgeway se lembrava sem sentir qualquer saudade, cobraram a vida de milhares. Quando chegaram a Oklahoma, havia ainda mais gente branca esperando por eles, sentada na terra que fora prometida aos índios no último tratado sem valor. Povo que aprendia devagar. Mas agora eles estavam naquela estrada. A viagem ao Missouri era muito mais confortável do que antes, aplainada por pequenos pés vermelhos.

"Progresso", disse Ridgeway. "Meu primo teve sorte e ganhou um tanto de terra indígena na loteria, na parte norte do Tennessee. Cultiva milho."

Cora deixou pender a cabeça, desolada.

"Sorte", disse ela.

Ao chegarem, Ridgeway lhes disse que um trovão decerto começara o fogo. A fumaça enchia o céu por centenas de quilômetros, tingindo o pôr do sol com maravilhosas contusões de carmesim e púrpura. Era o Tennessee se anunciando: criaturas fantásticas se contorcendo no interior de um vulcão. Pela primeira vez, ela cruzava a fronteira para outro estado sem usar a ferrovia subterrânea. Os túneis a haviam protegido. O mestre de estação Lumbly dissera que cada estado era um estado de possibilidades, com seus próprios costumes. O céu vermelho a fez temer as regras nesse próximo território. À medida que avançavam na direção da fumaça, os pores do sol inspiravam Jasper a partilhar uma série de cânticos cujos temas centrais eram a fúria de Deus e as punições que aguardavam os ímpios. Boseman ia com frequência à carroça.

A cidade à beira da linha de fogo transbordava de pessoas em fuga. "Fugitivos", declarou Cora, e Homer se virou em seu assento para piscar. As famílias brancas enxameavam em um campo saindo da rua principal, inconsoláveis e abjetas, com os poucos pertences que foram capazes de salvar amontoados a seus pés. Sujeitos tropeçavam pela rua com expressões enlouquecidas, olhares insanos, as roupas chamuscadas, trapos amarrados em volta de ferimentos por queimadura. Cora estava muito acostumada aos gritos de bebês de cor atormentados, famintos, com dor, confusos pelas manias daqueles encarregados de protegê-los. Ouvir o choro de tantos bebês brancos era algo novo. Sua solidariedade ficou com os bebês de cor.

Prateleiras vazias saudaram Ridgeway e Boseman no armazém. O dono do lugar disse a Ridgeway que fazendeiros locais haviam começado o fogo ao tentar acabar com alguns arbustos. O fogo saiu de controle e destruiu a terra com uma fome sem fim até que as chuvas finalmente vieram. Três milhões de acres, disse o lojista. O governo prometera alívio, mas ninguém sabia dizer quando chegaria. O pior desastre em muito tempo na memória de todos.

Os moradores originais tinham uma lista de incêndios, enchentes e tornados mais longa, pensou Cora quando Ridgeway contou sobre as palavras do dono do armazém. Mas eles não estavam ali para contribuir com seu conhecimento. Ela não sabia qual tribo chamara aquele território de lar, mas sabia que havia sido terra indígena. Que terra não havia sido deles? Ela nunca aprendera história devidamente, mas às vezes os olhos das pessoas são os melhores professores.

"Eles devem ter feito algo para deixar Deus furioso", falou Boseman.

"Só é preciso que uma faísca escape", respondeu Ridgeway.

Eles ficaram por perto da estrada depois do almoço, os homens brancos fumando cachimbos junto aos cavalos e recordando alguma história de fuga. Apesar de toda a conversa sobre o tempo que a havia procurado, Ridgeway não dava mostras de urgência em entregar Cora a Terrance Randall. Não que ela ansiasse pelo encontro. Cora pisou no campo queimado com hesitação. Aprendera a caminhar com ferros nos tornozelos. Era difícil acreditar que demorara tanto. Cora sempre tivera pena dos abatidos escravos marchando em sua fileira patética pela fazenda Randall. Agora, olhe só para ela. A lição não era clara. Por um lado ela fora poupada de qualquer ferimento por muitos anos. Por outro, a desventura apenas ganhara tempo. Não havia escapatória. Feridas marcavam em sua pele nos pontos sob o ferro. Os homens brancos não lhe davam atenção enquanto ela caminhava na direção das árvores enegrecidas.

A essa altura, ela já tentara fugir algumas vezes. Quando eles pararam para se abastecer de suprimentos, Boseman foi distraído pela procissão de um funeral que passava, e ela conseguiu percorrer alguns metros antes que um menino a derrubasse. Eles acrescentaram um colar de ferro ao seu pescoço, com elos de ferro caindo até seus pulsos como musgo. Aquilo lhe dava a postura de uma mendiga ou de um louva-a-deus. Ela correu quando os homens pararam para se aliviar ao lado da trilha e conseguiu ir um pouco mais além dessa vez. Uma vez ela fugiu ao anoitecer, junto a um córrego, a água fazendo uma promessa de movimento. As pedras escorregadias a fizeram tropeçar na água, e Ridgeway a castigou. Ela parou de tentar fugir.

Eles raramente falaram nos primeiros dias depois de deixar a Carolina do Norte. Ela pensou que o confronto com a multidão os havia exaurido tanto quanto a ela, mas o silêncio era a política deles — até que Jasper surgira. Boseman sussurrava suas rudes investidas, e Homer, em momentos misteriosamente determinados, se virava do assento do condutor para lançar a ela um sorriso perturbador, mas o caçador de escravos mantinha distância encabeçando a caravana. Às vezes ele assobiava.

Cora compreendeu que eles estavam indo para o oeste em vez de para o sul. Antes de Caesar, ela nunca prestara atenção aos movimentos do sol. Ele lhe dissera que isso poderia ajudar na fuga deles. Pararam em uma cidadezinha certa manhã, do lado de fora de uma padaria. Cora criou coragem e perguntou a Ridgeway sobre seus planos.

Os olhos dele se arregalaram, como se ele estivesse esperando que ela o abordasse. Depois dessa primeira conversa, Ridgeway passou a incluí-la em seus planos como se Cora tivesse direito a um voto.

"Você foi uma surpresa", disse ele, "mas não se preocupe, vamos levá-la para casa logo logo".

Ela tinha razão, falou ele. Estavam indo para o oeste. Um fazendeiro da Geórgia chamado Hinton havia contratado Ridgeway para devolver um de seus escravos. O negro em questão era um macho ladino e engenhoso que tinha parentes em um dos assentamentos de cor no Missouri; informação de fonte confiável confirmava que Nelson exercia a profissão de traficante de drogas em plena luz do dia, sem se preocupar com punições. Hinton era um fazendeiro respeitável com uma propriedade invejável, primo do governador. Infelizmente, um de seus feitores havia feito fofoca com uma escrava que se prostituía e, agora, o comportamento de Nelson fazia de seu proprietário objeto de escárnio em sua própria terra. Hinton estivera treinando o rapaz para ser chefe. Ele prometeu a Ridgeway uma recompensa generosa, chegando até a apresentar um contrato numa cerimônia pretensiosa. Um preto velho servira de testemunha, tossindo na mão o tempo todo.

Dada a impaciência de Hinton, o curso mais sensato era seguir para o Missouri.

"Assim que pegarmos nosso homem", disse Ridgeway, "você poderá reencontrar o seu senhor. A julgar pelo que vi, ele vai preparar uma recepção de verdade".

Ridgeway não escondia seu desprezo por Terrance Randall; o homem tinha o que ele chamava de uma imaginação "excêntrica" no que dizia respeito à punição de escravos. Isso pôde ser visto desde o momento que seu bando entrou na estrada que levava à casa-grande e viu os três patíbulos. A jovem estava instalada no dela, cravada pelas costelas por um grande espeto de metal e pendurada. A terra logo abaixo, preta por causa de seu sangue. Os outros dois patíbulos continuavam aguardando.

"Se eu não tivesse sido detido lá no Norte", disse Ridgeway, "tenho certeza de que teria pego vocês três antes que as pegadas esfriassem. Lovey, era esse o nome dela?".

Cora cobriu a boca para deter o grito. Não conseguiu. Ridgeway esperou dez minutos até ela se recompor. As pessoas da cidadezinha olhavam para a garota de cor caída ali no chão e passavam por cima dela para entrar na padaria. O cheiro dos produtos tomava a rua, doce e provocante.

Boseman e Homer esperaram na estrada enquanto ele falava com o dono da casa, disse Ridgeway. O lugar fora vivo e convidativo antes que o pai morresse — sim, ele já estivera lá antes para procurar a mãe de Cora e voltara de mãos abanando. Um minuto com Terrance e a causa do clima terrível ficava evidente. O filho era mau, do tipo de maldade que infectava tudo à sua volta. A luz do dia era cinza e vagarosa por causa das nuvens, os pretos da casa lentos e abatidos.

Os jornais gostavam de passar a fantasia da fazenda feliz e do escravo contente que cantava e dançava e adorava seu senhor. As pessoas gostavam desse tipo de coisa, e era algo politicamente útil dado o combate com os estados nortistas e o movimento antiescravagista. Ridgeway sabia que essa imagem era falsa — ele não precisava dissimular os aspectos do negócio da escravidão —, mas a ameaça da fazenda Randall tampouco era a verdade. O lugar era assombrado. Quem poderia culpar os escravos por seu comportamento triste com aquele corpo pendendo num gancho lá fora?

Terrance recebeu Ridgeway na sala de estar. Ele estava bêbado e não se dera o trabalho de se vestir, deitado no sofá com um robe vermelho. Era trágico, contou Ridgeway, ver a degeneração que pode acontecer em apenas uma geração, mas o dinheiro faz isso com as famílias, às vezes. Traz à tona as impurezas. Terrance se lembrava de Ridgeway da visita anterior, quando Mabel desaparecera no pântano, exatamente como o último trio. Ele disse a Ridgeway que seu pai ficara tocado por ele ter ido em pessoa pedir desculpas pela incompetência.

"Eu poderia ter dado dois tapas na cara do garoto Randall sem perder o contrato", falou Ridgeway. "Mas, nos meus anos de maturidade, decidi esperar até ter você e o outro nas mãos. Algo pelo que ansiar."

Ele julgou, pela ânsia de Terrance e pelo tamanho da recompensa, que Cora era concubina do senhor.

Cora balançou a cabeça. Ela parara de chorar e agora estava em pé, os tremores controlados, as mãos cerradas.

Ridgeway fez uma pausa.

"Outra coisa, então. Seja como for, você exerce uma influência forte."

Ele retomou a história de sua visita à fazenda Randall. Terrance informara o caçador de escravos sobre a situação desde a captura de Lovey. Naquela mesma manhã seu funcionário, Connelly, havia sido informado de que Caesar frequentava o estabelecimento de um lojista local — o homem vendera artefatos de madeira supostamente feitos pelo rapaz preto. Talvez o caçador de escravos pudesse fazer uma visita a este sr. Fletcher e ver no que dava. Terrance queria a moça viva, mas não se importava quanto ao estado em que o outro voltasse. Ridgeway sabia que o rapaz era originário da Virgínia?

Ridgeway não sabia. Tratava-se de uma espécie de provocação sobre seu estado natal. As janelas estavam fechadas, e, no entanto, um cheiro desagradável entrara no cômodo.

"Foi lá que ele aprendeu esses maus hábitos", dissera Terrance. "São molengas por lá. Certifique-se de que ele fique sabendo como fazemos as coisas na Geórgia."

Ele queria que a lei ficasse fora daquilo. O casal era procurado pelo assassinato de um menino branco, e assim que o povo tivesse notícia dos dois, não conseguiriam voltar. A recompensa pagava a discrição dele.

O caçador de escravos se despediu. O eixo de sua diligência vazia reclamou, como fazia quando não havia um peso para acalmá-lo. Ridgeway prometeu a si mesmo que não estaria vazia quando voltasse. Ele não ia pedir desculpas a mais um Randall, certamente não para aquele fedelho que mandava no lugar agora. Ele ouviu alguma coisa e se virou para olhar para a casa. Era a garota, Lovey. O braço dela se erguera. Não estava morta, afinal das contas.

"Durou mais meio dia, pelo que ouvi."

As mentiras de Fletcher ruíram imediatamente — um desses sujeitos religiosos fracos —, e ele entregou o nome de seu parceiro na ferrovia, um cara chamado Lumbly. De Lumbly não havia sinal. Ele nunca voltou depois de levar Cora e Caesar para fora do estado.

"Para a Carolina do Sul, foi?", perguntou Ridgeway. "Também foi ele que levou sua mãe para o Norte?"

Cora ficou quieta. Não era difícil imaginar o destino de Fletcher, e talvez também o de sua mulher. Pelo menos Lumbly conseguira fugir. E não tinham descoberto o túnel sob o celeiro. Um dia outra alma desesperada poderia usar aquela rota. Com um melhor resultado, se a sorte assim quisesse.

Ridgeway assentiu. "Não importa. Temos bastante tempo para colocar a conversa em dia. É um caminho longo até o Missouri." A lei encontrara um agente de estação no sul da Virgínia, disse ele, que entregara o nome do pai de Martin. Donald estava morto, mas Ridgeway queria entender um pouco a operação do sujeito, se possível, para compreender as engrenagens maiores da conspiração. Não esperara encontrar Cora, mas ficara profundamente maravilhoso. Boseman a acorrentou à carroça. Ela já conhecia o som do cadeado, que falseava por um instante até trancar. Jasper juntou-se a eles no dia seguinte. Seu corpo tremia como o de um cachorro espancado. Cora tentou animá-lo, perguntando sobre o lugar de onde fugira, o cultivo da cana, como ele escapara. Jasper respondia com cânticos e orações.

Isso fora há quatro dias. Agora ela estava em pé em um pasto escuro no malogrado Tennessee, quebrando madeira queimada sob os pés.

O vento estava começando, e a chuva. A parada deles terminara. Homer limpou os restos da refeição. Ridgeway e Boseman esvaziaram seus cachimbos, e o homem mais novo assoviou para ela voltar. As colinas e montanhas do Tennessee se erguiam ao redor de Cora como as laterais de uma tigela preta. Como não devem ter sido terríveis as chamas, quão ferozes, para provocar tal devastação. Estamos nos arrastando por uma tigela de cinzas. O que resta quando tudo o que vale a pena foi consumido, pó escuro para o vento levar.

Boseman passou as correntes dela pelo anel no piso e as prendeu. Havia dez anéis presos ao chão da carroça, duas fileiras de cinco, o suficiente para uma eventual caçada generosa. O suficiente para esses dois. Jasper tomou seu lugar preferido no banco, cantando com vigor, como se tivesse acabado de devorar um banquete de Natal.

"Quando o Salvador chamar, você vai depor o fardo, depor o fardo."

"Boseman", disse Ridgeway, baixinho.

"Ele vai olhar na sua alma e ver o que você fez, pecador, Ele vai olhar na sua alma e ver o que você fez."

Boseman disse: "Ah."

O caçador de escravo entrou na diligência pela primeira vez desde que apanhara Cora. Segurava a pistola de Boseman na mão e deu um tiro no rosto de Jasper. Sangue e ossos cobriram a parte interna da capota, respingando na roupa imunda de Cora.

Ridgeway limpou o próprio rosto e explicou seu raciocínio. A recompensa por Jasper era cinquenta dólares, quinze dos quais para o funileiro que levara o fugitivo à prisão. Missouri, de volta ao leste, Geórgia — demoraria semanas até devolverem o homem para seu proprietário. Divida trinta e cinco dólares por, digamos, três semanas, menos a parte de Boseman, e a recompensa que sobrava era um valor muito pequeno para se pagar por silêncio e tranquilidade.

Homer abriu sua caderneta e conferiu os números do chefe.

"Ele tem razão", disse.

O Tennessee sofria de uma série de estiagens. As chamas haviam devorado as duas cidades seguintes na estrada cinza. De manhã, os restos de um pequeno povoado emergiram além de uma colina, um conjunto de madeira queimada e cantaria escura. Primeiro apareceram os tocos das casas que outrora abrigaram os sonhos dos pioneiros, e então a cidade propriamente dita, em uma linha de estruturas em ruínas. A cidadezinha mais adiante era maior, mas rivalizava em destruição. O centro era um amplo cruzamento no qual avenidas devastadas haviam convergido em empreendimentos, agora não mais existentes. O forno de um padeiro nas ruínas da loja como um totem sombrio, restos humanos dobrados atrás das grades de uma cela de cadeia.

Cora não sabia dizer que característica do local teria convencido os moradores de semear seu futuro ali: terra fértil, água ou a paisagem. Tudo havia sido apagado. Se os sobreviventes voltassem, seria para confirmar a decisão de tentar a vida novamente em outro lugar, apressando-se para o leste ou para o oeste. Seria impossível qualquer ressurreição ali.

Então eles saíram do alcance do fogo selvagem. As bétulas e as gramíneas do campo vibravam com uma cor impossível depois do tempo passado na terra queimada, edênicas e fortificantes. De galhofa, Boseman imitava a cantoria de Jasper, para realçar a mudança no clima; o cenário negro os havia atingido mais do que se davam conta. O milho robusto nos campos, já com mais de meio metro de altura, prometia uma colheita exuberante; com igual força, o território arruinado anunciara estimativas vindouras.

Ridgeway ordenou uma parada logo após o meio-dia. O caçador de escravos se empertigou enquanto lia em voz alta a placa nos cruzamentos. A cidade mais além na estrada fora tomada por febre amarela, disse ele. Todos os viajantes eram aconselhados a não se aproximar. Uma trilha alternativa, menor e menos regular, levava ao sudoeste.

A placa era nova, observou Ridgeway. Muito provavelmente a doença não havia seguido seu curso.

"Meus dois irmãos morreram de febre amarela", disse Boseman.

Ele crescera no Mississippi, local que a febre gostava de visitar quando o clima esquentava. A pele de seus irmãos mais novos ficou amarelada e opaca, eles sangraram pelos olhos e pelo ânus, e ataques destruíram seus pequeninos corpos. Uns homens levaram embora os mortos em um carrinho de mão rangente.

"É uma morte miserável", continuou ele, as piadas se esvaindo dele mais uma vez.

Ridgeway conhecia a cidade. O prefeito era um interiorano corrupto, a comida fazia mal para as entranhas, mas ele tinha uma boa lembrança. Contornar a cidade acrescentaria um tempo considerável à viagem.

"A febre vem em navios", disse Ridgeway. Das Índias Ocidentais, todo o caminho desde o continente negro, seguindo a rota do comércio. "É um imposto humano sobre o progresso."

"Quem é o coletor que veio cobrar o imposto?", perguntou Boseman. "Nunca o vi."

O medo o deixava nervoso e petulante. Ele não queria ficar ali, até mesmo aquele cruzamento era próximo demais de ser abraçado pela febre. Sem esperar pela ordem de Ridgeway — ou obedecendo a um sinal partilhado apenas entre o caçador de escravos e o menino secretário —, Homer fez a carroça se afastar da cidadezinha maldita.

Mais duas placas na trilha que seguia para o sudoeste reforçavam o aviso. As trilhas que levavam até cidades em quarentena não anunciavam qualquer sinal de perigo à frente. Viajar por tanto tempo atravessando a obra do fogo tornava uma ameaça invisível ainda mais aterrorizante. Demorou muito, depois do anoitecer, até que parassem de novo. Tempo suficiente para Cora realizar um balanço de sua jornada desde a fazenda Randall e fazer uma grossa trança com suas desventuras.

Lista após lista repleta com a contabilidade da escravidão. Os nomes se reuniam primeiro na costa africana em dezenas de milhares de manifestos. Carga humana. Os nomes dos mortos eram tão importantes quanto os nomes dos vivos, assim como toda morte por doença ou suicídio — e os outros incidentes assim rotulados para fins de contabilidade —, e precisavam ser justificados aos empregadores. No pelourinho eles contavam as almas compradas a cada leilão, e nas fazendas o feitores preservavam os nomes de trabalhadores em linhas de letra cursiva e miúda. Cada nome um ativo, capital vivo, lucro na forma de carne.

Aquela instituição peculiar transformou Cora numa fazedora de listas, também. No seu inventário de perdas as pessoas não eram apenas reduzidas a somas, mas multiplicadas de acordo com sua bondade. Pessoas que ela amara, pessoas que a ajudaram. As mulheres da Hob, Lovey, Martin e Ethel, Fletcher. Os que desapareceram: Caesar, Sam e Lumbly. Jasper não era responsabilidade dela, mas as manchas do sangue dele na carroça e em suas roupas podiam muito bem representar seus próprios mortos.

O Tennessee era amaldiçoado. Inicialmente ela atribuíra a devastação do Tennessee — o fogo e a doença — à justiça. Era bem-feito para os brancos. Por escravizar seu povo, por massacrar outra raça, por roubar a própria terra. Que queimem em chamas ou de febre, que a destruição aqui começada tome cada acre até que os mortos sejam vingados. Mas se as pessoas recebiam seu quinhão de infelicidade, o que ela havia feito para trazer esses problemas para si mesma? Em outra lista, Cora anotava as decisões que a haviam levado àquela carroça e seus anéis de ferro. Tinha o menino Chester, e a vez em que ela o protegera como se fosse um escudo. Açoitamento era a punição padrão para a desobediência. Fugir era uma transgressão tão grande que a punição abarcava toda e qualquer alma generosa envolvida na breve experiência de liberdade.

Balançando sobre as molas da carroça, ela sentiu o cheiro da terra úmida e das altas árvores. Por que aquele campo escapara, enquanto outro, a oito quilômetros, ardera em chamas? A justiça da fazenda era má e constante, mas o mundo era injusto. Lá no mundo, os maus escapavam dos castigos merecidos, e os decentes tomavam o lugar deles na árvore dos açoitamentos. Os desastres do Tennessee eram fruto de uma natureza indiferente, sem conexão com os crimes dos moradores. Com a maneira como os cherokees haviam vivido.

Apenas uma centelha desgovernada.

Nenhuma corrente prendia as desventuras de Cora a seu caráter ou a suas ações. Sua pele era preta, e era assim que o mundo tratava os pretos.

Nem mais nem menos. Cada estado é diferente, dissera Lumbly. Se o Tennessee tinha um temperamento, era parecido com a personalidade negra do mundo, com um gosto por punições arbitrárias. Ninguém era poupado, independentemente do formato de seus sonhos ou da cor de sua pele.

Um rapaz com cabelos castanhos cacheados, com olhos negros como pedra sob o chapéu de palha, conduzia um grupo de trabalhadores vindo do oeste. As bochechas dele estavam queimadas pelo sol, num vermelho doloroso. Ele interceptou o grupo de Ridgeway. Logo em frente, disse o homem, havia um grande povoado com a reputação de ser agitado. Livre da febre amarela, pelo menos até aquela manhã. Ridgeway contou ao homem o que havia à sua frente e agradeceu.

Imediatamente o tráfego na estrada recomeçou, até mesmo os animais e os insetos contribuíam com atividade. Os quatro viajantes foram devolvidos à visão, ao som e ao cheiro da civilização. Nos arredores da cidade, lamparinas luziam nas casas das fazendas e em choupanas, as famílias se acomodando para a noite. A cidade surgiu na vista, a maior que Cora via desde a Carolina do Norte, se é que também não era tão antiga. A longa rua principal, com seus dois bancos e a barulhenta fileira de tavernas, era o que bastava para levá-la de volta aos dias no alojamento. A cidade não dava indicação de se aquietar para a noite, as lojas abertas, cidadãos passeando pelas calçadas de madeira.

Boseman estava irredutível quanto a não passar a noite ali. Se a febre estava tão perto, podia atacar logo logo, talvez já se agitasse no corpo dos moradores. Ridgeway estava irritado, mas cedeu, embora sentisse falta de uma cama de verdade. Iriam acampar mais adiante na estrada depois de se reabastecerem.

Cora continuou acorrentada à carroça enquanto os homens iam atrás dos suprimentos. Passantes viam seu rosto pelas aberturas na lona e desviavam o olhar. Eram expressões duras. As roupas dela eram rústicas e caseiras, piores que as roupas dos brancos nas cidades do leste. Roupas de desbravadores, não de citadinos já instalados.

Homer subiu na carroça assoviando um dos cantos mais monótonos de Jasper. O escravo morto ainda entre eles. O menino trazia um pacote de papel pardo.

"Isto é para você", disse ele.

O vestido era azul escuro com botões brancos, algodão macio que exalava um cheiro medicinal. Ela ergueu o vestido de forma a tapar as manchas de sangue na lona, que apareciam fortes no tecido à luz dos postes lá fora.

"Vista, Cora", disse Homer.

Ela ergueu as mãos, as correntes fizeram barulho.

O homem destrancou seus tornozelos e pulsos. Como fazia todas as vezes, Cora ponderou as chances de fuga e deu de cara com o resultado evidente. Uma cidade como aquela, rústica e selvagem, produzia boas turbas, imaginou. Será que as notícias do menino da Geórgia haviam chegado até ali? O acidente no qual ela nunca pensava e que ela não incluía em suas listas de transgressões. O menino fazia parte da lista dele próprio — mas quais eram os termos dessa lista?

Homer observou enquanto ela se vestia, como um valete que a servisse desde o berço.

"Eu estou presa", disse Cora. "Você escolheu ficar com ele."

Homer pareceu confuso. Pegou sua caderneta, avançou até a última página e escrevinhou algo. Quando terminou, o menino olhou novamente para as algemas de Cora. Deu a ela sapatos de madeira que não serviam direito. Estava prestes a acorrentar Cora à carroça quando Ridgeway lhe disse para trazê-la para fora.

Boseman ainda estava procurando por um barbeiro e um lugar para tomar banho. O caçador de escravos entregou a Homer as gazetas e os boletins de fugitivos que pegara com o delegado na cadeia.

"Vou levar Cora para comer alguma coisa", informou Ridgeway, e a levou para a movimentação da rua.

Homer jogou as roupas imundas dela na sarjeta, o marrom do sangue seco se misturando com a lama.

Os sapatos de madeira faziam os pés dela doerem. Ridgeway não alterou o ritmo de seu caminhar para acompanhar o passo mais lento de Cora, andando à frente dela sem se preocupar com a possibilidade de fuga. As correntes eram como uma sineta de gado. Os brancos do Tennessee não prestavam atenção nela. Um rapaz negro, recostado na parede de um estábulo, foi a única pessoa a registrar sua presença. Um homem livre a julgar pela aparência, usando calças cinza listradas e um colete de couro. Ele a observava caminhar como ela observara os escravos acorrentados passar marchando pela fazenda Randall. Ver correntes em outra pessoa e ficar feliz de que não fossem suas — essa era a boa fortuna permitida às pessoas de cor, definida por quão pior as coisas poderiam ser a qualquer momento. Se os olhos se encontrassem, ambas as partes desviavam o olhar. Mas aquele homem, não. Ele fez um aceno de cabeça, antes de os passantes o encobrirem e ele sair de vista.

Cora dera uma olhada dentro do bar de Sam na Carolina do Sul, mas nunca passara da porta. Se ela era uma visão estranha em meio a eles, um olhar de Ridgeway fez os clientes voltarem às suas próprias preocupações. O homem gordo que cuidava do bar enrolava cigarros e ficou olhando para a nuca de Ridgeway.

Ridgeway levou Cora até uma mesa bamba apoiada na parede dos fundos. O cheiro de carne cozida se sobrepôs ao da cerveja velha entranhada nas tábuas do assoalho, nas paredes e no teto. A garçonete de maria-chiquinha era uma moça de ombros largos com os braços fortes de um carregador de algodão. Ridgeway fez o pedido.

"Os sapatos não eram a minha primeira opção", ele contou a Cora, "mas o vestido caiu bem".

"Está limpo", disse Cora.

"Ora, ora. Nossa Cora não pode ficar parecendo o chão de um açougue."

Ele queria provocar alguma reação. Cora declinou. No bar ao lado, um piano começou a tocar. O som era como se um guaxinim corresse de um lado para o outro, pressionando as teclas.

"Todo esse tempo você não perguntou sobre o seu parceiro", disse Ridgeway. "Caesar. Apareceu nos jornais na Carolina do Norte?"

Então iria ser uma performance, como o espetáculo de sexta à noite no parque. Ele a fez se vestir para uma noite no teatro. Ela esperou.

"É tão estranho ir para a Carolina do Sul", continuou Ridgeway, "agora que eles têm um sistema novo. Eu me diverti muito por lá, nos velhos tempos. Mas os velhos tempos não estão tão longe assim.

Apesar de toda aquela conversa de progresso negro e civilizar os selvagens, é o mesmo lugar esfomeado que sempre foi."

A garçonete trouxe fatias da ponta do pão e tigelas cheias de cozido de carne e batata. Ridgeway sussurrou para ela enquanto olhava para Cora algo que não foi possível ouvir. A moça riu. Cora se deu conta de que ele estava bêbado.

Ridgeway mastigou ruidosamente.

"Nós o pegamos na fábrica no final do seu expediente", contou disse. "Aqueles grandes machos negros em volta, reencontrando o velho medo depois de pensar que o tinham superado. De início não foi nada de mais. Mais um fugitivo preso. Então se espalhou a notícia de que ele era procurado pelo assassinato de um menininho..."

"Menininho, não", rebateu Cora.

Ridgeway deu de ombros.

"Invadiram a cadeia. O xerife abriu a porta, para ser sincero, mas isso não soa tão dramático. Invadiram a cadeia e fizeram picadinho do corpo dele. As pessoas decentes da Carolina do Sul com suas escolas e crédito para sexta-feira à noite."

As notícias de Lovey a haviam feito desabar diante dele. Não dessa vez. Ela estava preparada — os olhos dele se iluminavam quando ele estava à beira de uma crueldade. Como ela imaginara, Caesar estava morto havia muito tempo. Não precisava perguntar sobre o destino dele. Esse destino surgira diante dela uma noite no sótão, como uma faísca, uma verdade pequena e simples: Caesar não conseguira fugir. Ele não estava lá no Norte usando um terno novo, sapatos novos, sorriso novo. Sentada no escuro, aninhada entre as vigas, Cora entendeu que estava sozinha novamente. Tinham pegado ele. Cora já havia encerrado seu luto por Caesar quando Ridgeway bateu na porta de Martin.

Ridgeway tirou uma cartilagem da boca.

"Seja como for, consegui umas pratas pela captura e devolvi o outro garoto para o proprietário, no caminho. Lucro, no final das contas."

"Você se esforça como um negro velho pelo dinheiro de Randall", disse Cora.

Ridgeway colocou suas grandes mãos sobre a mesa bamba, fazendo-a se inclinar para o seu lado. O cozido transbordou pela borda das tigelas.

"Eles deveriam arrumar isso", disse ele.

O cozido estava cheio de caroços de farinha. Cora esmagou os caroços com a língua, do jeito como fazia quando era uma das ajudantes de Alice que havia preparado a comida, e não a própria cozinheira. Do outro lado da parede, o pianista começava uma canção animada. Um casal bêbado correu para o salão ao lado para dançar.

"Jasper não foi morto por nenhuma turba", disse Cora.

"Sempre há despesas imprevistas", respondeu Ridgeway. "Não vou ser reembolsado por toda a comida que dei para ele."

"Você fica falando de razões", disse Cora. "Chama as coisas por outros nomes, como se isso mudasse o que elas são. Mas isso não as torna verdadeiras. Você matou Jasper a sangue-frio."

"Aquilo foi mais uma questão pessoal", admitiu Ridgeway, "e não é esse o assunto agora. Você e seu amigo mataram um garoto. Você tem suas razões".

"Eu estava fugindo."

"É disso que estou falando, sobrevivência. Você se sente mal por isso?"

A morte do garoto foi uma complicação da fuga, como a falta de lua cheia ou perder a vantagem inicial porque haviam descoberto que Lovey não estava na cabana. Mas cortinas se abriram dentro dela e ela viu o menino tremendo no seu leito de enfermo, sua mãe chorando sobre o túmulo. Cora fizera luto por ele, também, sem saber. Mais uma pessoa pega por essa instituição que subjugava tanto escravo quanto senhor. Ela tirou o garoto da lista solitária da sua cabeça e o colocou abaixo de Martin e Ethel, embora não soubesse o nome dele. X, como ela assinava antes de aprender a escrever.

Ainda assim. Ela respondeu a Ridgeway com um "não".

"Claro que não — não é nada. Melhor chorar por um daqueles campos de milho, ou este novilho boiando na nossa sopa. A gente faz o que precisa para sobreviver." Ele limpou a boca. "Mas sua reclamação procede. Nós inventamos todo tipo de falatório bonito para esconder as coisas. Como os jornais hoje em dia, aqueles caras espertos falando sobre Destino Manifesto. Como se fosse uma ideia nova. Você não sabe do que estou falando, sabe?", perguntou Ridgeway.

Cora se ajeitou na cadeira.

"Mais palavras para embelezar as coisas."

"Significa tomar o que é seu, o que é propriedade sua, seja lá o que você considere que seja. E todo o resto do mundo tomando seus devidos lugares de forma a permitir que você o faça. Sejam peles-vermelhas ou africanos, desistir deles mesmos, abrir mão de si, para que possamos ter o que é nosso por direito. Os franceses colocando de lado suas reivindicações territoriais. Os britânicos e espanhóis se retirando.

"Meu pai gostava do papo índio sobre o Grande Espírito", continuou Ridgeway. "Tantos anos depois, prefiro o espírito americano, o que nos chamou do Velho Mundo para o Novo Mundo, para conquistar, construir e civilizar. E destruir o que precisa ser destruído. Fazer avançar as raças inferiores. Se não avançarem, subjugar. Se não subjugar, exterminá-las. Nosso destino por prescrição divina — o imperativo americano."

"Preciso ir à latrina", disse Cora.

Os cantos da boca dele caíram. Ele fez um gesto para ela ir na frente. Os passos até o beco nos fundos estavam escorregadios de vômito, e ele segurou o cotovelo dela para lhe dar estabilidade. Fechar a porta da casinha da latrina, deixá-lo do lado de fora, foi o melhor prazer que ela sentia em muito tempo.

Ridgeway não deixou de continuar seu discurso.

"Sua mãe, por exemplo", disse o caçador de escravo. "Mabel. Roubada de seu proprietário por brancos marginais e indivíduos de cor numa conspiração criminosa. Fiquei de olho todo esse tempo, revirei Boston e Nova York, todos os povoados de cor. Syracuse. Northampton. Ela está no Canadá, rindo dos Randall e de mim. Considero uma ofensa pessoal. É por isso que comprei esse vestido para você. Para me ajudar a imaginar sua mãe empacotada como um presente para o seu proprietário."

Ele odiava a mãe de Cora tanto quanto ela. Isso, e o fato de que ambos tinham olhos os espreitando, significava que tinham duas coisas em comum.

Ridgeway fez uma pausa — um bêbado queria usar a latrina. Ele o mandou embora.

"Você fugida por dez meses", disse ele. "Chega de insultos. Você e sua mãe são uma linhagem que precisa ser extinta. Uma semana juntos, acorrentada, e você continua insolente, a caminho de uma recepção sanguinolenta. O lobby abolicionista adora usar gente como você de exemplo, discursar para gente branca que não tem ideia de como o mundo funciona."

O caçador de escravos estava errado. Se tivesse conseguido chegar até o Norte, Cora teria desaparecido em uma vida longe dos termos deles. Como sua mãe. Uma coisa que a mulher lhe ensinara.

"Fazemos nossa parte", disse Ridgeway, "escravo e caçador de escravos. Proprietário e feitores. As novas mercadorias afluindo nos portos, e os políticos, os xerifes, os jornalistas e as mães criando filhos fortes. Pessoas como você e sua mãe são o melhor da sua raça. Os fracos da tribo de vocês foram arrancados como erva daninha, morreram nos navios negreiros, morreram da nossa varíola europeia* nos campos, cultivando algodão e anil. É preciso ser forte para sobreviver ao trabalho pesado e nos tornar mais grandiosos. Nós engordamos porcos não porque nos agrade, mas porque precisamos de porcos para sobreviver. Mas não podemos deixar que vocês fiquem espertas demais. Não podemos deixar que fiquem tão espertas a ponto de nos passarem para trás".

Ela terminou e pegou um boletim de fugitivos da pilha de papel para se limpar. Então esperou. Uma pausa risível, mas era dela.

"Você ouviu meu nome quando era criança", disse ele. "O nome da punição, farejando qualquer passo de qualquer fugitivo e qualquer ideia de fuga. Para cada escravo que levo para casa, outros vinte abandonam seus planos de lua cheia. Sou uma ideia de ordem. O escravo que desaparece — é uma ideia, também. De esperança. Desfazendo o que eu faço para que um escravo na próxima fazenda também tenha uma ideia de

---

*　Sífilis. (N.E.)

que pode fugir. Se permitirmos isso, aceitamos uma falha no imperativo. E eu me recuso."

A música da porta ao lado estava baixa agora. Casais se aproximando para abraçar um ao outro, para se balançar no ritmo e girar. Aquilo era conversa de verdade, dançar devagarinho com outra pessoa, não todas aquelas palavras. Ela sabia disso, embora nunca tivesse dançado daquele jeito com ninguém e tivesse se recusado a dançar com Caesar quando ele a convidou. A única pessoa que já estendera a mão para ela, dizendo "Chegue mais perto". Talvez tudo o que o caçador de escravos dizia fosse verdade, pensou Cora, todas as justificativas, e talvez os filhos de Cam fossem amaldiçoados e os proprietários de escravos cumprissem com o desejo do Senhor. E talvez ele fosse apenas um homem falando com a porta de uma latrina, esperando alguém limpar a bunda.

Cora e Ridgeway voltaram à carroça para encontrar Homer esfregando seus pequenos polegares na base das costas e Boseman bebericando uísque de uma garrafa.

"Essa cidade está doente", disse Boseman, com desdém. "Eu sinto o cheiro."

O homem mais novo apontou o caminho para fora da cidade. Ele partilhou suas decepções. A barba e o banho tinham ido bem; com um rosto renovado, o homem parecia quase inocente. Mas ele não conseguira ter uma performance viril no bordel.

"A madame estava suando como um porco, e eu sabia que elas estavam com a febre, ela e suas putas."

Ridgeway deixou que ele decidisse quão longe era o suficiente para montar um acampamento.

Ela estava adormecida já fazia algum tempo quando Boseman entrou sorrateiramente e colocou a mão sobre a boca dela. Ela estava pronta.

Boseman levou um dedo aos lábios. Cora aquiesceu, tanto quanto o punho dele permitia: ela não iria gritar. Poderia fazer um escândalo e acordar Ridgeway; Boseman daria a ele alguma desculpa e isso poria um fim em tudo. Mas ela pensara nesse momento por dias a fio, quando Boseman fosse finalmente deixar seus desejos carnais levarem a melhor. Era o mais bêbado que estivera desde a Carolina do Norte. Ele elogiara o vestido de Cora quando pararam para dormir. Ela tomou coragem. Se conseguisse convencê-lo a tirar suas correntes, uma noite escura como aquela era feita para fugir.

Homer roncava sonoramente. Boseman deslizou as correntes dela pelo anel da carroça, com cuidado para não deixar os elos se chocarem uns contra os outros. Ele tirou as algemas dos tornozelos dela e amarrou com uma tira de couro as correntes dos pulsos para silenciá-las. Ele desceu primeiro e ajudou Cora a sair. Ela só enxergava alguns metros à frente na estrada. Escuro o suficiente.

Ridgeway o derrubou no chão com um urro e começou a chutá-lo. Boseman começou a se justificar e Ridgeway o chutou na boca. Ela quase fugiu. Quase. Mas a rapidez da violência, sua lâmina afiada, a fizera presa. Ridgeway lhe dava medo. Quando Homer foi até a parte de trás da carroça com uma lamparina e revelou o rosto de Ridgeway, o caçador de escravos encarava Cora com uma fúria descontrolada. Ela tivera sua chance e a deixara passar, e o olhar no rosto dele era de alívio.

"O que você vai fazer agora, Ridgeway?" Boseman choramingava. Ele estava apoiado na roda da carroça. Olhava para o sangue em suas mãos. O colar dele se rompera, e as orelhas faziam parecer que a lama tinha ouvidos e os escutava. "Ridgeway louco, faça como quiser. Eu sou o único que sobrou. Só resta o Homer para apanhar quando eu for embora", disse ele. "Acho que ele vai gostar."

Homer deu uma risadinha. Ele pegou as correntes do tornozelo de Cora de dentro da carroça. Ridgeway massageou os nós dos dedos, respirando pesadamente.

"É um vestido bonito", comentou Boseman. Tirou um dente da boca.

"Vão cair mais dentes se qualquer um de vocês se mexer de novo", disse o homem. Os três pisaram na área iluminada.

Quem falava era o jovem negro da cidade, aquele que fizera um aceno para ela. Ele não olhava para Cora agora, monitorando Ridgeway.

Seus óculos de metal refletiam o brilho da lamparina, como se a chama ardesse dentro dele. A pistola que segurava se alternava entre os dois homens brancos como a forquilha de um vidente procurando água.

Um segundo homem segurava um rifle. Ele era alto e forte, usando roupas rústicas de trabalho que para Cora pareceram mais uma fantasia. Tinha um rosto largo, e seu cabelo longo castanho-avermelhado estava penteado para cima, como a juba de um leão. A postura do homem dizia que ele não gostava de receber ordens, e a insolência de seus olhos não era a insolência de um escravo, uma postura impotente, mas um fato concreto. O terceiro homem empunhava um facão. Seu corpo tremia de nervoso, sua respiração rápida era o som da noite entre as falas dos companheiros. Cora reconheceu seu comportamento. Era o de um fugitivo, um fugitivo inseguro quanto à última reviravolta da fuga. Ela vira aquele comportamento em Caesar, nos corpos dos recém-chegados aos dormitórios, e sabia que ela própria o exibira muitas vezes. Ele estendeu a faca trêmula na direção de Homer.

Ela nunca vira homens de cor empunhando armas. A imagem a chocava, uma ideia grande demais para caber em sua mente.

"Rapazes, vocês estão perdidos", disse Ridgeway.

Ele não tinha nenhuma arma.

"Perdidos porque não gostamos muito do Tennessee e preferiríamos estar em casa, sim", disse o líder. "Você que parece perdido."

Boseman tossiu e trocou um olhar com Ridgeway. Sentado, ele se empertigou, tenso. Os dois rifles apontaram para ele.

O líder deles disse: "Nós vamos seguir nosso caminho, mas pensamos em perguntar à senhorita se ela deseja vir conosco. Somos melhores companheiros de viagem."

"De onde são, rapazes?", perguntou Ridgeway. Ele falava de um jeito que era claro para Cora que ele estava tramando algo.

"De toda parte", respondeu o homem. O Norte vivia na sua voz, seu sotaque era de lá, como o de Caesar. "Mas nos encontramos e agora trabalhamos juntos. Acalme-se, sr. Ridgeway." Ele moveu a cabeça levemente. "Ouvi ele chamando você de Cora. É esse o seu nome?"

Ela assentiu.

"Esta é a Cora", disse Ridgeway. "Sabem quem eu sou. Esse é o Boseman, e aquele, Homer."

Ao seu nome, Homer jogou sua lamparina no homem que segurava a faca. O vidro só se quebrou ao atingir o chão, depois de repicar no peito do homem. O fogo se espalhou. O líder atirou em Ridgeway e errou. O caçador de escravos partiu para cima dele, e ambos caíram no chão. O homem de cabelos ruivos era um atirador melhor. Boseman voou para trás, uma flor negra brotando de repente em sua barriga.

Homer correu para pegar uma arma, seguido pelo homem que empunhava o rifle. O chapéu do menino rolou até o fogo. Ridgeway e seu oponente rolavam no chão, grunhindo e resfolegando. Rolaram até quase encostar no óleo em chamas. O medo de Cora de alguns momentos atrás voltou — Ridgeway a treinara bem. O caçador de escravos levava a melhor, imobilizando o homem no chão.

Ela podia correr. Só tinha algemas nos punhos, agora.

Cora pulou nas costas de Ridgeway e o estrangulou com suas correntes, torcendo-as e apertando-as contra a carne dele. Um grito profundo saiu de dentro dela, o assovio de um trem ecoando em um túnel. Ela puxava com força e apertava. O caçador de escravos jogou o corpo para lançá-la no chão. Quando conseguiu lançá-la longe, o sujeito da cidadezinha estava com sua pistola na mão novamente.

O fugitivo ajudou Cora a se levantar.

"Quem é aquele menino?", perguntou ele.

Homer e o cara do rifle não tinham voltado. O líder pediu que o sujeito com a faca desse uma olhada, mantendo a arma apontada para Ridgeway.

O caçador de escravos esfregou os dedos grossos em seu pescoço machucado. Ele não olhou para Cora, o que a deixou com medo outra vez.

Boseman choramingava. Gaguejou: "Ele vai olhar na sua alma e ver o que você fez, pecador..."

A luz da lamparina a óleo oscilava, mas não tiveram dificuldade para encontrar a crescente poça de sangue.

"Ele vai sangrar até a morrer", disse Ridgeway.

"É um país livre", respondeu o sujeito da cidade.

"Esta propriedade não é sua", afirmou Ridgeway.

"É o que diz a lei. A lei branca. Há outras." Ele se dirigiu a Cora em um tom mais gentil. "Se quiser, senhorita, posso atirar nele por você." O rosto do homem estava calmo.

Ela queria todas as piores coisas para Ridgeway e Boseman. E Homer? Cora não sabia o que seu coração queria para o estranho menino, que parecia um missionário de outro país.

Antes que ela pudesse falar, o homem disse: "Embora a gente preferisse prendê-los com ferros."

Cora encontrou os óculos dele no chão e os limpou com sua manga, e os três esperaram. Seus companheiros voltaram de mãos vazias.

Ridgeway sorriu enquanto os homens algemavam seus punhos na roda da carroça.

"O menino é um malandro", disse o líder. "Deu para ver. Temos que ir." Ele olhou para Cora. "Você vem com a gente?"

Cora chutou Ridgeway no rosto três vezes com seus novos sapatos de madeira já que o mundo não se mexe para punir os maus, pensou ela. Ninguém a segurou. Depois, ela disse que foram três chutes para três assassinatos, e contou sobre Lovey, Caesar e Jasper, para deixá-los reviver brevemente em suas palavras. Mas não era essa a verdade. Foram todos por ela.

CAESAR

A animação pelo aniversário de Jockey permitia que Caesar visitasse seu único refúgio na fazenda Randall. A dilapidada escola junto ao estábulo geralmente ficava vazia. À noite, amantes entravam sorrateiramente, mas ele nunca fora lá à noite — Caesar precisava de luz, e não se arriscaria a acender uma vela. Ele ia à escola para ler o livro que Fletcher lhe dera depois de muito protesto; ia lá quando se sentia triste, para chorar seus fardos; ia para observar os outros escravos se movimentando pela fazenda. Da janela era como se ele não fosse mais um da desventurada tribo, mas estivesse apenas observando as relações entre eles, como alguém poderia observar estranhos passando diante de sua porta. Na escola, era como se ele nem sequer estivesse ali.

Escravizado. Com medo. Condenado à morte.

Se seus planos dessem frutos, aquela seria a última vez que comemoraria o aniversário de Jockey. Se deus quisesse. Como o conhecia, sabia que o velho podia muito bem anunciar outro aniversário no mês seguinte. Os escravos ficavam muito felizes com os pequenos prazeres que esmolavam juntos na fazenda Randall. Um aniversário de faz de conta, uma dança depois de dar duro colhendo à luz da lua. Na Virgínia, as comemorações eram espetaculares. Caesar e sua família andavam no cabriolé da viúva até as fazendas dos homens livres, visitavam parentes nos feriados do Senhor e no ano-novo. Os bifes de porco e cervo, as tortas de gengibre e os bolos de pão de milho. As brincadeiras duravam o dia inteiro, até que Caesar e seus companheiros ficavam esgotados, sem fôlego. Os senhores na Virgínia ficavam a distância nos dias de festividades. Como esses escravos da fazenda Randall podiam realmente se divertir com aquela ameaça surda espreitando pelas laterais, pronta para um bote? Eles não sabiam as datas de seus aniversários, então tinham que inventá-los. Metade daquelas pessoas não conheceu o pai e a mãe.

Eu nasci no dia 14 de agosto. O nome da minha mãe é Lily Jane. O do meu pai é Jerome. Não sei onde eles estão.

Pela janela da escola, emoldurada por duas das cabanas mais velhas — suas paredes caiadas de branco manchadas de cinza, gastas e cansadas como aqueles que dormem lá dentro — dava para ver Cora se aproximando de seu favorito na linha de chegada. Chester, o menino que se movimentava pelo alojamento com uma alegria invejável. Obviamente nunca havia sido surrado.

O menino virou a cabeça, tímido, para algo que Cora dissera. Ela sorriu rapidamente. Ela sorriu para Chester, e para Lovey e as mulheres de sua cabana, de um jeito breve e certeiro. Como quando se vê a sombra de um pássaro no chão e quando se olha para cima não há mais nada ali. Ela sobrevivia na base porções, para tudo. Caesar nunca falara com ela, mas compreendera isso a seu respeito. Fazia sentido: ela sabia quão valioso era o pouco que chamava de seu. Suas alegrias, seu pedacinho de terra, o bloco de madeira de bordo sobre o qual se empoleirava como um urubu.

Ele estava tomando uísque de milho com Martin na parte de cima do celeiro uma noite — o menino se recusava a dizer onde conseguira a jarra — quando começaram a falar sobre as mulheres da fazenda Randall. Quem provavelmente deixaria um homem enfiar o rosto entre os peitos, quem gritaria tão alto que todo o alojamento ficaria sabendo, e quem nunca diria nada. Caesar perguntou sobre Cora.

"Os pretos não brincam com as mulheres da Hob", respondeu Martin. "Elas cortam fora o seu negócio e fazem sopa dele."

Ele lhe contou a velha história sobre Cora, seu jardim e a casa de cachorro de Blake, e Caesar pensou: isso me parece certo. Então Martin disse que ela gostava de sair sorrateiramente para fornicar com animais do pântano, e Caesar se deu conta de que o colhedor de algodão era mais tolo do que ele imaginara.

Nenhum dos homens da fazenda Randall era lá muito inteligente. O lugar acabava com eles. Faziam piadas e colhiam rápido quando os olhos do chefe estavam sobre eles e se pavoneavam, mas à noite, na cabana, depois da meia-noite, choravam, gritavam por causa de pesadelos e lembranças terríveis. Na cabana de Caesar, nas cabanas seguintes e em toda aldeia de escravo, próxima ou longe. Quando o trabalho estava feito, assim como as punições do dia, a noite esperava como uma arena pela verdadeira solidão e pelo verdadeiro desespero deles.

Aplausos e gritos de viva — terminara mais uma corrida. Cora colocou as mãos nos quadris, a cabeça inclinada para o lado, como se procurando uma melodia escondida em meio ao barulho. Como capturar aquele perfil na madeira, preservar sua graça e sua força? Ele não confiava em si mesmo para fazer isso. Colher algodão arruinara suas mãos para trabalhos delicados. A protuberância da bochecha de uma mulher, lábios em meio a um sussurro. Os braços dele tremiam ao final do dia, os músculos descontrolando-se.

Aquela velha puta branca tinha mentido! Ele deveria estar vivendo com a mãe e o pai na pequena casa da família, torneando barris para o tanoeiro ou como aprendiz de outro artesão da cidade. As perspectivas dele eram limitadas por sua raça, é claro, mas Caesar crescera acreditando que era livre para escolher o próprio destino.

"Você pode ser o que quiser", dizia seu pai.

"Até mesmo ir para Richmond?" A julgar por todos os relatos, Richmond parecia muito distante e esplêndida.

"Até mesmo Richmond, se você quiser."

Mas a velha mentira, e agora a encruzilhada dele estava reduzida a uma só destinação, uma morte lenta na Geórgia. Para ele, para toda sua família. Sua mãe era frágil e delicada e não fora feita para trabalhar no campo, era gentil demais para aguentar a bateria de crueldades de uma fazenda. Seu pai aguentaria mais tempo, burro de carga que era, mas não muito. A velha havia destruído sua família tão completamente que não podia ter sido sem querer. Não fora a ganância de sua sobrinha — a velha os enganara o tempo todo. Preparando a armadilha a cada vez que ela segurava Caesar no colo ou lhe ensinava uma palavra.

Caesar imaginava o pai cortando cana num inferno na Flórida, queimando sua carne ao se inclinar sobre as grandes caldeiras de açúcar derretido. A chibata atingindo as costas de sua mãe quando ela não conseguia manter o ritmo com sua saca. Pessoas teimosas sucumbem quando não se submetem, e sua família havia passado tempo demais com os brancos gentis do Norte. Gentis no sentido de que não achavam certo matá-lo rapidamente. Uma coisa sobre o Sul: não era paciente quando se tratava de matar negros.

240

Nas velhas mulheres e nos homens aleijados da fazenda ele via o que estava reservado para sua mãe e seu pai. O que ele próprio se tornaria, com o tempo. À noite, ele tinha a certeza de que eles estavam mortos; na luz do dia, apenas mutilados e semivivos. Fosse como fosse, ele estava sozinho no mundo.

Caesar a abordou depois das corridas. Claro que ela o despachou com um gesto. Ela não o conhecia. Poderia ser uma peça, ou uma armadilha armada pelos Randall num ataque de tédio. A ideia de fugir era drástica demais — era preciso deixá-la descansar um pouco, digeri-la na cabeça. Caesar demorou meses para permitir que tal ideia adentrasse seus pensamentos, e precisou do incentivo de Fletcher para realmente deixá-la ganhar vida. É preciso de haja alguém para ajudar a pessoa no caminho. Mesmo que Cora não soubesse se sua resposta seria positiva, ele sabia. Dissera a ela que queria sua companhia pela sorte — a mãe de Cora era a única que já conseguira fugir. Provavelmente um passo em falso, se não um insulto, para alguém como ela. Cora não era um pé de coelho para ser carregada com alguém durante uma viagem, e sim a própria locomotiva. Ele não conseguiria fugir sem ela.

O terrível incidente na hora da dança provou isso. Um dos escravos da casa dissera a ele que os irmãos estavam bebendo na casa-grande. Caesar considerou isso um mau sinal. Quando o menino levou a lamparina para o alojamento, com os senhores atrás dele, a violência estava garantida. Chester nunca havia sido punido. Agora fora, e no dia seguinte se esconderia pela primeira vez. Era o fim dos jogos de criança para ele, corridas e esconde-esconde; sobravam apenas as duras provações dos homens escravizados. Ninguém mais fizera um movimento sequer para ajudar o garoto — como poderiam? Já tinham visto aquilo cem vezes antes, como vítimas ou testemunhas, e veriam mais uma centena de vezes até morrerem. Mas Cora, sim. Ela protegeu o menino usando o próprio corpo como escudo e levou os golpes endereçados a ele. Cora era uma perdida, de fato, da cabeça aos pés, tão perdida que era como se já tivesse fugido do lugar há muito tempo.

Depois do espancamento, Caesar visitou a escola à noite pela primeira vez. Apenas para segurar o livro nas mãos. Para se certificar de que ainda estava ali, uma lembrança de um tempo em que ele tinha todos os livros que queria, e todo o tempo do mundo para lê-los.

O que aconteceu com meus companheiros no barco, assim como àqueles que escaparam na pedra, ou foram deixados no navio, não posso dizer; mas concluo que se perderam todos. O livro vai matá-lo, alertou Fletcher. Caesar escondeu *Viagens a várias nações remotas* na terra, sob a escola, enrolado em dois pedaços de aniagem. Espere um pouco mais até que possamos fazer os preparativos para sua fuga, dizia o lojista. Aí poderá ter o livro que quiser. Mas se não lesse, ele era um escravo. Antes do livro, a única coisa que havia para ler era o que vinha escrito em um saco de arroz. E o nome da firma que fabricava suas correntes, gravado no metal como uma promessa de dor.

Agora uma página aqui e ali, na luz dourada da tarde, o mantinha vivo. Astúcia e perseverança, astúcia e perseverança. O homem branco do livro, Gulliver, pulava de um perigo a outro, a cada nova ilha um novo desafio para resolver antes de poder voltar para casa. Aquele era o verdadeiro problema do homem, não as civilizações selvagens e misteriosas que ele encontrava — ele sempre esquecia o que tinha. Aquilo era totalmente coisa de gente branca: construir uma escola e deixá-la apodrecer, fazer um lar e estar sempre longe. Se Caesar encontrasse o caminho de casa, nunca mais viajaria. Senão ele correria o risco de ir de uma ilha cheia de desafios para a próxima, sem nunca reconhecer onde estava, até o mundo acabar. A menos que ela fosse com ele. Com Cora, ele encontraria o caminho de casa.

---

*   Título original de *As viagens de Gulliver*, de Jonathan Swift (1726). (N.E.)

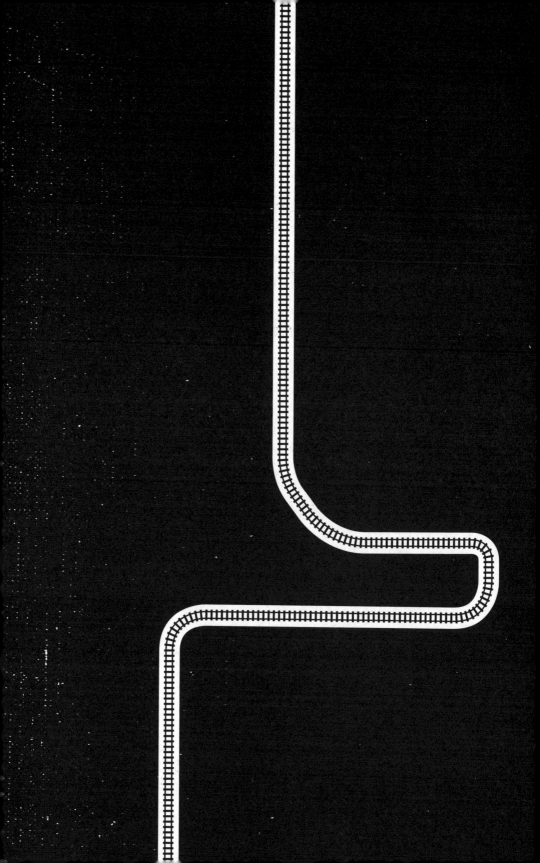

INDIANA

RECOMPENSA
50 DÓLARES

Saiu de minha casa na noite da sexta-feira, dia 26, por volta das 10 horas da noite (sem ser provocada ou algo do tipo) minha moça negra Sukey. Ela tem cerca de 28 anos, pele clara, maçãs do rosto proeminentes, é delgada e bastante apessoada. Usava, ao fugir, um vestido de brim listado. Sukey anteriormente era de propriedade do cavalheiro L.B. Pearce, e antes ainda pertenceu a William M. Heritage, já falecido. É no momento (parece) membro fiel da igreja medotista nesta localidade, e sem dúvida é conhecida pela maioria da congregação.

JAMES AYKROYD
4 de outubro

Então ela se tornou a pessoa que se demorava em suas lições, cercada por crianças impacientes. Cora estava orgulhosa do progresso que fizera em seu aprendizado de leitura, na Carolina do Sul e no sótão. O tatear inseguro a cada nova palavra, um território desconhecido onde lutar, letra por letra. Ela considerava cada passagem pelos almanaques de Donald uma vitória, então voltava à primeira página para mais uma rodada.

A sala de aula de Georgina revelou o tamanho diminuto de suas realizações. Ela não reconheceu a Declaração da Independência no dia que se juntou a eles no salão comunitário. A pronúncia das crianças era precisa e madura, muito distante das recitações titubeantes de Michael lá na fazenda Randall. A música vivia nas palavras agora, as melodias se estabilizando à medida que as crianças se alternavam, seguras e confiantes. Os meninos e as meninas se levantavam dos bancos, se voltavam para o papel em que haviam copiado a letra e cantavam as promessas dos Pais Fundadores.

Com Cora, o número de alunos chegava a 25. Os mais jovens — os de seis e sete anos — não precisavam participar do recital. Sussurravam e se remexiam nos bancos até que Georgina os mandasse ficar quietos. Cora tampouco participava, pois era nova na turma, na fazenda, no jeito deles de fazer as coisas. Ela se sentia em evidência, mais velha do que todos eles e tão atrasada. Cora entendeu por que o velho Howard havia chorado, lá na sala de aula da srta. Handler. Um intruso, como um roedor que tivesse mastigado a parede.

Um dos cozinheiros soou o sinal, encerrando a lição. Depois da refeição, os estudantes mais jovens voltariam às suas lições enquanto os mais velhos iriam cuidar de suas tarefas. Saindo do salão comunitário, Cora parou Georgina e disse:

"Você ensinou esses moleques pretos a falar direitinho, isso com certeza."

A professora se certificou de que os alunos não tinham ouvido Cora.

"Aqui as chamamos de crianças", respondeu.

As bochechas de Cora se afoguearam. Ela nunca entendera o que significava, acrescentou rapidamente. Eles sabiam o que significavam todas aquelas palavras difíceis?

Georgina vinha de Delaware e tinha aquele jeito intrigante de falar das senhoras de Delaware, que gostavam de enigmas. Cora conhecera algumas delas no dia de São Valentim e não gostou dessa peculiaridade regional, apesar de elas saberem fazer uma boa torta. Georgina disse que as crianças entendem o que podem. O que não entenderem hoje, talvez entendam amanhã.

"A Declaração é como um mapa. Você imagina que esteja certo, mas só saberá de fato ao sair na rua e testá-lo você mesma."

"Você acredita nisso?", perguntou Cora.

A julgar pelo rosto da professora, ela não sabia o que pensar da moça.

Quatro meses haviam se passado desde aquela primeira aula. A colheita fora feita. Recém-chegados fresquinhos à fazenda Valentine fizeram com que Cora não fosse mais a novata, desajeitada. Dois homens da idade de Cora se juntaram às aulas no salão comunitário, fugitivos mais ávidos do que ela. Eles passaram os dedos pelos livros como se fossem coisas vivas, pulsando magicamente. Cora sabia se virar. O momento de preparar a própria refeição porque o cozinheiro do dia faria uma sopa que parecia lama, o momento de trazer um xale porque as noites de Indiana eram de arrepiar, as mais frias que ela jamais vira. Os lugares tranquilos e escondidos onde ficar sozinha.

Cora se sentava na frente da classe naqueles tempos, e quando Georgina a corrigia — por sua caligrafia, aritmética ou pronúncia —, ela não se assustava mais. Elas eram amigas. Georgina era uma fofoqueira tão dedicada que as lições forneciam um intervalo a seus constantes relatórios sobre o que se passava na fazenda. *Aquele homem forte da Virgínia tem um olhar maldoso, você não acha? A Patricia comeu todos os pés de porco quando demos as costas.* As mulheres de Delaware gostavam de tagarelar, também.

Naquela tarde em especial, Cora saiu caminhando com Molly quando o sinal soou. Ela dividia uma cabana com a menina e sua mãe. Molly tinha dez anos, olhos amendoados e era reservada, cuidadosa com seus sentimentos. Tinha muitos amigos, mas preferia se manter um pouco afastada. A menina guardava no quarto um pote verde para seus tesouros — bolinhas de gude, setas, um medalhão sem rosto —, e extraía mais prazer ao espalhá-los no chão da cabana, sentindo a frieza do quartzo azul na bochecha, do que brincando do lado de fora.

Razão pela qual sua rotina, ultimamente, deleitava Cora. A jovem começara a trançar o cabelo da garota de manhã quando a mãe dela saía cedo para o trabalho, e nos últimos dias Molly procurara por ela quando as aulas terminavam. Uma coisa nova surgia entre elas. Molly a puxava, apertando forte sua mão, e Cora gostava de ser conduzida. Ela não era escolhida por um dos pequenos desde Chester.

Não havia almoço, em função do farto jantar de sábado à noite, cujo cheiro convidava os estudantes para os buracos onde faziam churrasco. Os churrasqueiros estavam assando porcos desde a meia-noite, lançando no ar um feitiço do tamanho da propriedade. Alguns dos residentes sonhavam em devorar um magnífico banquete, apenas para acordar em desalento. Ainda faltavam horas. Cora e Molly se juntaram aos espectadores famintos.

Sobre os fumacentos carvões vegetais, longos espetos expunham os dois porcos. Jimmy era o chefe do churrasco. Seu pai crescera na Jamaica e passara a ele os segredos do fogo dos *maroons*.* Jimmy cutucava a carne com seus dedos e mexia no carvão, examinando o fogo como se avaliando um companheiro de luta. Ele era um dos moradores mais encarquilhados da fazenda, conhecedor da Carolina do Norte e dos massacres, e preferia carne derretendo de tão macia. Só tinha dois dentes.

Um de seus aprendizes balançou uma jarra de vinagre e pimenta. Ele fez um gesto para uma menina próxima do fogo e conduziu as mãos dela para regar o interior do porco com a mistura. As gotas estalavam sobre o carvão nas trincheiras. Plumas brancas de fumaça afugentaram a multidão e a menina deu um gritinho. Seria uma bela refeição.

Cora e Molly tinham um encontro marcado em casa. Era uma caminhada curta. Como a maioria dos prédios de trabalho da fazen-

---

* *Maroons*: escravos fugitivos das Índias Ocidentais e seus descendentes. (N.T.)

da, as cabanas de toras mais velhas se amontoavam no limite oriental, construídas com pressa antes de saberem quão grande se tornaria a comunidade. Pessoas vinham de toda parte, de fazendas que tinham preferido esta ou aquela disposição dos alojamentos, então as cabanas tomavam várias formas. As mais novas — os últimos acréscimos, que os homens instalavam agora que o milho fora colhido — seguiam um estilo idêntico, com cômodos mais espaçosos, e eram distribuídas pela propriedade com mais cuidado.

Desde que Harriet se casara e se mudara, Cora, Molly e Sybil eram as únicas moradoras de sua cabana, dormindo nos dois quartos que ficavam além da área de estar principal. Em geral, três famílias moravam em cada casa. Recém-chegados e visitantes partilhavam o quarto com Cora ocasionalmente, mas na maior parte do tempo as outras duas camas ficavam vazias.

Seu próprio quarto. Outro presente improvável da fazenda Valentine depois de todas as prisões que conhecera.

Sybil e sua filha tinham orgulho de sua casa. Elas haviam pintado a parte externa com cal tingido de rosa. A tinta amarela com acabamentos brancos fazia com que o cômodo da frente cantarolasse à luz do sol. Decorado com flores selvagens na estação quente, o cômodo permanecia agradável no outono, com grinaldas de folhas vermelhas e douradas. Cortinas roxas se avolumavam nas janelas. Dois carpinteiros que viviam na fazenda traziam móveis de tempos em tempos — eram gentis com Sybil e mantinham as mãos ocupadas para se distraírem em relação à indiferença dela. Sybil havia tingido alguns sacos de juta para fazer um tapete, no qual Cora se deitava quando tinha uma de suas dores. O cômodo da frente tinha uma brisa agradável que amenizava os ataques.

Molly chamou pela mãe quando eles chegaram ao portão. Salsaparilla fervendo para um dos tônicos de Sybil, sobressaindo-se ao cheiro de carne assada. Cora se dirigiu direto para a cadeira de balanço que havia reivindicado como sua no primeiro dia. Molly e Sybil não se importaram. Ela rangia muito alto, o trabalho do pretendente pouco talentoso de Sybil. A garota tinha para si que ele a fizera ranger de propósito, como um lembrete de sua devoção.

Sybil surgiu dos fundos, secando as mãos no avental.

"Jimmy está dando duro lá fora", disse ela, balançando a cabeça, faminta.

"Mal posso esperar", respondeu Molly.

A garota abriu o armário de pinho próximo da lareira e tirou de lá sua colcha de retalhos. Estava decidida a terminar seu último projeto antes da hora do jantar.

Puseram mãos à obra. Cora não pegava uma agulha desde que Mabel se fora, a não ser para consertos simples. Algumas das mulheres da cabana Hob haviam tentado lhe ensinar, em vão. Como fazia na sala de aula, Cora continuava buscando a orientação das companheiras. Ela cortou um pássaro, um cardeal; o que saiu parecia algo estraçalhado por cachorros. Sybil e Molly a incentivavam — haviam convencido Cora a aderir ao passatempo delas —, mas a colcha estava em mau estado. Pulgas haviam tomado o forro, ela insistia. As costuras estavam enrugadas, os cantos não se encontravam. A colcha denunciava uma imperfeição de seu pensamento: a hasteie como a bandeira de sua terra selvagem. Ela queria deixá-la de lado, mas Sybil a proibiu.

"Comece outra coisa quando esta estiver terminada", ordenou Sybil. "Mas ainda não está pronta."

Cora não precisava de conselho sobre as virtudes da perseverança. Mas pegou a criatura que repousava em seu colo e retomou do ponto onde havia parado.

Sybil tinha doze anos a mais que ela. Seus vestidos a faziam parecer magra, mas Cora sabia que era apenas o tempo que passara longe da fazenda trabalhando-a do melhor jeito: sua nova vida exigia um tipo diferente de força. Ela era meticulosa em sua postura, uma lança ambulante, como aqueles que são foram obrigados a se vergar e não se vergarão mais. Seu senhor fora terrível, Sybil contou a Cora, um fazendeiro de tabaco que competia com os fazendeiros vizinhos todos os anos para ver quem tinha a maior colheita. Seu próprio mau desempenho o levava à maldade.

"Eles nos batia feio", contou ela, seus pensamentos iluminando antigas tristezas.

Molly se aproximava, de onde quer que estivesse, e se aninhava no colo da mãe.

As três trabalharam em silêncio por um tempo. Uma alegria pairava sobre o buraco do churrasco, como acontecia a cada vez que viravam os porcos. Cora estava distraída demais tentando desfazer os erros que cometera na colcha. A cena de amor silenciosa entre Sybil e Molly sempre a enternecia. O jeito como a criança pedia ajuda sem falar e o jeito como a mãe apontava, aquiescia e simulava a filha saindo de um embaraço. Cora não estava acostumada a uma cabana silenciosa — na fazenda Randall havia sempre um grito, um choro ou um suspiro para romper o momento —, e certamente não estava acostumada a esse tipo de dedicação maternal.

Sybil fugira com Molly quando a filha tinha apenas dois anos, carregando a pequena por todo o caminho. Boatos vindos da casa-grande davam conta de que seu senhor quisera abrir mão de algumas propriedades para cobrir débitos da decepcionante colheita. Sybil foi submetida a um leilão. Ela fugiu na mesma noite — a lua cheia dera sua bênção e orientação pela floresta.

"Molly não deu um pio", disse Sybil. "Ela sabia o que estávamos fazendo."

Quase cinco quilômetros acima da fronteira da Pensilvânia elas se arriscaram a bater num chalé de um fazendeiro de cor. O homem as alimentou, esculpiu pequenos brinquedos para a menininha e, graças a uma série de intermediários, contatou a ferrovia. Depois de um tempinho em Worcester trabalhando para um moleiro, Sybil e Molly abriram caminho até o estado de Indiana. As notícias sobre a fazenda se espalharam.

Muitos fugitivos tinham estado em Valentine — não havia como dizer ao certo quem passara algum tempo ali. Será que Sybil chegara a conhecer uma mulher da Geórgia?, perguntou Cora certa noite. Ela estava com as duas havia algumas semanas. Dormira a noite toda uma ou duas vezes, recuperara o peso que perdera no sótão. As moscas de faz de conta usadas na pescaria atalhavam seu barulho, deixando na noite uma abertura para uma pergunta. Uma mulher da Geórgia, que talvez usasse o nome de Mabel, talvez não?

Sybil balançou a cabeça.

Claro que não tinha conhecido. Uma mulher que deixa a própria filha para trás se torna outra pessoa, para esconder sua vergonha. Mas Cora perguntaria a todos na fazenda, mais cedo ou mais tarde; a fazenda era um tipo de depósito sui generis, atraindo pessoas que estavam de passagem entre um lugar e outro. Ela perguntava àqueles que estavam na fazenda Valentine havia anos, perguntava a todos os recém-chegados, atazanava os visitantes que iam até a fazenda para ver se era verdade o que tinham ouvido falar. Homens e mulheres de cor livres, os fugitivos que ficavam e os que seguiam adiante. Ela perguntava aos trabalhadores no milharal entre uma canção de trabalho e outra, balançando na capota de um cabriolé no caminho para a cidade: olhos cinza, cicatriz no dorso da mão direita em função de uma queimadura, talvez usasse o nome de Mabel, talvez não?

"Vai ver está no Canadá", respondeu Lindsey quando Cora decidiu que era a vez dela.

Lindsey era uma mulher magra como um colibri, recém-saída do Tennessee, dona de uma alegria demente que Cora não conseguia entender. A julgar pelo o que vira, o Tennessee era fogo, doença e violência. Mesmo se fora lá que Royal e os outros a haviam resgatado.

"Um monte de gente gosta do Canadá agora", disse Megan. "Embora seja terrivelmente frio."

Noites frias para corações frios.

Cora dobrou a colcha e se retirou para seu quarto. Ela se enrodilhou, distraída demais pensando sobre mães e filhas. Muito preocupada com Royal, atrasado há três dias. Sua dor de cabeça se aproximou como uma nuvem. Ela virou o rosto para a parede e não se mexeu.

O jantar foi servido do lado de fora do salão comunitário, a maior construção daquela propriedade. Rezava a lenda que o construíram num só dia, antes de uma das primeiras grandes festividades, quando se deram conta de que as pessoas não cabiam mais na casa da fazenda Valentine. Na maior parte dos dias, funcionava como escola.

Aos domingos, como igreja. Nas noites de sábado, a fazenda se reunia para uma refeição comunitária e recreação. Pedreiros que trabalhavam na corte de justiça, ao sul, voltavam famintos; costureiras retornavam de uma jornada de trabalho para senhoras brancas da região e usavam seus melhores vestidos. Temperança era a regra, exceto pelo sábado à noite, quando aqueles que gostavam de beber se juntavam e tinham algo no que pensar no sermão da manhã seguinte.

Os porcos eram os primeiros na ordem dos preparativos, cortados na longa mesa de pinho e cobertos de molho *dipney*.* Couve defumada, nabo, torta de batata-doce e o restante dos preparados da cozinha repousavam nos belos pratos da fazenda Valentine. Os moradores eram um grupo reservado, a não ser pelo momento em que o churrasco de Jimmy era servido — então as respeitáveis senhoras usavam seus cotovelos. O churrasqueiro-chefe abaixava a cabeça a cada elogio, já pensando em melhorias para o próximo assado. Em uma manobra habilidosa, Cora se apoderou de uma orelha à pururuca, a favorita de Molly, e a ofereceu à menina.

Valentine não contava mais quantas famílias viviam em sua terra. Uma centena de almas era um número grande o suficiente e bem que se poderia parar nele — um número estratosférico, de todo jeito —, e isso não incluía os fazendeiros de cor que haviam comprado terras adjacentes e mantinham suas próprias operações. Das aproximadamente cinquenta crianças, a maioria tinha menos de cinco anos.

"A liberdade torna o corpo fértil", dizia Georgina.

Isso e saber que não seriam vendidas, acrescentou Cora.

As mulheres nos dormitórios de cor da Carolina do Sul acreditavam que sabiam o que era liberdade, mas os bisturis dos cirurgiões as cortavam para provar o contrário.

Uma vez que os porcos tinham acabado, Georgina e algumas das mulheres mais jovens levaram as crianças ao celeiro para brincadeiras e cantorias. As crianças não pararam quietas durante as conversas nos

---

*   Molho à base de bacon, ervas, pimenta, sal e vinagre, usado para regar assados. (N.T.)

jantares. A ausência delas dava um alívio às discussões; em última análise, era em função dos mais jovens que eles tramavam. Mesmo se então os adultos estavam livres das algemas que os aprisionaram, a servidão lhes roubara muito tempo. Apenas as crianças poderiam se beneficiar plenamente do sonho dos mais velhos. Se os homens brancos permitissem.

O salão comunitário se encheu. Cora se juntou a Sybil em um banco. Naquela noite seria uma discussão mansa. No mês seguinte, depois do mutirão para despalhar o milho, a fazenda receberia uma reunião ainda maior, para tratar dos debates recentes sobre as questões da colheita. Como preparação, os Valentine tinham reduzido o entretenimento de sábado à noite. O clima agradável — e os avisos do vindouro inverno do estado de Indiana, que assustava aqueles que nunca tinham visto neve — os mantinha ocupados. Viagens até a cidade se transformavam em longas expedições. Reuniões sociais se prolongavam noite adentro agora que tantos imigrantes de cor haviam fincado raízes, a guarda pioneira de uma grande onda migratória.

Muitos dos líderes da fazenda estavam fora da cidade. O próprio Valentine estava em Chicago, se reunindo com bancos, com os dois filhos a reboque, agora que já tinham idade para ajudar na contabilidade da fazenda. Lander viajava com uma das novas sociedades abolicionistas em Nova York, em uma turnê de palestras pela Nova Inglaterra que o mantinha ocupado. O que ele aprendera em sua última excursão no interior do país sem dúvida daria forma à contribuição que ele faria no grande evento.

Cora estudava seus vizinhos. Ela nutrira esperanças de que os porcos de Jimmy fariam com que Royal voltasse a tempo, mas ele e seus parceiros ainda estavam engajados na missão para a ferrovia subterrânea. Não tinham notícias do grupo. Relatos horripilantes chegaram até a fazenda a respeito de um pelotão de busca que enforcara alguns baderneiros de cor na noite anterior. Acontecera mais de quarenta quilômetros ao sul no estado, e as vítimas supostamente trabalhavam para a ferrovia, mas não havia mais nenhuma informação detalhada. Uma mulher sardenta, que Cora não conhecia — havia tantos estranhos naqueles dias —, falava sobre os linchamentos em voz alta. Sybil se virou e a fez se calar, então deu um rápido abraço em Cora enquanto Gloria Valentine subia no atril.

Gloria trabalhava na lavanderia de uma fazenda de anileiras quando John Valentine a conheceu.

"A visão mais deliciosa que estes olhos já tiveram", gostava de dizer Valentine aos recém-chegados, gesticulando ao som de *deliciosa* como se estivesse se servindo de uma concha de caramelo quente.

Valentine não tinha o hábito de visitar escravagistas naqueles dias, mas chegara com um carregamento de ração e o proprietário de Gloria. No final da semana, ele havia comprado sua liberdade. Uma semana depois, eles se casaram.

Ela ainda era deliciosa, e tão graciosa e elegante quanto se houvesse frequentado uma escola de bons modos para mulheres brancas. Ela protestou, dizendo que não gostava de substituir o marido, mas sua naturalidade diante de uma multidão atestava o contrário. Gloria trabalhava duro para eliminar de sua fala as inflexões da fazenda — Cora ouvia seus deslizes quando a conversa tomava um rumo mais popular —, mas ela era naturalmente impressionante, independentemente de falar como gente de cor ou como gente branca. Quando os sermões de Valentine assumiam um tom severo, com a disposição prática levando a melhor sobre sua generosidade, Gloria intervinha para suavizar as coisas.

"Vocês tiveram um dia agradável?", perguntou Gloria quando a sala se silenciou. "Eu estive no celeiro de tubérculos o dia inteiro e então voltei para ver qual bênção Deus nos deu hoje. O céu. E os porcos..."

Ela pediu desculpas pela ausência do marido. John Valentine queria aproveitar a boa safra para renegociar seu empréstimo.

"O Senhor sabe, há tanto no horizonte, é bom ter um pouco de tranquilidade."

Ela se curvou para Mingo, que estava sentado na fileira da frente, ao lado do lugar vago normalmente reservado para Valentine. Mingo era um homem parrudo de estatura média, com uma pele das Índias Ocidentais realçada naquela noite por seu casaco xadrez vermelho.

Ele disse "amém" e se virou para acenar com a cabeça a seus aliados no salão comunitário.

Sybil deu uma cotovelada em Cora diante de tal admissão das discordâncias políticas da fazenda, uma admissão que legitimava a posição de Mingo. Havia conversas frequentes sobre partir para o oeste, onde cidades de gente de cor brotavam, do lado de lá do rio Arkansas. Para lugares que não tinham fronteira com estados escravocratas, que nunca haviam contido a abominação da escravidão. Mingo advogava que ficassem em Indiana, mas com uma severa redução no número de pessoas abrigadas: os fugitivos, os extraviados. Pessoas como Cora. O desfile de visitantes famosos que espalhava o renome da fazenda transformava o lugar num símbolo de progresso negro — e num alvo. Afinal de contas, o espectro da rebelião de cor, todos aqueles rostos negros furiosos os cercando, haviam pressionado os colonos brancos a deixarem o sul. Eles vão para Indiana, e bem ao lado há uma nação negra se erguendo. Sempre terminava em violência.

Sybil desprezava Mingo, sua personalidade excessiva e permanentemente malandra; uma natureza autoritária espreitava por baixo da aparência gregária. Sim, o homem ostentava uma lenda honrosa: depois de conseguir que o contratassem de seu senhor para trabalhos de final de semana, ele comprou a liberdade da mulher, então de seus filhos, e finalmente a sua própria. Sybil não dava importância a esse feito prodigioso — o sujeito tivera sorte no que dizia respeito a seu senhor, só isso. Mingo nunca deixaria de ser um oportunista, assediando a fazenda com suas próprias ideias sobre o progresso negro. Na reunião do mês seguinte, ele dividiria o atril com Lander, para decidir o futuro de todos.

Cora se recusava a se juntar à amiga em seu desprezo. Mingo nunca se aproximara muito dela em função da atenção que os fugitivos atraíam para a fazenda, e quando ficou sabendo que ela era procurada por assassinato, passou a ignorá-la por completo. Ainda assim, o homem salvara a família e poderia ter morrido antes de completar sua missão — era algo poderoso. No primeiro dia de Cora na escola, as duas filhas dele, Amanda e Marie, declamaram a Declaração com firmeza.

Eram meninas admiráveis. Mas, não, Cora não gostava do papo espertalhão dele. Algo em seu sorriso a fazia se lembrar de Blake, aquele macho convencido dos velhos tempos. Mingo não precisava de um lugar onde colocar sua casa de cachorro, mas com certeza tinha a ambição de ampliar seus domínios.

Logo logo começaria a música, assegurou Gloria. Não havia o que Valentine chamava de "dignatários" entre eles aquela noite — em roupas bonitas, com sotaques ianques —, embora alguns convidados do condado tivessem comparecido. Gloria pediu que se levantassem e se identificassem para receber as boas-vindas. Então era hora da diversão.

"Enquanto estiverem digerindo esta bela refeição, teremos uma agradável surpresa", disse ela. "Pode ser que vocês reconheçam seu rosto da outra visita a Valentine, um distintíssimo homem das artes."

No sábado anterior, fora uma cantora de ópera grávida de Montreal. No sábado anterior a esse, um violinista de Connecticut que fizera metade das mulheres chorar, de tão emocionadas que ficaram. Aquela noite era do poeta. Rumsey Brooks era solene e delgado, usando um casaco preto com uma gravata borboleta preta. Parecia um pregador ambulante.

Ele estivera lá três meses antes com uma delegação vinda de Ohio. A fazenda Valentine era merecedora de sua reputação? Uma velha senhora branca dedicada à causa do progresso negro organizara a expedição. Viúva de um grande advogado de Boston, ela juntava fundos para várias empreitadas, sendo a publicação e a disseminação de literatura de cor uma preocupação especial. Depois de ouvir uma das falas de Lander, ela providenciara a distribuição de sua autobiografia; o tipógrafo antes publicara uma série de tragédias de Shakespeare. A primeira tiragem do volume se esgotou em dias, uma bela edição com o nome de Elijah Lander em letras douradas. O manuscrito de Rumsey seria lançado no mês seguinte, contou Gloria.

O poeta beijou a mão da anfitriã e pediu permissão para compartilhar um pouco de sua poesia. Não deixava de ter carisma, Cora tinha que admitir. De acordo com Georgina, Rumsey cortejava uma das meninas do tambo, mas ele se mostrava tão generoso com elogios que era certamente um rapaz aberto aos doces mistérios do acaso.

"Quem sabe o que o destino nos reserva", disse a Cora em sua primeira visita, "e que tipo de pessoas teremos o prazer de conhecer?".

Royal subitamente surgiu ao lado dela e a afastou das palavras doces como mel do poeta.

Ela deveria ter reconhecido as intenções de Royal. Se tivesse imaginado quão irritada os sumiços dele a deixariam, ela o teria rejeitado.

Com a bênção de Gloria, o poeta pigarreou.

"Outrora avistei uma maravilha mesclada", recitou ele, sua voz oscilando como se debatesse com um pé de vento. "Aquietando-se pelos campos, planando sobre asas angelicais e brandindo um escudo brilhante..."

A sala toda disse amém e suspirou. Rumsey tentou não sorrir à reação deles, efeito de sua performance. Cora não conseguia entender muito de seus poemas: a visita de uma presença magnífica, alguém em busca de uma mensagem. Uma conversa entre uma bolota, uma árvore jovem e um poderoso carvalho. Também um tributo a Benjamin Franklin e sua ingenuidade. Versos a deixavam indiferente. Poemas eram próximos demais da reza, incitando paixões deploráveis. Esperar que Deus o salvasse, quando a salvação dependia da própria pessoa. Poesia e reza colocavam na cabeça das pessoas ideias que faziam com que fossem mortas, distraindo-as do mecanismo cruel do mundo.

Depois da poesia, os músicos se prepararam para se apresentar, uns músicos que haviam se juntado recentemente à fazenda. O poeta preparara bem as rodas de dança, intoxicando-as com visões de voos e libertação. Se isso os fazia felizes, quem era Cora para criticá-los? Colocavam partes de si mesmos nos personagens dele, enxertando seus próprios rostos nas figuras que apareciam em suas rimas. Será que viam a si mesmos em Benjamin Franklin ou em suas invenções? Escravos eram ferramentas, talvez também este último, mas ninguém ali era escravo. Contados como propriedade por alguém distante, talvez, mas não ali.

A fazenda inteira era algo além de sua imaginação. Os Valentine tinham logrado um milagre. Ela estava sentada em meio à prova desse milagre; mais que isso, ela era parte do milagre. Entregara-se facilmente demais às promessas da Carolina do Sul. Agora uma parte amarga dela recusava os tesouros da fazenda Valentine, mesmo à medida que, a cada dia, uma parte abençoada florescia. Uma menina pegando sua mão. Seu temor por um homem do qual passara a gostar.

Rumsey encerrou com um apelo por nutrir igualmente o temperamento artístico em jovens e mais velhos, "para atiçar a brasa apolínea em todos os seres mortais". Um dos recém-chegados empurrou o atril para o canto do palco. A deixa dos músicos, e a deixa de Cora. A essa altura Sybil já conhecia o jeito da amiga e lhe deu um beijo de despedida. A sala estava abafada; lá fora, estava frio e escuro. Cora saiu ao som dos grandes bancos sendo arrastados para dar lugar à dança. Ela passou por alguém no caminho que disse: "Você está indo para o lado errado, moça!"

Quando chegou em casa, encontrou Royal inclinado, se apoiando em uma das hastes da varanda. A silhueta dele, até mesmo no escuro.

"Achei que você viria quando o banjo começasse", disse ele.

Cora acendeu a lamparina e viu os olhos negros do homem, a protuberância amarelo-arroxeada.

"Ah", disse ela, abraçando-o, enfiando o rosto no pescoço dele.

"Só uma briguinha", falou. "Nós escapamos."

Cora encolheu os ombros, e então ele sussurrou: "Eu sei que você estava preocupada. Não fiquei com vontade de me juntar aos outros esta noite, pensei em esperar aqui."

Na varanda, eles se sentaram nas cadeiras de madeira descombinantes e admiraram a noite. Ele se aproximou, para que os ombros dos dois pudessem se tocar.

Ela fez um relato sobre o que ele havia perdido, o poeta e a refeição.

"Vou ter outras oportunidades", disse ele. "Tenho uma coisa para você." Ele vasculhou sua sacola de couro. "É uma edição deste ano, mas achei que você iria gostar, apesar de já ser outubro. Quando eu for a um lugar onde tiver a do ano que vem, vou pegar para você."

Ela agarrou a mão dele. O almanaque tinha um cheiro estranho, perfumado, e fazia um barulho crepitante como fogo quando ela folheava as páginas. Ela nunca fora a primeira pessoa a abrir um livro.

* * *

Depois de um mês na fazenda, Royal a levou ao túnel fantasma.

Cora começou a trabalhar em seu segundo dia, pensamentos fervilhando em torno do lema de Valentine: "Fique e contribua." Uma exigência, e uma cura. Ela primeiro contribuiu na lavanderia. A chefe da lavanderia era uma mulher chamada Amelia, que conhecera os Valentine na Virgínia e fora para lá dois anos depois. Ela gentilmente alertou Cora para não "judiar das vestimentas". Cora trabalhava rápido na fazenda Randall. Trabalhar com as mãos atiçava sua velha e temerosa industriosidade. Ela e Amelia concordaram que talvez ela preferisse outra tarefa. Ela ajudou no tambo por uma semana e passou um tempo com a Tia, cuidando dos bebês enquanto os pais trabalhavam. Depois disso, espalhou esterco nos campos quando as folhas de milho ficaram amarelas. Ao se abaixar nas linhas da lavoura, ela procurava um feitor, assustada.

"Você parece exausta", disse-lhe Royal em uma noite de agosto depois de Lander fazer um de seus discursos.

A fala de Lander era quase um sermão, tratando do dilema de encontrar propósito na vida, uma vez que se tivesse fugido do jugo da escravidão. As múltiplas frustrações da liberdade. Como o resto da fazenda, Cora olhava o homem com assombro. Ele era um príncipe exótico, viajando desde uma terra longínqua para lhes ensinar como as pessoas se comportavam em lugares decentes. Lugares tão distantes que não existiam em nenhum mapa.

O pai de Elijah Lander era um advogado branco e rico de Boston que vivia abertamente com sua mulher de cor. Eles sofriam críticas em seu círculo, e na calada da noite sussurros caracterizavam os filhos do casal como a união de uma deusa africana e um pálido mortal. Um semideus. Como ouvia os dignatários brancos dizerem nas longas introduções a seus discursos, Lander demonstrara seu brilhantismo desde uma tenra idade. Uma criança adoentada, ele fez da biblioteca da família o seu parque de diversões, suando sobre volumes que ele se esforçava para tirar das prateleiras. Aos seis anos, tocava piano como um mestre europeu. Apresentava concertos para a sala vazia, fazendo reverências para aplausos silenciosos.

Amigos da família intercederam para fazer dele o primeiro aluno de cor em uma faculdade branca de prestígio.

"Eles me deram um livre conduto de escravo", como ele descrevia, "e eu o usei para a desobediência".

Lander morou num armário de vassouras; ninguém dividia o quarto com ele. Depois de quatro anos seus colegas o elegeram orador. Ele desviava de obstáculos como uma criatura primeva que tivesse ludibriado o mundo moderno. Lander poderia ter sido qualquer coisa que quisesse. Cirurgião, juiz. Membros da elite de Boston o instavam a ir até a capital da nação para fazer história na política. Ele abrira caminho até um pequeno cantinho do sucesso americano onde sua raça não o amaldiçoava. Alguns poderiam ter vivido nesse espaço felizes, ascendendo sozinhos. Lander queria abrir espaço para outros. As pessoas eram companhias maravilhosas, às vezes.

No final das contas, ele escolheu fazer discursos. Na sala de seus pais, para uma plateia de distintos bostonianos, depois nas casas daqueles distintos bostonianos, em locais de encontro de gente de cor, em igrejas metodistas e em auditórios por toda a Nova Inglaterra. Às vezes ele era a primeira pessoa de cor a colocar os pés nos prédios, a não ser pelos homens que os haviam construído e pelas mulheres que os limpavam.

Xerifes de cara rosada o prenderam por sedição. Ele foi encarcerado por incitar tumultos que não eram tumultos, mas reuniões pacíficas. O excelentíssimo juiz Edmund Harrison, de Maryland, emitiu um mandado para sua prisão, acusando-o de "promulgar uma ortodoxia infernal que coloca em risco a tessitura da sociedade de bem". Uma multidão branca o espancou até que ele foi resgatado por aqueles que tinham ido ouvi-lo ler partes de suas "Declarações sobre os direitos do negro americano". Da Flórida ao Maine, seus panfletos, e mais tarde sua autobiografia, foram queimados em fogueiras, acompanhados de sua efígie.

"Melhor a efígie do que a pessoa", dizia ele.

Que dores privadas o perturbavam por trás daquela atitude plácida, ninguém podia dizer. Ele continua imperturbável e estranho.

"Sou o que os botânicos chamam de híbrido", falou na primeira vez que Cora o ouviu. "Uma mistura de duas famílias diferentes. Em flores, tais mesclas agradam aos olhos. Quando este amálgama acontece em carne e osso, algumas pessoas ficam muito ofendidas. Nesta sala o reconhecemos pelo o que é — uma nova beleza que veio ao mundo e que está florescendo em torno de todos nós."

Quando Lander terminou de discursar naquela noite de agosto, Cora e Royal se sentaram nos degraus do salão comunitário. Os outros moradores passaram por eles num grande fluxo. As palavras de Lander haviam deixado Cora melancólica.

"Não quero que me expulsem", disse ela.

Royal virou a mão de Cora e pressionou com o dedão os calos recém-adquiridos da jovem. Não havia necessidade de se assustar com isso, tranquilizou ele. Royal propôs uma viagem para conhecer um pouco mais de Indiana, como um descanso do trabalho.

No dia seguinte eles partiram num cabriolé puxado por dois cavalos malhados. Com seu salário ela havia comprado um novo vestido e um chapéu. O chapéu cobria quase toda a cicatriz em sua têmpora. A marca a deixava nervosa ultimamente. Ela nunca pensara muito sobre marcas antes, os xis e tês e trevos que os senhores de escravo queimavam em suas propriedades vivas. Uma ferradura enrugada no pescoço de Sybil, feia e arroxeada — seu primeiro dono criava garanhões. Cora agradecia ao Senhor por sua pele nunca ter sido queimada de tal jeito. Mas todos nós fomos marcados, mesmo se não se pode ver, por dentro, quando não por fora — e a ferida da bengala de Randall era exatamente a mesma coisa, marcando-a como dele.

Cora fora muitas vezes à cidade, até subira os degraus da padaria branca para comprar bolo. Royal a levou na direção contrária. O céu era uma folha de ardósia, mas ainda estava quente, uma tarde de agosto que avisava que sua espécie estava se extinguindo. Pararam para um piquenique ao lado de uma campina, sob uma macieira. Ele havia empacotado um pouco de pão, geleia e linguiça. Ela deixou que ele colocasse a cabeça em seu colo. Cora pensou em deixar as mãos percorrerem seus cachos negros e macios próximo às orelhas, mas se deteve quando a lembrança de uma antiga violência se avivou.

No percurso de volta, Royal entrou com o cabriolé num caminho com grama alta. Cora não teria percebido de outra forma. Álamos engoliam a entrada. Ele disse que queria lhe mostrar algo. Ela achou que poderia ser um lago ou um lugar tranquilo que ninguém conhecia. Em vez disso eles fizeram uma curva e pararam junto a um chalé abandonado e decrépito, cinza como carne mastigada. As persianas caídas, gramíneas saindo do telhado. Gasto pela intempérie era o termo — a casa era um cão surrado. Ela hesitou junto ao patamar da porta. A sujeira e o musgo lhe davam um sentimento de solidão, mesmo com Royal a seu lado.

Ervas daninhas cresciam por entre as tábuas do assoalho do cômodo principal. Ela cobriu o nariz diante do fedor.

"Isso faz aquele cheiro de esterco parecer bom", disse ela.

Royal riu e afirmou que sempre pensara que esterco tinha um cheiro bom. Ele destapou o alçapão que dava para o porão e acendeu uma vela. A escada rangeu. Animaizinhos corriam, indignados com a intrusão. Royal contou seis passos e começou a cavar. Ele parou quando tinha exposto o segundo alçapão, e então eles desceram até a estação. Royal a advertiu acerca dos degraus, que estavam escorregadios devido ao limo cinzento.

Ainda era uma estação lamentável, triste. Não havia sinal de plataforma — os trilhos começavam ao final dos degraus e partiam até sumirem no túnel escuro. Um carrinho movido a manivela repousava nos trilhos, seu mecanismo de ferro esperando que o toque humano o animasse. Como na mina de mica na Carolina do Norte, tábuas longas e vigas de madeira escoravam as paredes e o teto.

"Não é feito para uma locomotiva", disse Royal. "O túnel é pequeno demais, olhe. Não se conecta com o resto da linha."

Ninguém tinha estado ali havia muito tempo. Cora perguntou para onde a linha levava.

Royal sorriu.

"É anterior ao meu tempo. O condutor que eu substituí me mostrou quando eu assumi esta seção. Avancei alguns quilômetros com aquele carrinho, mas era perturbador demais. As paredes eram opressivas e sufocantes."

Cora não perguntaria quem havia construído aquilo. Todos os homens da ferrovia, de Lumbly a Royal, usavam uma variação de "Quem você acha? Quem é que faz tudo?". Um dia faria com que ele lhe contasse, decidiu ela.

Até onde sabia, o túnel fantasma nunca havia sido usado, contou Royal. Ninguém sabia quando fora cavado, ou quem vivia lá em cima. Alguns mecânicos lhe disseram que a casa tinha sido construída por um dos velhos exploradores, como Lewis e Clark, que pesquisaram e mapearam a natureza selvagem americana.

"Se você pudesse ver o país inteiro", disse Royal, "do Atlântico ao Pacífico, das grandes cataratas do Niágara ao Rio Grande, você faria seu lar aqui, nas florestas de Indiana?"

Um velho mestre de estação sugeriu que teria sido a casa de um importante general da Guerra Revolucionária, um homem que havia testemunhado muito derramamento de sangue e que havia se retirado da jovem nação depois de ajudá-la a existir.

Uma história sobre um ermitão fazia mais sentido, mas Royal pensava que a parte sobre o exército era conversa fiada. Cora reparara que não havia sinal de que alguém tivesse vivido ali; não havia nem mesmo um palito de dentes, ou um prego na parede?

Uma ideia se esgueirou por ela como uma sombra: que aquela estação não era o começo da linha, mas o fim. A construção não havia começado abaixo da casa, mas na outra ponta do buraco negro. Como se no mundo não houvesse nenhum lugar para o qual escapar, apenas lugares dos quais fugir.

No porão acima, pequenos animais detritívoros colocaram-se em atividade, fazendo ruídos.

Um buraco úmido. Qualquer viagem que tivesse aquilo como ponto de partida só podia dar errado. Da última vez que estivera numa das estações de partida da ferrovia, era uma estação generosamente iluminada, abundante em conforto e que a levara até a surpresa da fazenda Valentine. Fora no Tennessee, enquanto esperavam para serem levados embora da perigosa fuga das garras de Ridgeway. Os acontecimentos daquela noite ainda faziam seu coração acelerar.

Quando deixaram o caçador de escravos e sua carroça, aqueles que a resgataram se apresentaram. Royal era o homem que a observara na cidade; seu parceiro chamava-se Red, por causa da cor enferrujada de seu cabelo crespo. O tímido era Justin, um fugitivo como ela, e pouco acostumado a apontar facas para homens brancos.

Depois de Cora concordar em ir com eles — nunca antes algo inevitável fora tão educadamente proposto —, os três homens se apressaram em esconder os vestígios da briga. A presença intimidadora de Homer, em algum lugar no escuro, aumentava ainda mais a urgência. Red ficou de guarda com o rifle enquanto Royal e Justin acorrentavam primeiro Boseman e então Ridgeway à carroça. O caçador de escravos não abriu a boca enquanto olhava com escárnio para Cora com seu sorriso ensanguentado.

"Aquele", disse ela, apontando, e Red o acorrentou ao aro que os captores haviam usado para Jasper.

Conduziram a carroça do caçador de escravos até a beira da pastagem, escondendo-a da estrada. Red prendeu Ridgeway cinco vezes, usando todas as correntes no depósito da carroça. Jogou as chaves na grama. Afugentaram os cavalos. De Homer, não se tinha notícia; talvez o menino estivesse se escondendo longe da luz da lamparina. Qualquer dianteira que tais medidas proporcionassem teria que bastar. Enquanto eles partiam, Boseman emitiu um engasgo mortificante, que Cora considerou o anúncio de sua morte.

A carroça de seus salvadores estava a uma curta caminhada na estrada onde Ridgeway montara acampamento. Ela e Justin se esconderam sob um cobertor espesso na parte de trás, e partiram numa velocidade perigosa, consideradas a escuridão e a pouca qualidade das estradas do Tennessee. Royal e Red estavam tão agitados pela briga que se esqueceram de vender seus passageiros durante vários quilômetros. Royal ficou constrangido ao fazê-lo.

"É pela segurança da estação, senhorita."

Aquela terceira viagem na ferrovia subterrânea começou sob um estábulo. Agora uma estação significava uma descida por degraus incrivelmente altos e a revelação das características da estação seguinte. O proprietário do local estava viajando a negócios, Royal lhes disse enquanto desamarrava os trapos que cobriam seus olhos, um truque para esconder sua função na empreitada. Cora nunca soube o nome desse proprietário, nem tampouco da cidade de partida. Apenas que ele era mais uma pessoa de inclinações subterrâneas — e com uma queda por ladrilhos brancos importados.

"Cada vez que chegamos aqui para baixo tem uma coisa nova", disse Royal.

Os quatro esperaram pelo trem em uma mesa coberta por uma toalha branca, sentados em cadeiras pesadas estofadas em carmesim. Flores frescas saltavam de um vaso e pinturas de cenas rurais pendiam nas paredes. Havia uma jarra de cristal lapidado cheia de água, uma cesta de frutas e um grande pão *pumpernickel* para eles comerem.

"Esta casa é de um sujeito rico", disse Justin.

"Ele gosta de sustentar certa atmosfera", respondeu Royal.

Red disse que gostava dos ladrilhos brancos, que eram uma melhoria em relação às tábuas de pinho que tinham estado ali antes.

"Não sei como ele os colocou sozinho", acrescentou.

Royal disse que esperava que o ajudante fosse discreto.

"Você matou aquele homem", disse Justin.

Ele estava tonto. Tinham descoberto um jarro de vinho dentro de um armário e o fugitivo bebera desinibidamente.

"Pergunte à garota se ele mereceu", incitou Red.

Royal agarrou o antebraço de Red para interromper a tremedeira do homem. Seu amigo nunca tirara a vida de alguém antes. O local onde aquela desventura ocorrera bastaria para fazer com que fossem enforcados, mas o assassinato garantiria abusos sombrios antes de morrerem. Royal ficou surpreso quando Cora lhe contou, mais tarde, que era procurada por assassinato na Geórgia. Ele se recuperou e disse: "Então nosso destino já estava traçado desde o momento em que pus meus olhos em você, naquela rua suja."

Royal era o primeiro homem nascido livre que Cora já conhecera. Havia muitos homens livres na Carolina do Norte que tinham se mudado supostamente por novas oportunidades, mas apenas após servir como propriedade por um tempo. Royal absorveu liberdade já na sua primeira golfada de ar.

Ele fora criado em Connecticut; seu pai era barbeiro, e sua mãe, parteira. Também eles tinham nascido livres, originários da cidade de Nova York. Sob orientação dos pais, Royal fora aprendiz de um tipógrafo assim que teve idade para trabalhar. Seu pai e sua mãe acreditavam na dignidade de negócios honestos, imaginando gerações da família avançando futuro adentro, cada uma mais realizada do que a outra. Se o Norte havia eliminado a escravidão, um dia essa instituição abominável cairia em toda parte. Se a história dos negros começara com degradação naquele país, um dia triunfo e prosperidade seriam dele.

Se seus pais tivessem imaginado o poder que suas reminiscências teriam sobre o menino, poderiam ter sido mais reservados em suas histórias sobre sua cidade natal. Royal partiu para Manhattan aos dezoito anos, e sua primeira visão da cidade majestosa, a partir da amurada da balsa, confirmou seu destino. Ele alugou um quarto com três outros homens em uma pensão de cor em Five Points e fez bico como barbeiro até conhecer Eugene Wheeler. O homem branco começou uma conversa com Royal em uma reunião antiescravagista; impressionado, Wheeler lhe disse para ir até seu escritório no dia seguinte. Royal havia lido sobre as empreitadas do homem no jornal — advogado, expedicionário abolicionista, ruína de senhores de escravo e daqueles que faziam o trabalho sujo para eles. Royal vasculhava a cadeia municipal atrás de fugitivos que o advogado pudesse defender, levava e trazia mensagens entre pessoas enigmáticas e distribuía fundos de sociedades antiescravagistas a fim de realocar fugitivos. Quando foi oficialmente apresentado à ferrovia subterrânea, já trabalhava como instrumento dela havia algum tempo.

"Eu lubrifico os pistões", gostava de dizer.

Royal colocava as mensagens em código nos classificados que informavam fugitivos e maquinistas sobre as partidas. Ele subornava capitães de navios e oficiais de polícia, remava levando mulheres grávidas e nervosas através de rios em barquinhos frágeis e entregava ordens de soltura emitidas por juízes a delegados contrariados. Em geral ele era acompanhado de um aliado branco, mas a esperteza de Royal e sua atitude altiva deixaram claro que a cor de sua pele não era impedimento.

"Um preto livre caminha diferente de um escravo", dizia ele. "As pessoas brancas reconhecem isso imediatamente, mesmo sem se darem conta. Caminha diferente, fala diferente, se porta diferente. Está nos ossos."

Os oficiais de polícia nunca o detinham e os sequestradores se mantinham a distância.

Sua parceria com Red começou com a missão de Indiana. Red era da Carolina do Norte, em fuga desde que as autoridades enforcaram sua mulher e seu filho. Caminhou pela Trilha da Liberdade por quilômetros, procurando por seus corpos para se despedir. Fracassou — parecia que a trilha de corpos continuava para sempre, em todas as direções. Quando rumou para o norte, Red se juntou à ferrovia e passou a se dedicar à causa com grande empenho. Ao ouvir sobre como Cora matara acidentalmente o menino na Geórgia, ele sorriu e disse: "Bem-feito".

A missão de Justin era pouco usual desde o início. O Tennessee ficava fora da área de atuação de Royal, mas o representante local da ferrovia estivera fora de contato desde o incêndio florestal na região. Cancelar o trem seria desastroso. Sem haver outra pessoa disponível, os superiores de Royal relutantemente mandaram os dois agentes de cor para as profundezas das terras más do Tennessee.

As armas foram ideia de Red. Royal nunca empunhara uma antes.

"Cabe na palma da mão", disse Royal, "mas é pesada como um canhão".

"Você parecia assustado", falou Cora.

"Eu estava tremendo, mas por dentro", respondeu ele.

O proprietário de Justin frequentemente o cedia para trabalhos como pedreiro, e um empregador simpático fez os arranjos com a ferrovia em seu favor. Havia uma condição — que Justin se abstivesse de fazer trilhos até terminar o muro de pedra em volta da propriedade do homem. Eles concordaram que um vão de três pedras era aceitável, se Justin deixasse instruções detalhadas para que o trabalho fosse finalizado.

No dia combinado, Justin partiu para trabalhar uma última vez. Sua ausência não seria notada antes do cair da noite; o empregador sustentou que Justin nunca aparecera naquela manhã. Às dez horas ele estava nos fundos da carroça de Royal e Red. O plano mudou quando deram de cara com Cora, na cidade.

O trem se aproximou da estação do Tennessee. Era uma locomotiva esplêndida, sua tinta vermelha e brilhante refletindo a luz, até mesmo através da mortalha de fuligem. O condutor era um sujeito alegre com uma voz retumbante, abrindo a porta do vagão de passageiros não com pouca cerimônia. Cora suspeitava que uma espécie de demência dos túneis afetava todos os maquinistas da ferrovia.

Depois do instável vagão e da plataforma de carga que a levaram até a Carolina do Norte, pisar num vagão de passageiros propriamente dito — bem-cuidado e confortável como aqueles sobre os quais lera nos almanaques — era um prazer espetacular. Havia assentos para trinta pessoas, confortáveis e macios, e acabamentos de latão refletiam a luz da vela. O cheiro de verniz fresco fazia Cora se sentir como a passageira inaugural de uma viagem mágica e nova. Ela dormiu deitada em três assentos, livre de correntes e da tristeza do sótão pela primeira vez em meses.

O cavalo de ferro ainda resfolegava pelo túnel quando ela acordou. As palavras de Lumbly lhe vieram à mente: *Se quiserem ver do que é feita essa nação, sempre digo, vocês têm que percorrer os trilhos. Olhem para fora à medida que acelerarem, e vão ver a verdadeira face da América.* Era uma piada, desde o início. Em suas jornadas havia apenas escuridão para além das janelas, e sempre haveria.

Justin falava no assento à frente do dela. Contou que seu irmão e suas três sobrinhas que ele nunca havia conhecido viviam no Canadá. Ele ficaria alguns dias na fazenda e então rumaria para o norte.

Royal assegurou ao fugitivo de que a ferrovia estava à sua disposição.

Cora se sentou, e ele repetiu o que acabara de dizer ao outro fugitivo. Ela poderia seguir para uma conexão em Indiana, ou ficar na fazenda Valentine.

Os brancos consideravam John Valentine um dos seus, disse Royal. Sua pele era muito branca. Qualquer pessoa de cor reconhecia imediatamente sua herança etíope. Aquele nariz, aqueles lábios, fosse o cabelo bom ou não. Sua mãe era costureira; o pai, um mascate branco que aparecia a cada poucos meses. Quando morreu, o homem deixou sua herança para o filho; a primeira vez que reconheceu o menino fora das paredes de casa.

Valentine tentou cultivar batatas. Empregou seis homens livres para trabalhar sua terra. Ele nunca tentava parecer ser o que não era, mas não dissipava as suposições das pessoas. Quando Valentine comprou Gloria, ninguém pensou duas vezes. Um jeito de manter uma mulher era mantê-la na escravidão, especialmente se, como John Valentine, você era um novato nas relações românticas. Apenas John, Gloria e um juiz do outro lado do estado sabiam que ela era livre. Ele gostava de livros e ensinou a mulher a ler e a escrever. Criaram dois filhos. Os vizinhos consideravam liberal, ainda que um desperdício, o fato de ele tê-los posto em liberdade.

Quando seu menino mais velho tinha cinco anos, um dos condutores de Valentine foi enforcado e queimado por encarar alguém imprudentemente. Os amigos de Joe diziam que ele não havia estado na cidade aquele dia; um atendente do banco que era amigo de Valentine compartilhou o boato de que a mulher estaria tentando provocar ciúmes num amante. À medida que os anos passam, observou Valentine, a violência racial apenas se torna mais viciosa em suas expressões. Não diminui nem desaparece, nem acontecerá tão cedo, e não no sul. Ele e a mulher decidiram que a Virgínia era o lugar errado para criar uma família. Venderam a fazenda e levantaram acampamento. A terra era barata em Indiana. Havia gente branca lá, também, mas não tão perto.

Valentine aprendeu sobre o comportamento do milho crioulo. Três boas colheitas, uma atrás da outra. Quando visitava familiares lá na Virgínia, ele divulgava as vantagens de seu novo lar. Contratou velhos conhecidos. Poderiam até morar na propriedade dele até que se instalassem; ele aumentara as dimensões de suas terras.

Essas eram as pessoas que ele tinha convidado. A fazenda que Cora conheceu se originara numa noite de inverno depois de uma nevasca pesada. A mulher à porta era uma visão terrível, congelada quase até a morte. Margaret era uma fugitiva de Delaware. Sua jornada até a fazenda Valentine fora tensa — um grupo de sujeitos mal intencionados a levaram em uma rota em zigue-zague para longe de seu senhor. Um golpista, o apresentador de um anúncio de remédio. Ela vagou de cidade em cidade com um dentista ambulante até que ele ficou violento. A tempestade a pegou no meio do caminho. Margaret rezou para que Deus a libertasse, prometeu pôr fim às perversidades e imoralidades que ela demonstrara em sua fuga. As luzes de Valentine surgiram na escuridão.

Gloria cuidou da visitante da melhor forma possível; o médico apareceu em seu pônei. Os calafrios de Margaret nunca cessaram. Ela morreu alguns dias depois.

Na vez seguinte que Valentine foi para o leste a negócios, um cartaz promovendo um encontro antiescravagista o fez parar nos trilhos. A mulher na neve era a emissária de uma tribo miserável. Ele se dobrou a seus serviços.

Naquele outono, sua fazenda era o mais novo escritório da ferrovia subterrânea, fervilhante de fugitivos e condutores. Alguns fugitivos se demoravam ali; se contribuíssem, podiam ficar tanto quanto quisessem. Plantavam milho. Em um pedaço de terra já bem usado, um ex-pedreiro construiu uma forja para um ex-ferreiro de fazenda. A forja cuspia pregos numa velocidade impressionante. Os homens cortaram árvores e construíram cabanas. Um proeminente abolicionista parou por um dia no caminho para Chicago e ficou por uma semana. Luminares, oradores e artesãos começaram a comparecer às discussões de sábado à noite sobre a questão negra. Uma mulher livre tinha uma irmã em Delaware que se metera em dificuldades; a irmã foi para o oeste, recomeçar a vida. Valentine e os pais da fazenda a pagavam para que desse aulas a seus filhos, e sempre nasciam mais crianças.

Com seu rosto branco, contou Royal, Valentine ia até sede do condado e trazia pacotes para seus amigos com rostos negros, os antigos trabalhadores de fazendas que tinham ido para o oeste, os fugitivos que haviam encontrado um paraíso, um propósito, em sua fazenda. Quando os Valentine chegaram, aquele braço do estado de Indiana não era povoado. Enquanto as cidades surgiam, aceleradas pela irrefreável sede americana, a fazenda negra estava lá como um traço natural da paisagem, uma montanha ou um córrego. Metade das lojas brancas dependia de sua proteção; os moradores da fazenda Valentine enchiam as praças e os mercados de domingo para vender seus trabalhos.

"É um lugar de cura", contou Royal a Cora no trem para o norte. "Onde você pode parar e se aprontar para o próximo trecho da viagem."

Na noite anterior, no Tennessee, Ridgeway dissera que Cora e sua mãe eram defeitos no esquema americano. Se duas mulheres eram um defeito, o que seria uma comunidade inteira?

Royal não mencionou as disputas filosóficas que dominavam as reuniões semanais. Mingo, com seus planos para a próxima fase do progresso da tribo de cor, e Lander, cujos apelos elegantes, mas obscuros não ofereciam nenhum remédio fácil. O condutor também evitou a questão muito presente do crescente ressentimento dos pioneiros brancos em relação ao posto avançado negro. As dissensões se fariam saber logo logo.

À medida que avançavam a toda velocidade pela passagem subterrânea, um navio minúsculo naquele mar impossível, a insistência de Royal cumpriu seu propósito. Cora bateu com as mãos na almofada do assento do veículo e disse que a fazenda estava ótima para ela.

Justin ficou lá por dois dias, encheu a barriga e partiu para se juntar a seus parentes no norte. Depois mandou uma carta descrevendo sua chegada e seu novo trabalho em uma empresa de construção. Suas sobrinhas haviam assinado os nomes em tinta de diferentes cores, alegres e ingênuas. Assim que a fazenda Valentine surgiu diante de seus olhos em sua sedutora fartura, não havia mais possibilidade de

Cora partir. Ela passou a contribuir com a vida da fazenda. Aquele era um trabalho que ela reconhecia; ela entendia os ritmos elementares do plantio e da colheita, as lições e os imperativos das estações cambiantes. Suas visões da vida da cidade se turvaram — o que ela sabia sobre lugares como Nova York e Boston? Crescera com as mãos na terra.

Um mês depois de sua chegada, na boca do túnel fantasma, Cora tinha certeza de sua decisão. Ela e Royal estavam prestes a voltar à fazenda quando uma rajada de vento varreu as profundezas lúgubres do túnel. Ela procurou o braço de Royal.

"Por que você me trouxe aqui?", perguntou ela.

"Não devemos falar sobre o que fazemos aqui", respondeu Royal. "E nossos passageiros não devem falar sobre como a ferrovia funciona — colocaria em risco muitas pessoas boas. Elas poderiam falar, se quisessem, mas não falam."

Era verdade. Quando contava sobre sua fuga, ela omitia os túneis e se limitava às linhas gerais. Era algo privado, um segredo sobre você mesmo que nunca lhe passava pela cabeça compartilhar. Não um segredo ruim, mas uma intimidade que fazia parte de você a tal ponto que não podia ser separado. Morreria ao ser compartilhado.

"Mostrei isso a você porque você viu mais da ferrovia do que a maioria", continuou Royal. "Eu queria que visse isso — como tudo se junta. Ou não."

"Sou só uma passageira."

"É por isso", disse ele. Limpou os óculos com a barra da camisa. "A ferrovia subterrânea é maior do que seus operadores — é todos vocês, também. Os pequenos aguilhões, os troncos principais. Temos as mais novas locomotivas e os motores mais obsoletos, e tenho carros movidos a manivela como aquele. Ela vai a toda parte, a lugares que conhecemos e a lugares que não conhecemos. Temos este túnel bem aqui, correndo embaixo de nós, e ninguém sabe para onde ele leva. Se mantivermos a ferrovia funcionando, e nenhum de nós conseguir entender isso, talvez você consiga."

Ela disse que não sabia por que estava ali, ou o que aquilo tudo significava. Só o que sabia era que não queria mais fugir.

* * *

Novembro os castigou com o frio de Indiana, mas dois acontecimentos fizeram Cora esquecer o clima. O primeiro foi o surgimento
de Sam na fazenda. Quando ele bateu na porta de sua cabana, ela o
abraçou com força até ele dizer chega. Eles choraram. Sybil preparou
xícaras de chá de raízes enquanto eles se recompunham.

Sua barba grossa estava rajada de cinza, e a barriga havia crescido,
mas ele era o mesmo sujeito falante que havia abrigado Cora e Caesar
tantos meses antes. A noite em que o caçador de escravos foi até a cidade
o separara de sua antiga vida. Ridgeway pegou Caesar na fábrica antes
de Sam poder alertá-lo. A voz de Sam fraquejou ao lhe contar como seu
amigo fora espancado na cadeia. Ele manteve silêncio sobre seus cama-
radas, mas um homem afirmou ter visto o negro conversando com Sam
em mais de uma ocasião. O fato de Sam ter abandonado o bar no meio
do turno — e de que alguns da cidade conheciam Sam desde criança e
não aprovavam sua natureza autossuficiente — bastou para fazer com
que sua casa fosse queimada até desabar.

"A casa do meu avô. Minha casa. Tudo o que era meu", contou ele.

Quando a multidão arrancou Caesar da cadeia e o agrediu mortal-
mente, Sam já estava longe, a caminho do norte. Ele pagou um mascate
por uma carona e no dia seguinte estava num navio rumo a Delaware.

Um mês depois, sob o manto da noite, colaboradores fecharam a
entrada para o túnel sob a casa dele, por política da ferrovia. A estação
de Lumbly fora tratada de modo similar.

"Eles não gostam de correr riscos", disse ele.

Os homens lhe deram um suvenir, uma xícara de cobre deforma-
da pelo fogo. Ele não a reconheceu, mas a guardou, de toda forma.

"Eu era agente de estação. Encontraram várias coisas para eu fazer."

Sam levava fugitivos para Boston e para Nova York, estudava os
últimos levantamentos para criar rotas de fuga e cuidava dos detalhes
finais que iriam salvar a vida de um fugitivo. Ele até mesmo se disfar-
çou de um caçador de escravos chamado "James Olney", retirando
escravos da cadeia com o pretexto de entregá-los a seus senhores.

Guardas e delegados estúpidos. O preconceito racial carcomia os miolos das pessoas, concluiu ele. Fez uma demonstração de sua voz arrogante de caçador de escravos, para diversão de Cora e Sybil.

Acabara de trazer sua última carga para a fazenda Valentine, uma família de três pessoas que estivera escondida em Nova Jersey. Eles haviam se integrado à comunidade de cor que existia lá, contou Sam, mas um caçador de escravos andava xeretando na região e era hora de fugir. Era sua missão final para a ferrovia subterrânea. Ele iria para o oeste.

"Todo desbravador que eu encontro gosta do uísque deles. Decerto precisarão de atendentes de bar na Califórnia."

Ver seu amigo feliz e gordo a comoveu. Tantos dos que a haviam ajudado tinham tido destinos tão terríveis. Ele não fora morto por causa dela.

Então ele lhe deu as notícias de sua fazenda, o segundo item que abrandou o frio da Indiana.

Terrance Randall estava morto.

A julgar por todos os relatos, as preocupações do senhor de escravos com Cora e sua fuga apenas se intensificaram com o tempo. Ele negligenciou os negócios da fazenda. Seu dia a dia consistia em promover festas sórdidas na casa-grande e em utilizar os escravos em divertimentos cruéis, forçando-os a servirem como vítimas, no lugar de Cora. Terrance continuava a colocar anúncios para capturá-la, enchendo os classificados em estados longínquos com a descrição da jovem e detalhes do crime. Mais de uma vez ele aumentou a já considerável recompensa — Sam vira os boletins com seus próprios olhos, assombrado — e abrigava qualquer caçador de escravos que passasse pelas redondezas, a fim de fornecer um retrato mais completo da vileza de Cora e também para envergonhar o incompetente Ridgeway, que falhara primeiro com seu pai e agora com ele.

Terrance morreu em Nova Orleans, em um quarto de um bordel crioulo. Seu coração capitulara, enfraquecido por meses de dissipação.

"Ou talvez até o coração dele estivesse cansado de tanta maldade", sugeriu Cora.

Enquanto absorvia a informação de Sam, ela perguntou sobre Ridgeway.

Sam fez um gesto de desprezo.

"Ele está nas últimas agora. Já estava no fim da carreira, mesmo antes", fez uma pausa, "do incidente do Tennessee".

Cora acenou a cabeça, mostrando que entendia. Não se falou sobre o assassinato cometido por Red. A ferrovia o desincumbiu assim que ficou sabendo de toda a história. Red não se incomodou. Ele tinha novas ideias sobre como romper com o jugo da escravidão e se recusou a entregar suas armas.

"Ele não é alguém que olhe para trás", disse Royal, "depois de colocar a mão no arado".

Royal ficou triste de ver o amigo partir, mas não havia maneira de fazer convergir seus métodos, não depois do Tennessee. Ele justificava o assassinato perpetrado por Cora como uma questão de autodefesa, mas a pura sede por sangue de Red era algo diferente.

O pendor de Ridgeway para a violência e suas ideias fixas estranhas tornaram difícil encontrar homens dispostos a trabalhar com ele. A reputação maculada, junto com a morte de Boseman e a humilhação de ser tratado como um animal por negros foras da lei, o transformou num pária entre seus pares. Os xerifes do Tennessee ainda estavam à procura dos assassinos, claro, mas Ridgeway não fazia parte da caçada. Não se tinha notícias dele desde o verão.

"E o menino, Homer?"

Sam ouvira falar da estranha criaturinha. Foi ele quem acabou por ajudar o caçador de escravos, lá no meio da mata. O jeito bizarro de Homer tampouco ajudou a reputação de Ridgeway — o arranjo entre eles alimentou especulações sem fim. Seja como for, os dois desapareceram juntos, o elo entre eles inquebrado pelo ataque.

"Para uma caverna úmida", contou Sam, "como bem merecem aqueles merdas sem valor".

Sam ficou na fazenda por três dias, cortejando sem sucesso o afeto de Georgina. Tempo bastante para participar do despalhamento do milho.

A competição começou na última noite de lua cheia. As crianças passaram o dia inteiro arrumando o milho em duas pilhas enormes, dentro de um muro de folhas vermelhas. Mingo era capitão de um time — pelo segundo ano seguido, observou Sybil, desgostosa. Ele escolheu uma equipe cheia de aliados, despreocupado em representar toda a gama da sociedade da fazenda. O filho mais velho de Valentine, Oliver, reuniu um grupo variado de recém-chegados e velhos escravos.

"E nosso distinto hóspede, é claro", disse Oliver, finalmente, referindo-se a Sam.

Um garotinho soprou o apito e o despalhamento começou com frenesi. O prêmio daquele ano era um grande espelho de prata que Valentine conseguira em Chicago. O objeto estava entre as pilhas, amarrado com uma fita azul, refletindo o brilho alaranjado das abóboras iluminadas. Os capitães gritavam ordens para seus homens enquanto a plateia vibrava e batia palmas. O violinista tocava um acompanhamento ligeiro e cômico. As crianças pequenas corriam entre as pilhas, passando a mão nas palhas, às vezes antes mesmo de aterrissarem no chão.

"Pegue aquele milho!"

"Melhor você correr para lá!"

Cora observava a certa distância, a mão de Royal repousando em seu quadril. Na noite anterior ela deixou que ele a beijasse, o que Royal considerou, não sem razão, como um indicativo de que Cora estava finalmente permitindo que ele intensificasse sua corte. Ela o fizera esperar. Ele esperaria mais. Mas o relato de Sam sobre o falecimento de Terrance a enternecera, mesmo se antes ensejasse visões de vingança. Ela via seu antigo senhor enrolado em lençóis, a língua roxa saindo pela boca. Chamando por uma ajuda que nunca veio. Derretendo-se no caixão até o estágio de uma polpa sanguinolenta, e então tormentos em um inferno fora do apocalipse. Cora acreditava naquela parte do livro sagrado, pelo menos. Descrevia, de forma codificada, a fazenda de escravos.

"A colheita na fazenda Randall não era assim", contou Cora. "Era lua cheia quando colhíamos, mas sempre tinha sangue."

"Você não está mais na fazenda Randall", rebateu Royal. "Você é livre."

Ela controlou seu temperamento e sussurrou: "Como assim? A terra é propriedade. Ferramentas são propriedade. Alguém vai leiloar a fazenda Randall, incluindo os escravos. Os parentes sempre aparecem quando uma pessoa morre. Ainda sou propriedade de alguém, mesmo no estado de Indiana."

"Ele está morto. Nenhum primo vai se dar o trabalho de recuperar você, não como ele", disse Royal. "Você é livre."

Ele se juntou à cantoria para mudar de assunto e para lembrá-la de que havia coisas que podiam fazer um corpo se sentir bem. Uma comunidade que se unira, da semeadura à colheita e ao despalhamento. Mas a música era música de labuta que Cora conhecia das plantações de algodão, levando-a de volta para as crueldades da fazenda Randall e fazendo seu coração baquear. Connelly costumava começar a música como sinal para voltar à colheita depois de um açoitamento.

Como é que uma coisa tão amarga poderia se tornar uma fonte de prazer? Tudo em Valentine era o contrário. O trabalho não precisava significar sofrimento, podia unir as pessoas. Uma criança vivaz como Chester podia se desenvolver e prosperar, como Molly e suas amigas. Uma mãe podia criar a filha com amor e bondade. Uma bela alma como Caesar poderia ser o que quisesse ali; todos poderiam; ter uma colcha, ser um professor de escola, lutar pelos direitos da gente de cor. Até mesmo ser poeta. Em sua miséria na Geórgia, ela imaginara a liberdade, e não se parecera nem um pouco com aquilo. Liberdade era uma comunidade trabalhando em prol de algo adorável e raro.

Mingo venceu. Seus homens o carregaram numa cadeira em volta das pilhas de espigas nuas, rouco de animação. Jimmy disse que nunca vira um homem branco dar tão duro, e Sam escancarou um sorriso de prazer. Georgina, porém, não se comoveu.

No dia da partida de Sam, Cora o abraçou e beijou suas bochechas barbadas. Ele disse que mandaria um recado quando tivesse se estabelecido, fosse quando fosse.

Era época de dias curtos e noites longas. Cora visitava a biblioteca com frequência quando o tempo virava. Levava Molly consigo, quando conseguia convencê-la. Elas se sentavam uma ao lado da outra, Cora com um livro de ficção ou um romance, e Molly folheando as páginas de um conto de fadas. Um condutor de carroças as parou um dia quando estavam prestes a entrar.

"O senhor dizia que a única coisa mais perigosa que um preto com uma arma", disse ele, "era um preto com livro. Isso deve ser uma pilha enorme de pólvora preta, então!".

Quando alguns dos moradores, agradecidos, sugeriram a construção de um anexo para a casa de Valentine a fim de abrigar seus livros, Gloria sugeriu uma estrutura separada.

"Assim, qualquer pessoa que queira pegar um livro pode fazê-lo quando quiser."

Também proporcionaria mais liberdade à família. Eles eram generosos, mas havia um limite.

Construíram a biblioteca ao lado do defumadouro. A sala tinha um cheiro agradável de fumaça quando Cora se sentou em uma das cadeiras grandes com os livros de Valentine. Royal dizia que era a maior coleção de literatura negra deste lado de Chicago. Cora não sabia se aquilo era verdade, mas certamente não faltava material de leitura. Além dos tratados sobre manutenção de fazendas e sobre o cultivo de vários tipos de vegetais, havia prateleiras e mais prateleiras de histórias. As ambições dos romanos e as vitórias dos mouros, os feudos reais da Europa. Volumes enormes continham mapas de terras das quais Cora nunca ouvira falar, os esboços de um mundo não conquistado.

E a literatura disparatada das tribos de cor. Relatos de impérios africanos e dos milagres dos escravos egípcios que haviam erigido pirâmides. Os carpinteiros da fazenda eram verdadeiros artesãos — eles tinham que ser, para fazer com que todos aqueles livros não caíssem das prateleiras, de tantas maravilhas que continham. Panfletos de versos escritos por poetas negros, autobiografias de oradores de cor. Phillis Wheatley e Jupiter Hammon. Havia um homem chamado Benjamin Banneker que escrevia almanaques — almanaques! Ela os devorava! — e era confidente de Thomas Jefferson, que escrevera a

Declaração. Cora leu relatos de escravos que haviam nascido acorrentados e aprendido a ler. De africanos que haviam sido roubados, arrancados de seus lares e de suas famílias, e que descreviam as misérias da servidão e então suas fugas espetaculares. Ela reconhecia essas histórias como suas. Eram as histórias de todas as pessoas de cor que ela jamais conhecera, histórias de pessoas de cor que ainda nem sequer haviam nascido, as fundações de seus triunfos.

As pessoas haviam colocado tudo aquilo no papel em cômodos minúsculos. Algumas até mesmo tinham pele escura como ela. Sua mente se alvoroçava a cada vez que ela abria a porta. Precisava começar logo, se iria ler todos eles.

Valentine se juntou a ela certa tarde. Cora era amiga de Gloria, que a chamava de "a Aventureira", devido às muitas complicações de sua jornada, mas ela não falara com o marido de Gloria, a não ser por alguns cumprimentos. A enormidade de sua dívida era indizível, de forma que ela preferia evitá-lo.

Ele olhou para a capa do livro dela, um romance sobre o garoto mouro que se torna o flagelo dos Sete Mares. A linguagem era simples, e ela avançava rapidamente.

"Nunca cheguei a ler isso", comentou Valentine. "Ouvi dizer que você gosta de passar tempo aqui. Você que é da Geórgia?"

Ela assentiu.

"Nunca estive lá — as histórias são tão terríveis, eu seria capaz de perder as estribeiras e deixar minha mulher viúva."

Cora devolveu o sorriso. Ele fora uma presença constante nos meses de verão, cuidando do milho crioulo. Os trabalhadores da fazenda conheciam a anileira, o tabaco, o algodão — claro —, mas o milho era uma criatura à parte. Ele era agradável e paciente em suas instruções. Com a mudança da estação, ele se fez menos presente. Se sentia mal, as pessoas comentavam. Passava a maior parte do tempo na casa, conferindo as contas da fazenda.

Ele caminhou até a prateleira de mapas. Agora que estavam na mesma sala, Cora se sentiu compelida a retificar seus meses de silêncio. Ela perguntou sobre os preparativos para a reunião.

"Ah, sim, isso", disse Valentine. "Você acha que vai acontecer?"

"Precisa acontecer", respondeu Cora.

A reunião havia sido postergada duas vezes em função de compromissos já assumidos por Lander. A mesa da cozinha de Valentine começara a cultura do debate na fazenda, quando ele e seus amigos — e mais tarde eruditos em visita e importantes abolicionistas — ficavam acordados até depois da meia-noite discutindo a questão negra. A necessidade de faculdades de comércio, faculdades de medicina de cor. De uma voz no congresso, se não um representante ao menos uma aliança forte com brancos de mente liberal. Como desfazer o dano da escravidão às faculdades mentais — tantos homens livres continuavam escravizados pelos horrores que haviam sofrido.

As conversas durante o jantar se tornaram rituais, transbordando para fora da casa e migrando para o salão comunitário, quando então Gloria parou de servir comida e bebida e deixou que cuidassem de si mesmos. Aqueles que favoreciam uma visão mais gradual do progresso das pessoas de cor trocavam farpas com aqueles que tinham uma agenda mais premente. Quando Lander chegou — o homem de cor mais digno e eloquente que qualquer um deles já vira —, as discussões adotaram um caráter mais local. A direção da nação era uma questão; o futuro da fazenda, outro.

"Mingo jura que será uma ocasião memorável", disse Valentine. "Um espetáculo de retórica. Hoje em dia, espero que o espetáculo seja cedo, para que eu possa me retirar em um horário decente."

Exaurido pelo lobby de Mingo, Valentine havia delegado a organização do debate.

Mingo morava na fazenda havia um bom tempo, e no que dizia respeito a tratar dos apelos de Lander, era bom ter uma voz nativa. Ele não era um orador tão talentoso, mas um ex-escravo falava por um bom segmento da fazenda.

Mingo tirara vantagem da demora em se realizar pressão por melhores relações com as cidades brancas. Ele influenciou alguns do campo de Lander — não que estivesse exatamente claro o que Lander tinha em mente. Lander falava de forma simples, mas obscura.

"E se eles decidirem que a gente deve ir embora?", perguntou Cora.

Ela ficou surpresa com sua própria dificuldade de dominar as palavras.

"Eles? Você é uma de nós."

Valentine pegou a cadeira que Molly costumava usar. Visto de perto, ficava claro que o fardo de tantas almas havia cobrado seu quinhão. O homem era a imagem da exaustão.

"Pode ser que não esteja em nossas mãos", continuou ele. "O que construímos aqui... tem muita gente branca que não quer que tenhamos isso. Mesmo se não suspeitam de nossa relação com a ferrovia. Olhe em volta. Se eles matam um escravo por aprender a ler e escrever, como acha que se sentiriam quanto a uma biblioteca? Estamos em uma sala cheia de ideias. Ideias demais para um homem de cor. Ou para uma mulher de cor."

Cora aprendera a valorizar os tesouros impossíveis da fazenda Valentine tão completamente que se esquecera de como eram impossíveis. A fazenda e as propriedades adjacentes que funcionavam na base dos interesses de cor eram grandes demais, prósperas demais. Um foco de negritude no jovem estado. O legado negro de Valentine se tornara conhecido anos antes. Alguns se sentiam enganados ao verem negros sendo tratados como iguais — e então tinham que tolerar aquele negro prepotente os envergonhando com seu sucesso.

Ela contou a Valentine sobre um incidente ocorrido na semana anterior, quando caminhava pela rua e quase foi atropelada por uma carroça. O condutor gritou xingamentos revoltantes ao passar. Cora não era a única vítima do abuso. Os recém-chegados às cidadezinhas ao redor, os arruaceiros e brancos de baixa extração começavam brigas quando os moradores da fazenda iam fazer compras. Assediavam as mulheres jovens. Na semana passada, uma loja de alimentos pendurou uma placa em que se lia APENAS BRANCOS — um pesadelo emergindo do sul para assombrá-los.

Valentine disse: "Como cidadãos americanos temos o direito legal de estar aqui."

Mas a Lei do Escravo Fugitivo também era uma realidade legal. A colaboração deles com a ferrovia subterrânea complicava as coisas. Caçadores de escravos não davam as caras por ali com muita frequência, mas já acontecera. Na última primavera, dois caçadores apareceram com um mandado para fazer uma busca em cada casa da fazenda. A presa deles já se fora havia muito, mas a lembrança das patrulhas de busca expunha a natureza precária da vida dos moradores locais. Um dos cozinheiros urinou nos cantis deles enquanto saqueavam as cabanas.

"Indiana era um estado escravagista", continuou Valentine. "Esse mal se entranha na terra. Alguns dizem que ele se impregna e fica mais forte. Talvez este não seja o lugar. Talvez Gloria e eu devêssemos ter continuado depois da Virgínia."

"Eu sinto isso quando vou à cidade agora", disse Cora. "Vejo nos olhos deles aquele olhar que eu conheço."

Não era só Terrance, Connelly e Ridgeway que ela reconhecia, os selvagens. Ela observara os rostos no parque da Carolina do Norte durante do dia, e à noite, quando se juntavam para cometer atrocidades. Rostos brancos redondos como um infindável campo de bolas de algodão, todos do mesmo material.

Vendo a expressão desanimada de Cora, Valentine comentou: "Tenho orgulho do que construímos aqui, mas certa vez nós tivemos que recomeçar. Podemos fazer isso de novo. Tenho dois filhos fortes para nos ajudar agora, e podemos conseguir um bom valor pela terra. Gloria sempre quis conhecer Oklahoma, embora só Deus saiba por quê. Eu tento fazê-la feliz."

"Se ficarmos", disse Cora, "Mingo não permitiria pessoas como eu. Fugitivos. Aqueles que não têm para onde ir."

"É bom conversar", falou Valentine. "Conversar limpa o ar e faz com que possamos ver o que é o quê. Veremos como está o ânimo geral na fazenda. É minha, mas é de todo mundo, também. E sua. Eu vou acatar a decisão das pessoas."

Cora viu que a conversa o havia exaurido.

"Por que fazer tudo isso?", perguntou ela. "Por todos nós?"

"Eu achava que você era uma das espertas", respondeu Valentine.

"Você não sabe? O homem branco não vai fazer isso. Precisamos fazer nós mesmos."

Se havia ido até lá por um livro específico, o fazendeiro saiu de mãos abanando. O vento assoviava pela porta aberta, e Cora apertou o xale em torno do corpo. Se continuasse lendo, poderia começar outro livro até a hora do jantar.

A derradeira reunião na fazenda Valentine ocorreu numa noite fria de dezembro. Nos anos que seguiriam, os sobreviventes partilhavam suas versões do que acontecera naquela noite, e por quê. Até o dia de sua morte, Sybil insistiu que Mingo era o informante. Ela era uma velha senhora então, vivendo em um lago de Michigan com um bando de netos que tinham que ouvir suas conhecidas histórias. De acordo com Sybil, Mingo dissera aos homens da lei que a fazenda abrigava fugitivos e forneceu os detalhes necessários para uma emboscada bem-sucedida. Uma batida dramática colocaria um fim nas relações com a ferrovia, o fluxo infindável de negros em necessidade, e asseguraria a longevidade da fazenda. Quando questionada se ele provocara a violência, ela fechava os lábios, formando uma linha, e não dizia mais nada.

Outro sobrevivente — Tom, o ferreiro — observou que a lei estivera atrás de Lander por meses. Ele era o alvo. A retórica de Lander inflamava paixões; ele fomentava rebeliões e era orgulhoso demais para que permitissem que ficasse livre. Tom nunca aprendera a ler, mas gostava de exibir seu volume do *Apelo*, de Lander, que o grande orador autografara para ele.

Joan Watson nascera na fazenda. Ela tinha seis anos naquela noite. Depois do ataque, vagou pela floresta durante três dias, mastigando bolotas de carvalhos, até que uma caravana de carroças a encontrou. Quando ficou mais velha, descreveu a si mesma como estudante de história americana, ligada ao inevitável. Disse que as cidades brancas haviam simplesmente se juntado para se verem livres do enclave negro no meio delas. É assim que as tribos europeias operam, afirmou. Se não conseguem controlar você, elas o destroem.

Se alguém na fazenda sabia o que estava por vir, não deu qualquer sinal. O sábado transcorreu em uma lenta calma. Cora passou a maior parte do dia no quarto com o último almanaque que Royal lhe dera. Ele o conseguira em Chicago. Bateu na porta por volta da meia-noite para entregá-lo a ela; sabia que Cora estaria acordada. Estava tarde, e ela não queria atrapalhar Sybil e Molly. Levou-o para o seu quarto pela primeira vez.

Ela enlouqueceu à vista do almanaque do ano seguinte. Grosso como um livro de orações. Cora contara a Royal sobre os dias passados no sótão na Carolina do Sul, mas ver o ano na capa — um objeto conjurado do futuro — levou-a à própria mágica. Ela lhe contou sobre a infância na fazenda Randall, onde colhera algodão, um saco a reboque. Sobre sua avó, Ajarry, que fora sequestrada de sua família na África e cuidava de um pequeno pedaço de terra, a única coisa que chamava de sua. Cora falou de sua mãe, Mabel, que um dia fugiu e a deixou à mercê da inconstante misericórdia do mundo. Sobre Blake e a casa de cachorro, e como ela o enfrentara com um machado. Quando contou a Royal sobre a noite em que a arrastaram para trás do defumadouro e pediu desculpas por ter deixado aquilo acontecer, ele lhe disse para não falar mais nada — era ela quem merecia um pedido de desculpas, por todas as suas dores, afirmou ele. Royal lhe disse que todos os inimigos dela, todos os senhores de escravos e todos os feitores de seu sofrimento, seriam punidos, se não neste mundo, então no próximo, pois a justiça pode ser lenta e invisível, mas sempre pronuncia seu verdadeiro veredito no fim. Ele enlaçou seu corpo ao dela para aquietar os tremores e soluços de Cora, e então pegaram no sono assim, no quarto dos fundos de uma cabana na fazenda Valentine.

Ela não acreditava no que ele falara sobre justiça, mas era bom ouvi-lo dizer aquilo.

Então Cora acordou na manhã seguinte e se sentiu melhor, e precisou admitir que acreditava, sim, naquilo; talvez só um pouquinho.

Pensando que Cora estivesse deitada por causa de uma de suas dores de cabeça, Sybil levou um pouco de comida para ela por volta do meio-dia. Brincou com Cora sobre Royal ter passado a noite lá. Ela estava consertando o vestido que usaria na reunião quando ele "saiu daqui segurando as botinas na mão e parecendo um cachorro que roubou restos de comida". Cora se limitou a sorrir.

"Seu homem não foi o único que veio aqui na noite passada", disse Sybil.

Lander voltara.

Isso explicava o bom humor de Sybil. Lander lhe causava uma forte impressão, cada uma de suas visitas a fortalecendo por dias a fio.

Aquelas palavras adocicadas dele. Agora finalmente voltara a Valentine. A reunião aconteceria, e que desenlace teria, ninguém sabia ao certo. Sybil não queria ir para o oeste nem ter que deixar sua casa, o que todo mundo imaginava ser a solução de Lander. Ela estava irredutível quanto a ficar desde que a conversa sobre alguma mudança começara. Mas ela não aceitava as condições de Mingo, de pararem de oferecer abrigo àqueles que precisavam.

"Não existe um lugar como aqui, em parte alguma. Ele quer acabar com isso."

"Valentine não vai deixar ele estragar tudo", respondeu Cora, embora, depois de conversar com o homem na biblioteca, parecesse que em sua mente ele já havia feito as malas.

"Veremos", disse Sybil. "Talvez eu precise fazer um discurso, e dizer àquelas pessoas o que elas precisam ouvir."

Naquela noite, Royal e Cora se sentaram na fileira da frente, ao lado de Mingo e sua família, a mulher e os filhos que ele resgatara da escravidão. Sua mulher, Angela, estava quieta como sempre; para ouvi-la falar, seria necessário se esconder sob a janela da cabana deles enquanto ela dava conselhos particulares ao marido. As filhas de Mingo usavam vestidos azul-claros, com suas longas marias-chiquinhas entrelaçadas com fitas brancas. Lander brincou de adivinha com a mais nova enquanto os moradores enchiam o salão comunitário. O nome dela era Amanda. A menina segurava um buquê de flores de tecido; ele fez uma piada sobre elas e os dois riram. Quando Cora avistava Lander em um momento como esse, um breve lapso entre performances, ele a fazia se lembrar de Molly. Apesar de toda sua conversa amigável, ela pensava que ele preferiria estar em casa sozinho, tocando concertos em cômodos vazios.

Ele tinha dedos longos e finos. Que curioso que uma pessoa que nunca pegou em uma bola de algodão nem nunca cavou uma trincheira ou tenha experimentado a chibata viesse para falar àqueles que haviam sido definidos por tais coisas. Ele era de constituição delgada, com uma pele reluzente que anunciava a ancestralidade mista. Ela nunca o vira correndo ou apressado. O homem se movimentava com uma calma agradável, como uma folha vagando na superfície de um lago, fazendo seu próprio caminho entre correntes suaves. Então ele abria a boca, e se via que as forças que o moviam não eram suaves, de forma alguma.

Não houve visitantes brancos naquela noite. Todos os que moravam e trabalhavam na fazenda estavam presentes, bem como as famílias das fazendas de cor das redondezas. Vendo-os todos em um só recinto, Cora pela primeira vez teve a ideia de como eram grandes. Havia pessoas que ela nunca vira antes, como o menininho levado que piscou para ela quando seus olhos se encontraram. Estranhos, mas família, primos, embora nunca apresentados. Estava cercada por homens e mulheres que haviam nascido na África, ou em meio à servidão, que haviam alforriado a si mesmos ou fugido. Marcados a fogo, surrados, estuprados. Agora estavam ali. Eles eram livres e pretos e donos de seu próprio destino. Sentiu arrepios.

Valentine se apoiou no atril.

"Não cresci como vocês", disse ele. "Minha mãe nunca temeu por minha segurança. Nenhum comerciante iria me pegar no meio da noite e me vender para o sul. Os brancos viam a cor da minha pele, e isso bastava para eu ser deixado em paz. Eu me dizia que não estava fazendo nada de errado, mas agi com ignorância todos os meus dias. Até que vocês vieram para cá e construíram uma vida conosco."

Ele deixou a Virgínia, contou, para poupar os filhos dos males do preconceito e de seu parceiro ameaçador, a violência. Mas salvar duas crianças não basta quando Deus o abençoou com tanto.

"Uma mulher veio até nós, no meio do inverno rigoroso, doente e desesperada. Não conseguimos salvá-la." A voz de Valentine ficou rouca. "Negligenciei meu dever. Enquanto um da nossa família fosse submetido aos tormentos da servidão, eu era um homem livre apenas no nome. Quero expressar minha gratidão a todos aqui por me ajudarem a corrigir as coisas. Vocês salvaram a minha vida, estejam vocês conosco há anos ou apenas algumas horas."

Valentine fraquejou. Gloria se juntou a ele e acolheu seu corpo no dela.

"Agora alguns de nossa família têm coisas para dividir com vocês", disse Valentine, pigarreando. "Espero que os escutem como escutam a mim. Há lugar suficiente para ideias distintas quando se trata de mapear nosso caminho em meio à selvageria. Quando a noite está escura e cheia de passos traiçoeiros."

O patriarca da fazenda se retirou do atril e Mingo tomou seu lugar. Os filhos de Mingo correram até ele, beijando suas mãos para lhe desejar boa sorte antes de voltarem aos bancos.

Mingo começou com a história de sua jornada, as noites passadas suplicando ao Senhor por orientação, os longos anos que demorou para comprar a liberdade de sua família.

"Com meu trabalho honesto, um por um, exatamente como vocês salvaram a si mesmos."

Ele esfregou o nó de um dedo nos olhos. Então mudou o tom.

"Nós conseguimos o impossível", afirmou, "mas nem todos têm o nosso caráter. Nem todos nós conseguiremos. Alguns estão além da salvação. A escravidão distorceu suas mentes, um demônio enchendo suas cabeças de ideias sórdidas. Eles se entregaram ao uísque e seu falso conforto. À desesperança e aos seus demônios. Vocês viram essas almas perdidas nas fazendas, nas ruas de pequenas e grandes cidades — aqueles que não conseguem respeitar a si mesmos. Vocês os viram aqui, recebendo a dádiva deste lugar, mas incapazes de se ajustarem. Eles sempre desaparecem na noite porque, no fundo de seus corações, sabem que não são merecedores. É tarde demais para eles".

Alguns dos apoiadores no fundo da sala disseram amém. Há realidades que precisamos encarar, explicou Mingo. Os brancos não vão mudar da noite para o dia. Os sonhos da fazenda são valorosos e verdadeiros, mas requerem uma abordagem gradual.

"Não podemos salvar a todos, e agir como se pudéssemos condenar a todos nós. Vocês acham que os brancos — a poucos quilômetros daqui — vão suportar nossa insolência para sempre? Nós ressaltamos a fraqueza deles. Abrigando fugitivos. Agentes da ferrovia subterrânea com armas indo e vindo. Pessoas que são procuradas por assassinato. Criminosos."

Cora fechou os punhos quando o olhar de Mingo recaiu sobre ela.

A fazenda Valentine dera gloriosos passos na direção do futuro, disse ele. Os benfeitores brancos forneciam livros didáticos para as crianças — por que não pedir para doarem recursos para escolas inteiras? E não apenas uma ou duas, mas mais uma dezena delas? Possibilitando parcimônia e inteligência ao negro, argumentava Mingo, ele vai entrar na sociedade americana como um membro produtivo merecedor de todos os direitos. Por que arriscar isso? Precisamos desacelerar as coisas. Chegar a um acordo com nossos vizinhos e, principalmente, cessar atividades que possam forçar sua fúria sobre nós.

"Construímos algo incrível aqui", concluiu ele. "Mas é uma coisa preciosa, e precisa ser protegida, nutrida, senão vai murchar, como uma rosa em uma repentina friagem."

Durante os aplausos, Lander sussurrou algo para a filha de Mingo, e eles deram risinhos novamente. Ela tirou uma das flores de tecido de seu buquê e a colocou na lapela do paletó verde dele. Lander fingiu cheirar a fragrância e revirou os olhos de brincadeira.

"Está na hora", disse Royal, enquanto Lander apertava a mão de Mingo e tomava seu lugar no atril.

Royal havia passado o dia com ele, caminhando pelos campos e conversando. Royal não partilhava da ideia que estaria na base do discurso de Lander aquela noite, mas tinha um ar otimista. Antigamente, quando o assunto da mudança surgia, Royal dizia a Cora que preferia ir para o Canadá em vez de para o oeste.

"Eles sabem como tratar negros livres lá", disse.

E o trabalho dele com a ferrovia? Preciso me aquietar alguma hora, respondeu Royal. Não era possível criar uma família enquanto corria por aí fazendo missões para a ferrovia. Cora mudava de assunto quando ele começava com esse tipo de conversa.

Agora ela veria com seus próprios olhos — todos veriam — o que o homem de Boston tinha em mente.

"O irmão Mingo falou algumas coisas importantes", afirmou Lander. "Não temos como salvar a todos. Mas isso não significa que não possamos tentar. Às vezes uma ilusão útil é melhor do que uma verdade inútil. Nada vai crescer nesse frio inclemente, mas ainda assim podemos ter flores.

"Eis uma ilusão: podemos escapar da escravidão. Não podemos. As cicatrizes da escravidão nunca desaparecerão. Quando você viu sua mãe ser vendida, seu pai ser açoitado ou sua irmã ser abusada por algum feitor ou senhor, chegou a imaginar que um dia estaria sentado aqui, sem correntes, sem jugo, junto a uma nova família? Tudo que você sempre soube lhe levou a acreditar que a liberdade era uma enganação — e mesmo assim aqui está você. Nós ainda fugimos, seguindo sob a velha e boa lua cheia em direção ao santuário.

"A fazenda Valentine é uma ilusão. Quem disse que o negro merecia um refúgio? Quem lhes disse que vocês tinham tal direito? Todo e qualquer minuto da sua vida de sofrimento atestou outra coisa. Considerando-se todos os fatos da história, isso não pode existir. Este lugar deve ser uma ilusão, também. E no entanto aqui estamos.

"E a América também é uma ilusão, a maior de todas. A raça branca acredita — acredita do fundo do coração — que é direito dela tomar a terra. Matar índios. Guerrear. Escravizar seus irmãos. Se há qualquer justiça no mundo, esta nação não deve existir, pois suas fundações são assassinato, roubo e crueldade. E no entanto aqui estamos.

"Devo responder ao chamado de Mingo pelo processo gradual, de fechar as nossas portas àqueles que precisam. Devo responder àqueles que acham que este lugar está perto demais da danosa influência da escravidão e que deveríamos ir para o oeste. Não tenho uma resposta para vocês. Não sei o que devemos fazer. A palavra *nós*. De certa maneira, a única coisa que temos em comum é a cor da nossa pele. Nossos ancestrais vieram de todo o continente africano. É muito grande. O irmão Valentine tem os mapas do mundo em sua esplêndida biblioteca, vocês podem ver por si mesmos. Eles tinham meios diferentes de subsistência, costumes diferentes, falavam uma centena de línguas diferentes. E essa grandiosa mistura foi trazida para a América no seio de navios negreiros. Para o norte, para o sul. Seus filhos e filhas colheram tabaco, cultivaram algodão, trabalharam nos maiores latifúndios e nas menores fazendas. Nós somos artesãos e parteiras e pregadores e mascates. Mãos negras construíram a Casa Branca, a sede do governo da nossa nação. A palavra *nós*. Não somos um único povo, mas muitos povos diferentes. Como pode uma pessoa falar por esta grande, bela raça — que não é uma raça só, mas muitas, com um milhão de desejos e esperanças e vontades para nós e nossos filhos?

"Pois somos africanos na América. Algo novo na história do mundo, sem existir modelos para aquilo que nós nos tornaremos.

"A cor deve bastar. Ela nos trouxe até aqui esta noite, até esta discussão, e vai nos conduzir para o futuro. Só o que sei de verdade é que nos erguemos e caímos juntos, uma família de cor vivendo ao lado de uma família branca. Talvez não saibamos o caminho pela floresta, mas podemos apoiar uns aos outros ao cair, e assim chegaremos, juntos."

Quando os antigos moradores da fazenda Valentine recordavam aquele momento, quando contavam a estranhos e aos netos sobre como viviam e como tudo chegou ao fim, suas vozes ainda tremiam, anos depois. Na Filadélfia, em São Francisco, nas cidades rurais de criação de gado e nos ranchos onde eles acabaram construindo um lar, choravam pelos que morreram naquele dia. O ar na sala se tornou pesado, eles disseram às suas famílias, engrossado por um poder invisível. Tivessem nascido livres ou escravos, todos residiam naquele momento como um só: o momento em que você mira na Estrela do Norte, a estrela polar, e decide fugir. Talvez estivessem na iminência de uma nova ordem, na iminência de atar razão à desordem, de colocar todas as lições da história em espera no futuro. Ou talvez o tempo, como costuma fazer, tenha emprestado à ocasião uma gravidade que ela não tinha, e tudo fosse como Lander insistia: estavam vivendo uma ilusão.

Mas isso não significava que não fosse verdade.

O tiro atingiu Lander no peito. Ele caiu para trás, fazendo o atril tombar. Royal foi o primeiro a se colocar de pé. Enquanto corria na direção do homem caído, três balas atingiram suas costas. Ele se contorceu como um dançarino de São Vito e caiu. Então veio um coro de disparos de rifle, gritos e vidro estilhaçado, e uma confusão ensandecida tomou conta do salão comunitário.

Os homens brancos lá fora vibravam e uivavam diante da carnificina. Atabalhoadamente os moradores correram para as saídas, se esgueirando por entre bancos, subindo neles, subindo uns nos outros. Quando a entrada ficou congestionada, as pessoas começaram a escalar as janelas. Mais disparos de rifles. Os filhos de Valentine ajudaram o pai a chegar até a porta. À esquerda do palco, Gloria se jogou sobre Lander. Ela viu que não havia nada a ser feito e seguiu sua família para fora dali.

Cora segurou a cabeça de Royal no colo, exatamente como fizera na tarde do piquenique. Ela correu os dedos por seus cachos, o ninou e chorou. Royal sorriu por trás do sangue que borbulhava de sua boca. Disse-lhe para não ter medo, o túnel a salvaria novamente.

"Vá até a cabana na floresta. Você pode me dizer para onde leva."

O corpo dele ficou mole.

Dois homens a pegaram e a tiraram de perto do corpo de Royal. Não é seguro aqui, disseram. Um deles era Oliver Valentine, que voltara para ajudar os outros a fugirem do salão comunitário. Ele chorava e gritava. Uma vez fora da construção, depois de descidos os degraus, Cora se perdeu de seus salvadores. A fazenda estava em comoção. O pelotão branco arrastava homens e mulheres para a escuridão, suas faces terríveis tomadas de deleite. Um mosquete abriu um talho em um dos carpinteiros de Sybil — ele segurava um bebê nos braços e ambos foram ao chão. Ninguém sabia para onde correr, e nenhuma voz razoável podia ser ouvida acima do clamor. Cada um por si, como sempre fora.

A filha de Mingo, Amanda, tremia, ajoelhada e sem a família à vista. Desolada na terra. Seu buquê se despetalara. Ela agarrou os caules nus, os arames de ferro que o ferreiro forjara na bigorna na semana anterior especialmente para ela. Os arames cortaram suas palmas, de tão forte que ela agarrou. Mais sangue na terra. Quando fosse mais velha, ela leria sobre a Grande Guerra na Europa e se lembraria daquela noite. Ela então estaria morando, depois de percorrer todo o país, em uma pequena casa com um marinheiro da tribo shinnecock que a mimava em excesso. Ela passaria tempo na Louisiana e na Virgínia, onde seu pai abriria instituições de ensino para a gente de cor, e na Califórnia. Um período em Oklahoma, onde os Valentine se restabeleceram. O conflito na Europa foi terrível e violento, disse ela ao seu marinheiro, mas sem citar o nome. A Grande Guerra sempre fora entre os brancos e os negros. Sempre seria.

Cora gritou por Molly. Ela não via ninguém que reconhecesse, seus rostos transformados pelo medo. O calor dos tiros pairava sobre ela. A casa de Valentine estava em chamas. Um galão de querosene explodiu no segundo andar e incendiou o quarto de John e Gloria. As janelas da biblioteca se despedaçaram, e Cora viu os livros pegando fogo nas prateleiras, lá dentro. Ela deu dois passos naquela direção antes de Ridgeway interceptá-la. Eles lutaram, e os grandes braços dele a circundaram, os pés dela chutando o ar como os dos enforcados em árvores.

Homer estava ao lado dele — era o menino que ela vira nos bancos, piscando para ela. Usava suspensórios e uma blusa branca, parecendo a criança inocente que ele teria sido em um mundo diferente. À visão dele, Cora acrescentou sua voz ao coro de lamentação que ecoava pela fazenda.

"Tem um túnel, senhor", disse Homer. "Eu ouvi ele dizer."

MABEL

A primeira e a última coisa que ela disse à filha foram pedidos de desculpas. Cora dormia de barriga para baixo, pequena como um punho, quando Mabel pediu desculpas por aquilo em que a estava metendo. Cora dormia ao lado dela lá em cima, dez anos depois, quando Mabel pediu desculpas por fazer dela uma extraviada. Cora não ouviu nenhum dos pedidos de perdão.

À primeira clareira Mabel encontrou a Estrela do Norte e se reorientou. Ela se encheu de coragem e retomou sua fuga pela água negra. Mantinha os olhos adiante, pois, quando olhava para trás, via os olhos daqueles que ela abandonara.

Ela via o rosto de Moses. Ela se lembrava de quando Moses era pequeno. Um pacotinho esperneante tão frágil que ninguém imaginava que ele sobreviveria até ser capaz de fazer trabalho de moleque, tomar parte no bando do lixo ou oferecer uma concha de água na plantação de algodão. Não quando a maior parte das crianças da fazenda morria antes de dar os primeiros passos. Sua mãe usava as curas da mulher bruxa, os cataplasmas e poções de raízes, e cantava para ele todas as noites, entoando notas na cabana. Canções de ninar e melodias de trabalho e seus próprios votos maternais em uma cantoria: fique com a comida no estômago, vença a febre, respire até de manhã. Ele sobreviveu à maioria dos meninos nascidos naquele ano. Todo mundo sabia que fora sua mãe, Kate, que o salvara do sofrimento e do joeiramento, que é a primeira provação de qualquer escravo de fazenda.

Mabel se lembrava de quando o Velho Randall vendeu Kate, já que o braço dela dela ficara comprometido, deixando-a incapacitada para trabalhar. As primeiras chibatadas de Moses por roubar uma batata, e sua segunda surra, por indolência, quando Connelly fez as feridas do menino serem lavadas com pimenta forte até ele urrar de dor. Nada daquilo fez de Moses uma pessoa má. Fez dele uma pessoa silenciosa, forte e rápida, mais rápida do que qualquer outro colhedor do seu grupo. Ele não era malvado, até que Connelly fez dele um chefe, os olhos e os ouvidos do senhor sobre sua própria gente. Foi então que ele se tornou Moses, o monstro, o Moses que fazia os outros escravos tremerem, o terror negro da lavoura.

Quando ele a chamou até a casa da escola, ela arranhou seu rosto e cuspiu nele, mas Moses só sorriu e disse: se você não está a fim, vou encontrar outra pessoa — que idade tem a sua Cora agora? Cora tinha oito anos. Mabel não demonstrou mais resistência depois daquilo. Ele era rápido e não foi rude depois daquela primeira vez. Mulheres e animais só precisam ser domados uma vez, disse ele. Permanecem domados.

Todos aqueles rostos, vivos e mortos. Ajarry se contorcendo na plantação de algodão, espuma sanguinolenta os lábios. Ela viu Polly pendendo de uma corda, a doce Polly, que ela conhecera no alojamento, nascida no mesmo mês. Connelly as transferiu do pátio para o algodoal no mesmo dia. Sempre juntas, até que Cora viveu, mas o bebê de Polly não — as jovens deram à luz com duas semanas de diferença, com uma bebezinha chorando quando a parteira a puxou para fora e a outra sem fazer nenhum som. Natimorta como uma pedra. Quando Polly se enforcou no celeiro com uma corda de cânhamo, o Velho Jockey disse: vocês faziam tudo juntas. Como se agora Mabel também devesse se enforcar.

Ela começou a vislumbrar o rosto de Cora e desviou o olhar. Correu.

Os homens começam bons e então o mundo os deixa malvados. O mundo é mau desde o início e fica pior a cada dia que passa. Exaure você até que você só sonhe com a morte. Mabel não morreria na fazenda Randall, mesmo se nunca tivesse estado a um quilômetro daquele território durante toda a sua vida. Na calada da noite ela decidiu, lá em cima no sufocante sótão, *eu vou sobreviver* — e na meia-noite seguinte ela estava no pântano, seguindo sob a lua com sapatos roubados. Ela pensou e repensou na fuga o dia inteiro, sem deixar qualquer outro pensamento se intrometer ou dissuadi-la. Havia ilhas no pântano — siga-as até o continente de liberdade. Levou os legumes que ela mesmo plantava, seixos, material para fazer fogo e uma machadinha. Tudo o mais ela deixou para trás, inclusive sua menina.

Cora, dormindo lá na cabana onde nascera, na qual Mabel nascera. Ainda uma menina, antes do pior advir, antes de aprender sobre o tamanho e o peso dos fardos de ser mulher. Se o pai de Cora estivesse vivo, será que Mabel estaria ali agora, cambaleando pelos charcos?

Mabel tinha quatorze anos quando Grayson chegou na metade norte, vendido para o sul por um fazendeiro bêbado que cultivava anileiras na Carolina do Norte. Alto e negro, de temperamento afável e olhos risonhos. Confiante até mesmo depois do trabalho mais árduo. Simplesmente não conseguiam atingi-lo.

Ela o escolheu naquele primeiro dia e decidiu: ele. Quando Grayson sorria, era a lua brilhando sobre ela, uma presença no céu a abençoando. Ele a enlaçava e a girava ao dançar. Vou comprar nossa liberdade, dizia ele, tendo nos cabelos o feno no qual se deitavam. O Velho Randall não gostava daquela ideia, mas ele o convenceria. Trabalhar duro, ser o melhor trabalhador na fazenda — ele compraria sua própria saída da escravidão e a levaria junto. Ela disse: você promete? Acreditando apenas pela metade que ele pudesse fazer aquilo. Grayson, o Amável, morto pela febre antes de Mabel saber que esperava um filho seu. O nome dele nunca mais surgiu em seus lábios.

Mabel tropeçou na raiz de um cipreste e caiu de cara na água. Ela cambaleou pelos caniços até a ilha à frente e se deixou cair no chão. Não sabia há quanto tempo estivera correndo. Arfando e exausta.

Tirou um nabo da sacola. Era novo e macio, e ela deu uma mordida. A safra mais doce que ela cultivaria no pedacinho de chão de Ajarry, mesmo com o gosto de água do pântano. Sua mãe lhe deixara aquilo como herança, pelo menos, uma terrinha arrumada da qual cuidar. Deve-se passar aos filhos tudo que for útil. As melhores partes de Ajarry nunca se enraizaram em Mabel. Seu caráter indômito, sua perseverança. Mas havia um quadrado de terra de três metros de largura e o produto saudável que brotava dele. Sua mãe o protegera com todo o coração. A terra mais valiosa de toda a Geórgia.

Ela continuou deitada de barriga para cima e comeu mais um nabo. Sem o som do espirrar de água e do seu arfar, os ruídos do pântano recomeçaram. Os sapos-pé-de-pá e tartarugas e criaturas rastejantes, o zumbido de insetos pretos. Acima — em meio às folhas e galhos das árvores do pântano — o céu se descortinava diante dela, novas constelações surgindo na escuridão enquanto ela relaxava. Nenhum patrulheiro, nenhum chefe, nenhum grito de angústia para conduzi-la ao desespero de outra pessoa. Nenhuma parede de cabana levando-a pelos mares da noite como a prisão de um navio negreiro. Grous-canadianos e pássaros canoros, fuinhas espirrando água. Na cama de terra úmida, sua respiração se acalmou, e aquilo que a separava do pântano desapareceu. Ela estava livre.

Aquele momento.

Ela tinha que voltar. A menina estava esperando por ela. Aquilo teria que bastar, por ora. A desesperança havia levado a melhor sobre ela, sussurrando por debaixo de seus pensamentos como um demônio. Ela guardaria aquele momento com cuidado, seu tesouro especial. Quando encontrasse as palavras para dividi-lo com Cora, a menina entenderia que havia algo além da fazenda, além de tudo o que ela conhecia. Que um dia, se permanecesse forte, a menina teria aquilo para si.

O mundo talvez seja mau, mas as pessoas não precisam ser, não se se recusarem a tal.

Mabel pegou sua sacola e se aprontava para partir. Se mantivesse um bom passo, estaria de volta bem antes da primeira luz e das primeiras pessoas da fazenda se levantarem. A fuga havia sido uma ideia ensandecida, mas até mesmo um lasquinha dela significava a melhor aventura de sua vida.

Mabel pegou outro nabo e deu uma mordida. Era realmente doce.

A cobra a encontrou não muito depois de ela começar a voltar. Ela estava contornando um grupo de caniços rígidos quando perturbou seu descanso. A boca de algodão a mordeu duas vezes, na batata da perna e bem fundo na carne de sua coxa. Nenhum barulho, apenas dor. Mabel se recusava a acreditar. Era uma cobra d'água, tinha que ser. Dolorida, mas inofensiva. Quando sua boca sentiu um gosto amargo e sua perna começou a formigar, ela soube. Conseguiu seguir por mais um quilômetros e meio. Deixara cair a sacola no meio do caminho, perdeu o rumo na água pantanosa. Poderia ter ido mais longe — trabalhar a terra na fazenda Randall a tornara forte, forte no corpo, pelo menos —, mas ela tropeçou em uma cama de musgo macio e pareceu o certo. Ela disse: aqui. E o pântano a engoliu.

O NORTE

FUGIDA

de seu proprietário legal, mas não legítimo, há quinze meses, uma moça escrava chamada CORA; de altura média e pele marrom-escura; tem uma marca estrelada na têmpora, de um ferimento; de uma natureza vivaz e ardilosa. Possivelmente usa o nome de BESSIE.
Vista pela última vez em Indiana, entre os fora da lei da fazenda John Valentine.
Ela parou de fugir.
A recompensa ainda não foi reclamada.

ELA NUNCA FOI PROPRIEDADE DE NINGUÉM.
23 de dezembro

O ponto de partida de sua viagem final na ferrovia subterrânea era uma minúscula estação debaixo de uma casa abandonada. A estação fantasma.

Cora os guiou até lá após ser capturada. O pelotão de busca formado por brancos sanguinários ainda assolava a fazenda Valentine quando eles partiram. Os tiros e gritos chegavam de cada vez mais longe, cada vez mais no interior da propriedade. As cabanas mais novas, o moinho. Talvez chegasse até o rancho Livingstone, a chacina indo além das fazendas vizinhas. Os brancos queriam desenraizar inteiramente os colonos de cor.

Cora lutou e chutou enquanto Ridgeway a carregava até a carroça. A biblioteca e a casa em chamas iluminavam o caminho. Depois de receber vários golpes no rosto, Homer finalmente conseguiu agarrar os pés dela e então a colocaram para dentro, acorrentando seus pulsos ao velho aro preso ao chão da carroça. Um dos jovens brancos que cuidavam dos cavalos fez uma saudação e pediu para ter sua vez quando eles tivessem terminado. Ridgeway lhe deu um tapa na cara.

Ela revelou a localização da cabana na floresta quando o caçador de escravos encostou a pistola no seu olho. Cora se deitou no banco, tomada por uma de suas dores de cabeça. Como apagar seus pensamentos da mesma forma que se apaga uma vela? Royal e Lander mortos. Os outros que foram feridos.

"Um dos delegados disse que se lembrou dos velhos tempos dos assaltos aos índios", disse Ridgeway. "Bitter Creek e Blue Falls. Acho que ele era novo demais para se lembrar disso. Talvez o pai."

O homem se sentou nos fundos com ela, no banco oposto, seus instrumentos reduzidos à carroça e aos dois cavalos descarnados que a puxavam. O fogo dançava lá fora, mostrando os buracos e os rasgos na lona.

Ridgeway tossiu. Envelhecera desde o Tennessee. O caçador de escravos estava completamente grisalho, desgrenhado, a pele amarelada. Sua fala estava diferente, menos autoritária. Dentaduras substituíam os dentes que Cora arruinara no último encontro dos dois.

"Enterraram Boseman em um dos cemitérios para os mortos pela praga", contou. "Ele teria ficado indignado, mas não teve muito o que dizer. Aquele que ficou sangrando no chão — aquele foi o maldito insolente que nos tocaiou, não é? Reconheci os óculos dele."

Por que ela afastara Royal por tanto tempo? Achou que teriam tempo suficiente. Mais uma coisa que poderia ter sido, arrancada pela raiz como se removida por um dos bisturis do dr. Stevens. Ela deixou que a fazenda a convencesse de que o mundo era diferente de como sempre seria. Decerto Royal sabia que ela o amava, mesmo se Cora não tivesse lhe dito. Tinha que saber.

Pássaros noturnos chilreavam. Depois de um tempo, Ridgeway lhe disse para prestar atenção e ver se achava o caminho. Homer desacelerou os cavalos. Ela se perdeu duas vezes, a bifurcação na estrada assinalando que eles tinham ido longe demais. Ridgeway esbofeteou o rosto dela e a ameaçou.

"Demorei um tempo para me restabelecer depois do Tennessee", falou. "Você e seus amigos me aprontaram uma. Mas acabou. Você vai para casa, Cora. Finalmente. Assim que eu der uma olhada na famosa ferrovia subterrânea."

Ele a esbofeteou de novo. No trecho seguinte, ela encontrou os álamos que sinalizavam o local.

Homer acendeu uma lamparina, e eles entraram na velha e desolada cabana. Ele tirara a fantasia e voltara a colocar o paletó preto e a cartola.

"Debaixo do porão", disse Cora.

Ridgeway estava exausto. Ele puxou o alçapão e deu um pulo para trás, como se uma fileira de foragidos negros o espreitasse numa armadilha. O caçador de escravos entregou a ela uma vela e mandou que descesse primeiro.

"A maior parte das pessoas acha que é um modo de dizer", disse ele. "Subterrânea. Eu sempre soube. O segredo abaixo de nós, o tempo todo. Vamos desmascarar tudo depois de hoje. Todas as linhas, todas."

Fossem quais fossem os animais que viviam no porão, eles ficaram quietos aquela noite. Homer verificou os cantos. O garoto apareceu com a pá e a entregou a Cora.

Ela estendeu suas correntes. Ridgeway aquiesceu.

"Senão vamos ficar aqui a noite toda."

Homer tirou as algemas. O homem branco estava animado, a autoridade que demonstrara previamente se suavizando em sua voz. Na Carolina do Norte, Martin pensara estar atrás do tesouro de seu pai enterrado na mina, e em vez disso descobriu um túnel. Para o caçador de escravos o túnel significava todo o ouro do mundo.

"Seu senhor está morto", contou Ridgeway enquanto Cora cavava. "Não fiquei surpreso ao ouvir a notícia — ele tinha uma natureza degenerada. Não sei se o atual proprietário da fazenda Randall vai pagar a sua recompensa. Na verdade não me importo." Ele ficou surpreso às próprias palavras. "Não tinha como ser fácil, eu deveria ter imaginado. Você é bem filha da sua mãe mesmo."

A pá bateu no alçapão. Cora expôs um quadrado no chão. Ela havia parado de ouvir o que ele dizia, os risinhos doentios de Homer. Ela, Royal e Red podiam ter enfraquecido o caçador de escravos da última vez que se encontraram, mas fora Mabel que pela primeira vez o humilhara. Vinha de sua mãe a obsessão dele pela família. Não fosse por ela, o caçador de escravos não teria tanto furor de capturar Cora. Aquela que escapou. Depois de tudo o que lhe custara, Cora não sabia se isso a deixava orgulhosa ou mais desdenhosa em relação àquele homem.

Dessa vez Homer levantou o alçapão. O cheiro bolorento subiu.

"É isso?", perguntou Ridgeway.

"Sim, senhor", respondeu Homer.

Ridgeway acenou com a pistola para Cora se aproximar.

Ele não seria o primeiro homem branco a ver a ferrovia subterrânea, mas o primeiro inimigo. Depois de tudo de ruim que acontecera a ela, ainda por cima a vergonha de trair aqueles que tornaram possível sua fuga. Cora hesitou no primeiro degrau. Na fazenda Randall, na fazenda Valentine, ela nunca se juntava às rodas de dança. Ficava inibida diante dos corpos dançantes, temerosa de ter outra pessoa tão perto, de um jeito tão descontrolado. Os homens haviam lhe infundido medo muitos anos atrás. Hoje, ela disse para si mesma, hoje vou segurá-lo bem perto, como se numa dança lenta. Como se fossem só os dois no solitário mundo, colados um ao outro até o final da música.

Ela esperou até que o caçador de escravos estivesse no terceiro degrau. Ela girou e trançou os braços em volta dele como se fosse uma corrente de ferro. A vela caiu. Ele tentou recuperar o equilíbrio tendo o peso dela sobre si, estendendo a mão para se apoiar na parede, mas ela o abraçou apertado como um amante, e os dois caíram pela a escada escuridão adentro.

Lutaram e se atracaram na violência da queda. Na confusão das colisões, a cabeça de Cora bateu na pedra. Sua perna se abriu para um lado, e seu braço se dobrou sob ela na base da escada. Ridgeway recebeu o impacto. Homer uivou aos sons que seu empregador fez ao cair. O garoto desceu lentamente, com a luz tremeluzente da lamparina tirando a estação das sombras. Cora se desenroscou de debaixo de Ridgeway e rastejou até o carrinho movido a manivela, com a perna esquerda doendo. O caçador de escravos não fez um só barulho. Ela procurou por algo que pudesse servir como arma, mas não achou nada.

Homer se agachou ao lado do chefe, a mão coberta de sangue da parte de trás da cabeça de Ridgeway. O osso grande da coxa do homem saía de suas calças e a outra perna estava dobrada de um jeito macabro. Homer se debruçou sobre ele, e Ridgeway grunhiu.

"Está aí, meu menino?"

"Sim, senhor."

"Que bom." Ridgeway se sentou e urrou de dor. Ele lançou um olhar para a escuridão da estação, sem reconhecer nada. Seu olhar passou por Cora sem demonstrar qualquer interesse. "Onde estamos?"

"Na caçada", respondeu Homer.

"Sempre mais pretos para caçar. Você está com o seu diário?"

"Sim, senhor."

"Tive uma ideia."

Homer tirou a caderneta da sacola e abriu em uma página nova.

"O imperativo é... não, não. Não é isso. O imperativo americano é uma coisa esplêndida... um farol... um farol iluminado." Ele tossiu e um espasmo tomou conta de seu corpo. "Nascido da necessidade e da virtude, entre o martelo e a bigorna... Está acompanhando, Homer?"

"Sim, senhor."

"Deixe-me começar de novo..."

Cora se inclinou contra o braço do carrinho a manivela. Não se mexia, não importava quanto peso ela colocasse sobre ele. A seus pés na plataforma de madeira havia uma fivela de metal. Ela golpeou com ela e a manivela guinchou. Tentou o braço de novo, e o carrinho engatinhou à frente. Cora olhou para trás, para Ridgeway e Homer. O caçador de escravos sussurrava seu discurso, e o menino negro registrava suas palavras. Ela forcejou e forcejou e finalmente saiu da luz. Para dentro do túnel que ninguém havia construído, e que não levava a parte alguma.

Ela descobriu um ritmo, fazendo força com os braços, colocando-se inteira no movimento. Para o norte. Ela estava viajando pelo túnel, ou o estava cavando? A cada vez que abaixava os braços sobre a manivela, ela descia uma picareta sobre a pedra, golpeava um malho sobre uma cavilha da estrada de ferro. Ela nunca conseguiu fazer com que Royal lhe contasse sobre os homens e as mulheres que haviam construído a ferrovia. Sobre os que cavaram milhões de toneladas de pedra e terra, trabalhando no ventre da terra pela libertação de escravos como ela. Que resistiram, junto a todas aquelas outras almas que abrigavam os fugitivos em suas próprias casas, os alimentavam, os levavam para o norte em suas costas, que morriam por eles. Os chefes de estação e condutores e simpatizantes. Quem é você depois de terminar algo tão magnífico assim? Ao construí-lo, uma pessoa também viajava por ele, até o outro lado. Numa ponta havia quem você era antes de ir para o subterrâneo, e na outra, uma nova pessoa adentrando a luz. O mundo lá em cima deve ser tão comum comparado àquele milagre lá embaixo, o milagre feito com seu suor e sangue. O triunfo secreto que você guarda no coração.

Ela deixou quilômetros para trás, abandonou os santuários da contrafação e as infindáveis correntes, o assassinato da fazenda Valentine. Havia apenas a escuridão do túnel, e em algum lugar adiante, uma saída. Ou não havia uma saída, se fosse isso que o destino decretara — nada a não ser uma parede vazia, impiedosa. A última e mais amarga piada. Finalmente exaurida, ela se aninhou no carrinho a manivela e cochilou, suspensa na escuridão como se acomodada no mais profundo recesso do céu noturno.

Quando acordou, decidiu percorrer o restante do caminho a pé — seus braços estavam exangues. Mancando, tropeçando em dormentes. Cora correu a mão pela parede do túnel, pelos vãos e pelos buracos. Seus dedos dançavam sobre vales, rios, sobre o topo de montanhas, os contornos de uma nova nação escondida por trás da velha. *Olhem para fora à medida que acelerarem, e vão ver a verdadeira face da América.* Ela não podia ver, mas a sentia, caminhava por seu coração. Receou ter se virado enquanto dormia. Será que estava indo adiante ou voltando para onde viera? Confiou no instinto de escravo a guiá-la — para qualquer lugar, qualquer um, menos o lugar de onde você está vindo. Aquela intuição a levara até lá. Ela encontraria o fim da linha ou morreria nos trilhos.

Cora dormiu mais duas vezes, sonhando com ela mesma e Royal em sua cabana. Contou para ele sobre sua antiga vida e ele a abraçou, então a virou para que ficassem frente a frente. Ele levantou o vestido dela acima de sua cabeça e tirou as calças e camisa. Cora o beijou e correu as mãos pelo território do corpo dele. Quando Royal abriu suas pernas, ela estava molhada e ele escorregou para dentro do seu corpo, dizendo o nome dela como ninguém jamais dissera e como ninguém diria, doce e afetuoso. Ela acordou todas as vezes para o vazio do túnel e, quando terminou de chorar por ele, se levantou e caminhou.

A boca do túnel começava como um minúsculo buraco no escuro. As passadas de Cora compunham um círculo, então surgiu a boca de uma caverna, escondida por arbustos e vinhas. Ela empurrou os arbustos para o lado e avançou na direção do ar.

Estava quente. Ainda aquela luz pungente do inverno, mas mais quente do que em Indiana, o sol quase alto no céu. A fenda se abria para uma floresta de pinheiros e abetos. Ela não sabia como era Michigan, Illinois ou o Canadá. Talvez não estivesse mais na América, talvez tivesse ido além. Cora se ajoelhou para beber do córrego ao tropeçar nele. Água fresca e cristalina. Ela limpou a fuligem e a sujeira de seus braços e de seu rosto.

"Das montanhas", disse ela, de acordo com um artigo em um dos almanaques empoeirados. "Água de degelo."

A fome deixava sua mente aérea. O sol lhe disse para que lado ficava o norte.

Estava escurendo quando ela chegou até a estrada, imprestável e sulcada. Ela ouviu as carroças depois de um tempo sentada na pedra. Havia três delas, preparadas para uma longa jornada, carregadas de equipamentos, inventários presos nas laterais. Iam para o oeste.

O primeiro condutor era um homem branco alto com um chapéu de palha na cabeça, de bigodes grisalhos e tão impassível quanto uma parede de pedra. Sua mulher estava sentada a seu lado no assento do condutor, o rosto rosado e o pescoço para fora de um cobertor xadrez. Eles a olharam de forma neutra e seguiram adiante. Cora não fez qualquer demonstração de perceber a presença deles. Um jovem dirigia a segunda carroça, um sujeito ruivo com traços irlandeses. Seus olhos azuis a absorveram. Ele parou.

"Você é uma visão e tanto", disse ele. Uma voz aguda, como o chilreio de um pássaro. "Precisa de alguma coisa?"

Cora fez que não.

"Eu disse: você precisa de algo?"

Cora balançou a cabeça outra vez e esfregou os braços de frio.

A terceira carroça era conduzida por um senhor negro. Ele era robusto e grisalho, usando um pesado casaco de fazendeiro que já tinha visto seu quinhão de trabalho. Os olhos do homem eram gentis, decidiu ela. Familiares, embora não conseguisse identificá-lo. A fumaça de seu cachimbo cheirava a batata, e a barriga de Cora roncou.

"Está com fome?", perguntou o homem.

Ele era do sul, a julgar por seu sotaque.

"Estou com muita fome", confessou Cora.

"Venha e pegue algo para você", disse ele.

Cora subiu até o assento do condutor. Ele abriu a cesta. Ela rasgou um tanto de pão e o engoliu.

"Tem bastante", disse ele.

O homem trazia uma marca de ferradura no pescoço e puxou o colarinho para cima para escondê-la quando os olhos de Cora se espicharam.

"Vamos prosseguir?"

"Isso", respondeu ela.

O homem vociferou para os cavalos, e então eles continuaram na trilha sulcada.

"Para onde está indo?", perguntou Cora.

"St. Louis. De lá pego a estrada para a Califórnia. Nós e mais umas pessoas vamos nos encontrar no Missouri." Quando ela não respondeu, ele perguntou: "Você é do sul?"

"Eu estava na Geórgia. Fugi."

Ela disse que seu nome era Cora. Então abriu o cobertor a seus pés e se enrolou nele.

"Eu me chamo Ollie", disse o homem.

As outras duas carroças reapareceram depois de uma curva.

O cobertor estava duro e áspero sob o queixo de Cora, mas ela não se importava. Perguntou-se de onde ele havia fugido, quão ruim tudo tinha sido e quanto ele viajara até conseguir deixar tudo aquilo para trás.

AGRADECIMENTOS

Obrigado a Nicole Aragi, Bill Thomas, Rose Courteau, Michael Golds-mith, Duvall Osteen e Alison Rich (de novo) por fazer este livro che-gar até suas mãos. Na Hanser, ao longo dos anos: Anna Leube, Chris-tina Knecht e Piero Salabe. E também a Franklin D. Roosevelt, por ter criado o Federal Writer's Project, que coletou a história de vida de ex-escravos nos anos 1930. Obrigado a Frederick Douglass e a Harriet Jacobs, obviamente. O trabalho de Nathan Huggins, Stephen Jay Gould, Edward E. Baptist, Eric Foner, Fergus Bordewich e James H. Jones foi muito útil. As teorias de "amálgama" de Josiah Nott. *The Diary of a Resurrectionist* [Diário de um ladrão de cadáveres]. Os anúncios de escravos fugitivos foram tirados de coleções digitais da Universidade da Carolina do Norte em Greensboro. As primeiras cem páginas foram turbinadas pelo Misfits em seus primeiros momentos ("Where Eagles Dare [fast version]", "Horror Business", "Hybrid Mo-ments") e Blanck Mass ("Dead Format"). David Bowie está em todos os livros, e eu sempre ouço *Purple Rain* e *Daydream Nation* ao escrever as páginas finais; então, obrigado a ele, ao Prince e ao Sonic Youth. E finalmente, a Julie, Maddie e Beckett por todo o amor e apoio.

Publisher
Omar de Souza

Gerente editorial
Renata Sturm

Editora
Clarissa Melo

Estagiários
Bruno Leite
Lara Freitas

Tradutora
Caroline Chang

Copidesque
Suelen Lopes

Revisão
Mônica Surrage

Projeto gráfico e capa
Desenho editorial

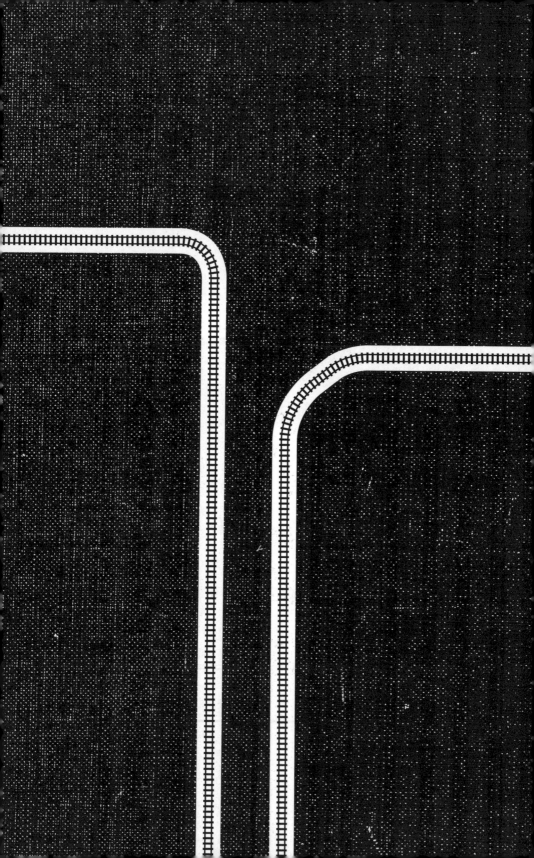

Este livro foi composto com as tipologias Minion e Grecian

Visite nosso site: www.harpercollins.com.br.